NAZARETH

NAZARETH

Pascale d'Harmat

Nazareth

Les années cachées

Roman

ÉDITIONS CLAIRE FONTAINE

Éditions Claire Fontaine
6, rue des Petits Champs
78360 Montesson
www.editions-claire-fontaine.com
contact@editions-claire-fontaine;com

ISBN 978-26917734-19-3

**Couverture et 4ème de couverture : Photos Nazareth Village, Israel ;
montage par MC Lambert
Directeur artistique Éditions Claire Fontaine.**

« Á notre frère, Jésus »

PRÉFACE

C'est véritablement une grande joie pour moi que de préfacer le dernier ouvrage de Madame Pascale d'Harmat. Avec émotion, je me souviens de l'homélie de Monseigneur Eric Aumonier, évêque de Versailles, lors de mon ordination sacerdotale le 29 juin 2003. Il y comparait la formation reçue au séminaire à la vie cachée de Jésus à Nazareth, non pas inutile mais nécessaire à l'action de la grâce divine. À ce titre là, j'ai été très heureux de me plonger dans la lecture de ce roman passionnant et très bien documenté. En effet, l'ouvrage de Pascale d'Harmat n'est pas simplement une lecture agréable et reposante qui nous fait contempler le meilleur de l'être humain dans sa charité, sa générosité, son ouverture du cœur. En ces temps où la littérature semble se complaire à décrire l'humanité dans toutes ses turpitudes, il serait cependant déjà très beau que nous puissions contempler l'existence humaine, à travers les personnages si vivants et attachants de *Nazareth*, dans ce qu'elle porte de meilleur en elle. C'est du reste tout le mérite de notre auteure de ne pas écrire pour les seuls croyants mais pour tous les lecteurs de bonne volonté. Il n'en demeure pas moins que les chrétiens sont invités à travers son livre à un renouvellement spirituel dans la contemplation de la vie cachée de Jésus et de l'histoire de la Sainte Famille.

Pourtant, nous reconnaissons volontiers que nous risquons de ne pas être très à l'aise pour cela. Il suffit de voir l'ellipse qui suit le récit de la Nativité dans les Évangiles selon Luc et Matthieu, et le début du récit accompagnant celui de la vie publique chez Marc et Jean : rien n'est dit de la vie de la Sainte Famille. Que peut-on tirer de ces quelques lignes sur la vie du Christ à Nazareth, ainsi que de ces rares scènes de l'enfance du Christ pour notre vie chrétienne ? C'est le grand mérite de ce livre de nous permettre de voir l'Évangile vécu au quotidien avant même d'être annoncé. En parcourant ces pages, nous regarderons durant quelques instants avec les yeux intérieurs de notre foi ce que fut sa vie d'enfant, d'adolescent et de jeune homme, si ordinaire en apparence, mais si extraordinaire aux yeux de Dieu... Nous y puiserons de précieuses leçons pour la conduite de notre vie qui peut nous paraître banale, sans intérêt, inutile. Jésus à Nazareth nous rappelle tout d'abord l'importance, la valeur inestimable de la simplicité. Jésus avait besoin de celle-ci pour pouvoir se recueillir et prier. On peut dire que la prière était la respiration de son âme : c'était d'abord une prière personnelle, quelques soient les circonstances, quelles que soient ses occupations, par exemple en jouant avec ses camarades quand il était enfant, ou en apprenant auprès de saint Joseph son métier de charpentier, Jésus demeurait tourné vers son Père des Cieux, uni intimement à Lui. C'était aussi une prière communautaire car chez les juifs en famille ou avec d'autres on s'adresse à Dieu plusieurs fois par jours, dès le matin en se levant, avant et après les repas, avant de se coucher, quand le soleil se levait, quand la pluie se mettait à tomber etc... C'est également uni à ses parents et aux autres familles du village que Jésus célébrait chaque samedi le sabbat, journée consacrée à Dieu. On se retrouvait à la synagogue du village pour y écouter la Parole de Dieu et pour y chanter avec les Psaumes les louanges du Seigneur.

Il y a un autre enseignement que Jésus nous donne aussi par sa vie caché à Nazareth : c'est l'amour fraternel envers nos proches. Pour Jésus à Nazareth les proches c'étaient ses parents Marie et Joseph. A nous d'imaginer avec quelle tendresse il les entourait et avec quel empressement il leur rendait toutes sortes de services... Mais il y avait aussi à Nazareth ses cousins, dont l'Évangile nous parle à plusieurs reprises, ses voisins, ses amis ainsi que les clients qu'il rencontrait dans l'exercice de sa profession de charpentier et même aussi d'autres personnages, nés de l'imagination de Pascale, et que je vous laisse découvrir !

Si nous voulons avoir une idée des relations qu'il entretenait avec eux, il nous suffit de voir à travers les récits de l'Évangile comment il se comportait vis-à-vis de tous ceux qui venaient vers Lui et vers qui il allait : en particulier les pauvres, les malades, les péch-eurs, ceux que l'on méprise et qu'on laisse de côté. Que ce soit durant les années de la vie cachée ou les trois ans de la vie publique :

c'était toujours le même accueil, la même attention, la même beauté, la même miséricorde, bref, le même amour sans limites qui sans cesse donnait et pardonnait. Plus nous contemplons la vie de Jésus à Nazareth si ordinaire en apparence, mais si extraordinaire par sa qualité spirituelle et plus nous comprenons que ce qui fait la valeur de notre vie aux yeux de Dieu ce n'est pas le paraître mais l'être, c'est l'amour qui habite notre âme, un amour qui inspire et imprègne toutes nos actions, même les plus insignifiantes

À Nazareth, c'est l'histoire de la construction de la maturité humaine et divine de Jésus qui se dessine entre ces lignes, c'est aussi l'Histoire du Salut qui se prépare en ces instants. L'épisode du recouvrement au

Temple résume à lui seul cette idée que la vie cachée de Jésus est l'apprentissage en tant qu'homme de la relation qu'en tant que Fils de Dieu il entretient depuis toujours avec Dieu son Père (Lc 2 41–50) :

« Cependant l'enfant grandissait, se fortifiait et se remplissait de sagesse. Et la grâce de Dieu était sur lui. »[1] (Lc 2 40)

« Il redescendit alors avec eux et revint à Nazareth ; et il leur était soumis.
Et sa mère gardait fidèlement toutes ces choses dans son cœur.
Quant à Jésus, ilcroissait en sagesse, en taille, et en grâce devant Dieu et devant les hommes. »
(Lc 2 51–52)

Ces quelques mots de l'évangéliste sont paradoxalement riches au point d'avoir suscité des commentaires nombreux. Il faut noter à propos de l'épisode où Jésus, après la fête de la Pâque, reste au Temple à s'instruire avec les docteurs, sans se préoccuper de ses parents qui repartent à Nazareth, que c'est le seul épisode détaillé de l'enfance de Jésus, où se manifeste sa volonté de savoir, de grandir en sagesse. C'est la seule entorse à la vie harmonieuse de la Famille Sainte, où Jésus affirme l'importance primordiale d'être à son Père

Est-ce un épisode destiné à l'édification des parents par le Fils ? Ou bien n'est-ce pas plutôt une étape de la vie de Jésus qui honorait en tout ses parents mais à un moment donné perçut trop clairement l'appel de Dieu son Père pour ne pas y répondre ? L'épisode en lui-même est riche en enseignement en ce qu'il montre comment la vocation personnelle du Christ dépasse sa famille, sa mère qui ne la comprend pas mais l'accepte en donnant son assentiment et en développant cet évènement dans son cœur. Cette vie à Nazareth, dont nous savons qu'elle est une vie de famille, une vie où l'enfant grandit, est tout le contraire, pour le rédacteur de l'Évangile, d'une vie où les désirs des parents prendraient le pas sur ceux de l'enfant, ou bien où l'Enfant Dieu serait un enfant roi tyrannique. Elle est une vie d'équilibre, où la volonté du Père compte avant tout, et où l'amour familial s'en inspire sans toujours tout comprendre.

S'imprégner de l'esprit de Nazareth, de cet évangile vécu avant d'être annoncé, est aussi la marque de nombreux auteurs spirituels. Le Bienheureux Charles de Foucauld, dans la tradition d'imitation de Jésus-Christ qui avait marqué sa vie chrétienne et son époque, avait indiqué dans ses écrits à de nombreuses reprises sa fascination pour cette vie cachée de Jésus à Nazareth. Il commente ainsi ce passage de l'Évangile de Luc et cette relation de l'enfant à ses parents :

> *« Mais sauf le cas où la vocation que vous aviez, Ô Jésus, demandait que vous ne vous rendiez pas à leurs désirs, vous vous y rendiez en tout, étant en tout le meilleur des fils, et par conséquent non seulement obéissant à leurs moindres désirs, mais en les prévenant. »*[1]

Cette exception que Charles de Foucauld place au début de la phrase, cette idée

1Retraite faite à Nazareth, in « La dernière place », Œuvres *spirituelles du P. de F.* (IX, 1), Paris, 1974.

d'une soumission qui trouve sa seule limite dans le fait qu'elle préférera toujours Dieu aux hommes illustre à bien des égards l'obéissance et la piété filiale pour lesquelles le Christ peut constituer notre modèle, une obéissance dans laquelle Dieu a la première place. Cet Évangile montre lui-même l'importance de la vie familiale, même s'il ne la montre pas en détail, il évoque aussi combien l'accomplissement de la vocation personnelle du Christ impliquait une séparation. C'est le destin particulier de Jésus de Nazareth, mais c'est aussi un modèle à imiter que cette éclosion de la vocation personnelle dans la Sainte Famille. Dans ses carnets de retraite à Nazareth, après avoir formulé cette prière : «Mon Jésus, qui êtes si près de moi, inspirez-moi ce qu'il faut que je pense de votre vie cachée »,

Charles de Foucauld tire ce qu'il considère comme les enseignements principaux de cette vie familiale à Nazareth : la soumission dont on a déjà vu le caractère entier et subordonné à l'amour de Dieu, l'humilité, la pauvreté qu'il faut sans doute comprendre comme une pauvreté de cœur, le métier de charpentier n'étant pas un métier misérable (mais nous ne connaissons pas la situation financière de Joseph à tous ses instants...), le labeur (car n'est-ce pas comme fils du charpentier que Jésus est désigné à Nazareth après une longue absence ?), et enfin l'obscurité d'une existence à Nazareth d'où « il ne sort rien de bon ». La notion de silence qu'on peut appliquer à un Évangile plutôt laconique est même mise à contribution par Charles de Foucauld pour parler de cette existence qui n'a pas fait de bruit. On peut la comprendre comme une discrétion, le fait de se trouver à part du bruit du monde, alors même que Nazareth n'était pas loin de très grandes villes de l'époque. Charles de Foucauld insiste également sur la prière qu'il imagine constante à Nazareth : n'est-ce pas ce qu'il faut entendre de cette croissance de Jésus devant Dieu et de cette méditation sereine et secrète de Marie rapportées par l'Évangile ?

Une autre réflexion d'importance, celle de Paul VI lors de son voyage en Terre sainte, montre l'inspiration qui, toujours, se dégage de Nazareth, où aujourd'hui encore des chrétiens s'efforcent d'imiter le Christ :

« Nazareth est l'école où l'on commence à apprendre la vie de Jésus : l'école de l'Évangile [...]. Une leçon de silence d'abord. Que naisse en nous l'estime du silence, cette admirable et indispensable condition de l'esprit [...]. Une leçon de vie familiale. Que Nazareth nous enseigne ce qu'est la famille, sa communion d'amour, son austère et simple beauté, son caractère inviolable [...]. Une leçon de travail. Nazareth, Ô maison du Fils du Charpentier, c'est ici que nous voudrions comprendre la loi sévère et rédemptrice du labeur humain [...] ; comme nous voudrions enfin saluer ici tous les travailleurs du monde entier et leur montrer leur grand modèle, leur frère divin. »[2]

On le voit, la richesse de cette vie cachée et tout ce qu'ont pu en apprendre les

2Discours du 5 janvier 1964 à Nazareth.

chrétiens à travers les siècles n'en font pas une vie secrète, une sorte de vie double, mais nous font entrevoir une vie mystérieuse au sens chrétien du mot, c'est-à-dire dont nous n'aurons jamais fini de découvrir ou de reproduire l'intensité dans nos propres existences.

Je me réjouis que la lecture du beau livre de Pascale nous permette ainsi de faire de nos existences quotidiennes un nouveau Nazareth, de nos maisons la demeure de la Sainte Famille par la paix et l'amour, de nos familles ces petites églises où l'évangile est vécu pour être mieux annoncé ensuite !

Père Emmanuel Gougaud

Historien, spécialiste de la Palestine du 1er siècle, le Père Emmanuel Gougaud est ordonné prêtre en 2003. Il poursuit son doctorat en théologie tout en servant pendant cinq ans la paroisse du Chesnay, puis celle de Chatou.

En septembre 2012, Monseigneur Aumonier, Evêque de Versailles, le nomme curé de la paroisse de Montesson, Yvelines.

Egalement aumônier de l'école Sainte Anne de Montesson, le Père Emmanuel fait partie de l'équipe diocésaine pour l'Unité des Chrétiens et l'Œcuménisme.

Outre sa foi à déplacer les montagnes, le Père Emmanuel est apprécié pour son immense culture et la qualité exceptionnelle de ses sermons.

Photo marcbayle.com

Note de l'auteur : Ceci est un roman

Je ne prétends pas être la réincarnation de Myriam, la sœur de Jésus, comme certains auteurs se sont présentés ayant été Paul, un essénien, ou un autre disciple. Je n'écris pas un nouveau traité de théologie. Je suis une femme, avec une sensibilité de femme et de mère. J'ai la chance d'être chrétienne et d'avoir pu passer des années à étudier la Bible et la théologie. J'ai enseigné pendant plus de 20 ans des cours sur l'Ancien Testament, j'ai formé des jeunes et des adultes à recevoir le sacrement du baptême, j'ai animé des équipes d'aumônerie et formé des catéchistes. Je suis allée en Terre Sainte et cela a été comme un projecteur permettant soudain de découvrir des évidences qui m'étaient cachées.

Comment ne pas mieux comprendre la parabole du vigneron lorsque l'on est à Nazareth et que l'on découvre une vigne en espa-

lier, une tour de garde, un pressoir ? Comment ne pas visualiser le passage du paralytique lorsque l'on étudie la construction des maisons à flanc de colline et les terrasses donnant sur les cours ? Comment ne pas entendre raisonner les Béatitudes, assis sur un rocher, en haut du mont, à l'ombre des oliviers ?

C'est là que m'est venu ce besoin d'écrire un roman qui replace Jésus dans son temps, dans son espace sur terre, dans sa vie de tous les jours. Bien sûr, comme tout romancier, je mêle le vrai et l'imaginaire, l'historique et la fiction, le probable et le possible. Je m'appuie sur des documents historiques et archéologiques, sur la Bible, sur de nombreuses sources tant canoniques qu'apocryphes. Certaines qui sont connues de longue date, d'autres très nouvellement découvertes et éventuellement controversées. Je laisse courir mon imaginaire, j'écoute les remous de mon âme, je traduis l'inspiration. Je ne souhaite pas alimenter de polémique, mais juste allumer une lampe pour éclairer ceux qui cherchent et les conduire vers celui qui, pour moi, EST la lumière.

Certes, c'est un projet bien présomptueux. Alors, que faire d'autre que de le confier au Seigneur lui-même ? Je remets ma plume entre Ses mains, que l'Esprit souffle sur ce projet et le porte là où Il veut…

Amen.

NAZARETH

***Prologue* : « *En ce temps là…* »**

Au premier siècle avant l'Ère Chrétienne la Civilisation romaine domine le monde connu tandis que l'émergence de fortes personnalités se traduit par des conflits : Marius et Sylla, Jules César et Pompée ou Marcus Brutus. Ces guerres conduisent à l'évolution du modèle républicain vers un modèle autocratique, où l'empereur va régner en maître absolu et développer le culte de « l'empereur Dieu ». Les historiens situent le passage de la république à l'empire soit en 31 avant J-C, Bataille d'Antium, soit en 27 avant J-C, quand Octave prend le titre d'Auguste.

La « Pax Romana » va s'étendre de ce qui est aujourd'hui l'Angleterre, à l'ensemble du bassin méditerranéen, incluant la Turquie, la Mésopotamie, l'Égypte… Les pays sont organisés selon leur taille et leur puissance soit en provinces soit en protectorat. Les provinces sénatoriales sont dirigées par un proconsul alors que les impériales le sont par un gouverneur. Quant aux protectorats, ils ont à leur tête des princes alliés, hommes de paille de l'empereur romain. Enfin, certains territoires, comme la Palestine, ont un statut particulier et sont sous la gouvernance d'un préfet représentant l'empereur.

C'est dans ce contexte que commence la dynastie Hérodienne, vers 40 avant JC, avec la nomination d'Hérode le Grand comme Roi de Judée. Son territoire comprend les provinces d'Idumée, Judée, Samarie, Galilée, Pérée et Trachonite. Ceci correspond aujourd'hui aux territoires d'Israël, de la Jordanie, de la Syrie et d'une partie de l'Irak. Les habitants de la Judée et de la Galilée sont des juifs attachés à la loi et aux traditions de la Torah. Ils n'apprécient pas ce nouveau roi et Hérode le Grand doit faire face à de nombreuses rébellions pendant près de trois ans, avant de stabiliser son pouvoir. Il entreprend alors de gigantesques constructions : dédiée à César la ville de Césarée, le plus grand port sur la méditerranée, la forteresse de Massada au sud de la mer morte, nid d'aigle réputé imprenable, marqué par le suicide collectif des Zélotes en 77 de notre ère et surtout, Hérode agrandit considérablement le second Temple de Jérusalem, lui rendant la splendeur du premier temple de Salomon, afin de se concilier les faveurs des juifs.

Mais les courants religieux juifs sont nombreux. Hérode obtient la faveur et l'appui des Sadducéens, principalement situés à Jérusalem et en Judée, groupe de riches juifs et de prêtres appointés par lui. Les prêtres sadducéens ne travaillent pas, ils tirent leur puissance et d'énormes profits du temple, lieu unique où « réside Dieu », dans le « Saint des Saints », et où tout juif doit faire un pèlerinage une à trois fois par an. Force politique et économique autant que religieuse, le danger de compromission avec Rome est bien grand, en échange, les sadducéens obtiennent le droit d'exercer leur religion, de garder le Temple, de bannir de Jérusalem tout autre temple offert à d'autres dieux.

Les pharisiens, répartis sur tout le territoire, restent très hostiles au monde romain tout en évitant les conflits. Ils sont souvent très attachés « à la lettre » de la Loi et comptent plusieurs milliers de « commandements ». Les rabbis enseignent à la Synagogue, lieu de prière et de réunion dans les villes et les villages. Ils exercent le plus souvent un métier, dans le commerce ou l'artisanat. Par exemple, Saint Paul qui était pharisien, insiste sur la nécessité de travailler et sur le fait que lui et ses compagnons n'ont jamais été à la charge de la communauté. La Loi est interprétée par des scribes, érudits qui passent leur vie à étudier les textes et à les commenter. Le premier siècle de notre ère verra le tout début du mouvement talmudique qui va retenir les commentaires des « grands rabbins » dans ce qui deviendra peu à peu le Talmud, deuxième livre saint des juifs.

Les samaritains, habitants de la province de Samarie, s'opposent aux juifs sur l'interprétation des textes : lieux et dates de culte, non reconnaissance du Temple. Bien que leurs pratiques et leur foi reposent sur le Pentateuque les juifs les considèrent comme des païens.

Le mouvement Baptiste s'oppose ouvertement aux pratiques du temple, refuse les sacrifices d'animaux, prêche l'ascétisme et la conversion intérieure.

Les esséniens recherchent la perfection dans la pureté, la vie communautaire, le partage. Certains vivent en famille dans les villages, ils sont recherchés pour les soins qu'ils prodiguent aux malades : usage de plantes, médecine « douce » : prières, jeûnes, plantes, imposition des mains,... Certains se retirent dans des monastères dans le désert à la recherche de la purification absolue. Ils révisent les textes et les organisent. En particulier à

Sékoka, les esséniens fondent leur principal monastère au nord de la Mer Morte, près de l'embouchure du Jourdain.

La découverte des « documents de la Mer Morte » dans des grottes à Qu'unRAm en 1956, permet de retrouver les premières bibles écrites, ainsi que de nombreux textes, en particulier le livre des règles de vie du monastère. D'importants travaux archéologiques sont alors entrepris, permettant de retrouver une grande partie des ruines du monastère. Aujourd'hui, nous possédons beaucoup d'éléments sur le mode de vie des moines, leurs croyances, leur culte, leurs ramifications.

Les esséniens de Sékoka vivent de l'agriculture. Ils tiennent une école où viennent se former ceux qui désirent devenir moine après 3 années au minimum de préparation, ainsi que ceux qui prévoient de retourner dans le monde. Le monastère reçoit également des voyageurs, pour une nuit de repos ou pour des périodes d'études et de prières.

En dehors des mouvements religieux, comme dans tout pays occupé, on retrouve deux grands courants politiques extrémistes : les hérodiens, collaborateurs des romains, qui en tirent leur pouvoir et leur richesse, et les zélotes, farouches partisans de la libération d'Israël par la lutte armée, qui iront jusqu'au sacrifice suprême en 77 de notre ère.

Les voies romaines rallient les principales villes et sont très fréquentées. Soldats, marchands, fonctionnaires, mais aussi, tout un chacun se déplaçant les empruntent.

En l'an 4 de notre ère, Hérode le Grand meurt à Jérusalem. Flavius Josèphe, l'historien de référence, raconte qu'une éclipse de lune se produisit ce jour-là. La ville de Séphoris, à moins de 6 km de Nazareth, se révolte. Varus, gouverneur de Syrie, envoie des troupes qui brûlent et rasent la ville.

Le royaume d'Hérode le Grand est divisé entre ses fils. Archélaos prend la Judée, la Samarie et l'Idumée, son frère Philippe se voit accorder la Trachonite et Hérode Antipas, dernier fils d'Hérode le Grand, hérite de la Galilée et de la Pérée. Il choisit initialement comme capitale Séphoris, qu'il fait reconstruire sur une période d'une dizaine d'années, avec un magnifique Palais, un théâtre de 4000 places et un Temple dédié à César. En 14 après JC, à la nomination de Tibère comme empereur à Rome, Hérode Antipas fait construire la ville de Tibériade, à 24 km de Nazareth, sur le bord de la mer de Galilée, à la gloire de l'empereur romain. En 23 après JC, Hérode s'y installe et en fait la Capitale du Royaume. Il renomme la mer de Galilée : mer de Tibériade.

C'est dans ce contexte que se situe ce roman.

Il est aujourd'hui reconnu par les historiens que le Christ est sans doute né entre -6 et -4 de notre ère, mais pour rendre la lecture plus simple au plus grand nombre, j'ai gardé l'an « Zéro » comme référence, rendant ainsi immédiat l'âge présumé du Christ dans les différents chapitres (ex : 13 ans en l'an XIII).

AN XIII de notre Ère

Nazareth, en Galilée

NAZARETH

La famille de Jésus

Juin de l'an XIII, les collines de Galilée résonnent du champ des moissonneurs. Il a plu cette année et la récolte est abondante. Les feuillages argentés des oliviers dansent dans le vent frais qui permet de mieux supporter la chaleur déjà présente du soleil de juin. Quittant la voie romaine qui relie Séphoris à la mer, le chemin monte en serpentant sur Nazareth. Il conjugue tant de beauté qu'Élisabeth en oublie la fatigue. Les terrasses couvertes de vignes, d'oliviers, de figuiers succèdent aux champs de blé. Au détour du chemin elle découvre un magnifique panorama sur l'étroite vallée et les vagues de collines qui la bordent. Au tournant suivant, elle aperçoit les maisons de pierres blanches, accrochées aux rochers, si bien intégrées au paysage, qu'elles se confondent avec lui.

Élisabeth s'arrête à l'entrée du village où se trouve le puits, à l'ombre des eucalyptus ; la margelle de pierre est fraîche ainsi que l'eau juste puisée que lui propose tout de suite une des femmes du village.

- Bonjour, d'où viens-tu ? N'es-tu pas la cousine de Marie, femme de Joseph le charpentier ?

- Oui. J'arrive de Séphoris et cette pause est bien agréable après mes deux heures de marche. Il n'y a que six kilomètres, mais le tracé accidenté des routes et chemins de Galilée ainsi que la chaleur ne permettent guère de marcher vite, surtout pour une personne de mon âge.

- Tu as bien du courage de faire cette longue route. Excuse-moi, mais je ne peux guère m'attarder. Il reste beaucoup à faire pour préparer le repas du soir. Bientôt les jeunes vont revenir de la moisson dans les collines environnantes et mon mari des chantiers de constructions de Séphoris où travaillent beaucoup d'artisans de Nazareth.

- Comme on est loin ici des bruits de la ville et surtout, quelle différence entre ce village judaïque et Séphoris tellement romaine ! Ici, les plus grands bâtiments sont la synagogue, au milieu des maisons, et les bains près de la fontaine, à l'entrée du village.

- Mon époux me dit que la ville est immense.

- Oui. Il y a le théâtre de 4000 places, le forum, le palais d'Hérode, et l'horrible temple de César… brrr, j'en tremble.

Elle ferme les yeux et dit :

- Essayons un moment d'oublier ces païens et les misères de cette occupation. Comme c'est plus facile, ici, de croire en La Promesse et de se dire que Dieu nous reste fidèle.

- « *Que les impies retournent au schéol, tous ces païens qui oublient Dieu. Car le pauvre n'est pas oublié jusqu'à la fin, l'espoir des malheureux ne périt jamais. »*

- Je vois que tu connais les psaumes. Bonne soirée, moi aussi, je dois me remettre en route.

Élisabeth est vêtue d'une tunique claire, sa tête est enrobée d'une pièce de tissu rouge qui couvre ses cheveux blancs et entoure son cou et ses épaules, la protégeant des morsures du soleil. Une bande de même tissu ceint sa taille. Elle ne porte pas de manteau en cette saison mais a emporté ce grand carré d'étoffe légère qui lui servira aussi bien de couverture pour la nuit que de cape pour les soirées fraîches.

La maison de Joseph est facile à repérer dans le village, car en haut de la colline, il l'a construite de façon à conserver un magnifique flamboyant dans sa cour. C'est la saison de floraison et les multiples fleurs rouges ressemblent à des flammes se détachant sur le blanc des pierres. Comme toutes les maisons de Nazareth, elle est accrochée à la falaise, utilisant les aspérités et les grottes naturelles comme une partie d'elle-même.

Élisabeth s'arrête un moment regardant des yeux et du cœur ce paysage reflétant la paix, la tranquillité, la sérénité… Elle entre. Une petite cour carrée, couverte d'une treille sert d'enclos pour l'âne et isole ainsi la cour principale du chemin. Celle-ci est vaste, à gauche, un grand préau protège l'atelier de Joseph et de Jésus lorsqu'ils travaillent à la maison pour fabriquer des outils, des coffres, des portes ; cela sent bon le bois. Derrière, une salle fermée et couverte sert à entreposer les plus belles pièces pour les clients fortunés et les outils les moins communs. L'autre partie du préau est le domaine de Marie, elle y cuisine, tisse, coud… La cour est pavée de grandes dalles brunes ; au coin à droite, il y a la citerne d'eau et contre le mur du fond, le four.

Marie, voyant la visiteuse

- Je te salue cousine Élisabeth. Es-tu venue seule ? Quel plaisir de te voir !

Marie porte une tunique bleue, assortie à ses grands yeux couleur du ciel, parfois bleu intense ou se couvrant de gris lorsque des nuages de soucis y pénètrent. Les yeux clairs sont très rares en Palestine, où il est dit que c'est la couleur de ceux des anges. Cela n'étonne pas lorsque l'on regarde Marie, tant l'ovale de son visage est parfait, le front large, le nez petit pour une sémite, éclairé par un sourire si chaleureux qu'il semblerait prêt à transformer un rocher en ruisseau. Le bandeau qui lui ceint la tête est de couleur crème et laisse apercevoir sur le côté quelques mèches de cheveux auburn. La silhouette est svelte, élancée, souple comme un roseau au vent. Marie est exceptionnellement belle et en même temps, il se dégage d'elle tant de douceur et de simplicité que c'est le genre de personne que chacun aime, que l'on soit homme, femme ou enfant.

- Chère petite cousine, je suis seule en effet et mon cœur est troublé, c'est pourquoi j'ai désiré venir passer quelques jours auprès de toi, car nul, mieux que toi, ne peut me comprendre.

- Assieds-toi ici, à l'ombre du flamboyant il fait frais. Je t'apporte tout de suite un bassin d'eau pour laver tes pieds qui ont dû souffrir de faire le chemin par cette chaleur. J'ai du lait de chèvre que je viens juste de tirer. Installe-toi confortablement, parle, mon cœur t'écoute.

Marie va à la citerne, au coin de la cour, pour remplir une vasque d'eau et l'apporte à sa cousine. Puis elle entre dans la maison chercher la cruche de lait tenu au frais dans l'une des nombreuses niches creusées dans la roche. Elle revient avec un morceau de toile sur le bras et deux coupes. Elle les pose sur une petite table basse fabriquée par Joseph, et se met à laver les pieds de sa cousine.
- Merci Marie, tu es toujours aussi douce et attentionnée. Voici ce qui m'amène : Zacharie est parti hier conduire Jean à Sékoka. Il n'a que quatorze ans. Bien que je sache que le Seigneur me l'a donné pour me le reprendre et faire de lui un grand prophète, mon cœur de mère saigne d'être séparée si tôt de ce fils chéri et attendu de si longues années.
- Qui a pris cette décision, Jean ou son père ?

- C'est Jean, mais depuis sa plus tendre enfance Zacharie ne cesse de lui raconter le miracle de sa naissance : l'annonce de l'ange, que nous allions avoir un fils qui serait un grand prophète, bien que j'aie depuis longtemps dépassé l'âge d'enfanter. Notre enfant n'a toujours eu qu'un désir : accomplir le destin que Dieu lui a préparé. Au moins, à Sékoka, il va recevoir une solide éducation et connaîtra parfaitement la loi et les prophètes, ce qui le préparera au ministère que Dieu lui a confié de tous les temps. Mais j'ai peur Marie, je ne suis qu'une femme, tellement dépassée par les manifestations du Seigneur… Et toi ma belle, encore si jeune, comment fais-tu pour porter le fardeau que Dieu a posé sur tes épaules ?
- Un fardeau ! Oh non ma cousine, une bénédiction de chaque instant ! Nuit et jour mon âme s'élève et remercie le Très-Haut de m'avoir choisie, moi, si humble, si jeune, si inexpérimentée, pour avoir l'immense privilège d'élever Son Enfant ! Il est si doux, si intelligent, si affectueux… Il semble juste un enfant, riant et jouant avec les autres garçons du village, appliqué à l'étude que Rabbi Da-

niel leur prodigue à la synagogue, passionné pour apprendre le métier de Joseph, toujours à le suivre et à l'aider... Et pourtant, parfois, il s'éloigne et disparaît durant de longues heures, parfois toute une nuit... Lorsqu'il rentre, il a une profondeur dans le regard qui me fait presque peur tant le feu y est intense. Je n'ose plus lui demander où il va, car je connais la réponse : J'ai besoin de m'entretenir avec Mon Père.

- Que dit Joseph à cela ?

- Comme tu sais, la première fois, c'était l'an dernier, lorsque nous sommes montés à Jérusalem pour la Pâque avec un groupe de nos amis et famille de Nazareth et de Séphoris, nous pensions qu'il était avec ses cousins et amis, mais le soir, nous ne l'avons pas trouvé. Nous sommes donc repartis, Joseph et moi sur Jérusalem où nous l'avons cherché trois jours durant. Nous étions morts d'inquiétude, lorsque nous l'avons découvert au temple, assis tranquillement au milieu d'un cercle de scribes et de docteur de la Loi, discutant avec eux et les étonnant de ses questions et de sa sagesse. Nous avions eu si peur que bien sûr, notre première réaction a été de le réprimander pour ce terrible souci qu'il nous avait donné, mais il nous répondit calmement, en nous regardant droit dans les yeux : *« Comment se fait-il que vous m'ayez cherché ? Ne le saviez-vous pas ? C'est chez Mon Père que je dois être.* » Joseph et moi étions tellement sidérés, que nous n'avons pas tout de suite compris. Nous étions sous le choc, et puis, après, nous en avons reparlé. C'est peut-être étonnant, mais durant ces premières années, il semblait tellement être un enfant comme un autre, que tout à notre bonheur, nous en avions presque oublié qui *IL EST.* Depuis, quelque chose a changé entre nous. Il reste obéissant, il écoute Joseph et s'applique à bien travailler, mais imperceptiblement, l'ascendant de l'un sur l'autre est en train de changer.

- Mon amie, comme je te comprends. Bien sûr je me souviens de ce dernier pèlerinage pour les fêtes de la Pâque, de vos soucis, puis de votre joie de l'avoir retrouvé, mais je me rappelle également que Joseph et toi sembliez un peu déroutés lorsque vous vous êtes arrêtés chez nous à votre retour. Combien les voies du Seigneur sont impénétrables ! Quel avenir attend nos garçons ? Dieu enverra-t-il des légions d'anges pour les porter sur le trône de David ?

- Hélas, je ne crois pas. Le Puissant a voulu qu'ils naissent de nous, humbles femmes, dans des petites villes de Galilée, au milieu des vignes, des oliviers, des moutons et des chèvres. Enfants au milieu d'autres enfants, bientôt hommes au milieu d'autres hommes.

- Tout comme notre Père David, qui était berger lorsque Yahvé envoya Samuel à Bethléem pour y oindre le nouveau roi. Le prophète aurait bien choisi un des fils aînés de Jesse, mais Dieu dans sa sagesse, choisit le plus jeune, le plus pur : David.

-« *Car mes chemins ne sont pas vos chemins....* » Mais nous voilà bien graves ! Allez, viens avec moi. Joseph et Jésus travaillent à Nazareth aujourd'hui, ils réparent le toit de la synagogue. Confiance ma cousine, confiance. Saluons le Seigneur avec des chants de joie et ne montrons point notre trouble.

*

Elles sortent de la maison. La crête des collines est occupée par les potagers. Les rangs d'oignons blancs et rouges, d'ail, de concombres, de poireaux, de chicorée, de melons sont séparés par des plantes odorantes : menthe, thym, cumin, coriandre, dont les effluves parfument l'air. Un noyer, un pistachier, un grenadier offrent leur ombre à quelques moutons et chèvres, un peu plus haut, derrière la haie de moutardier coloriant la restante de ses multiples fleurs jaunes. Quelques poules semblent avoir élu domicile dans le pigeonnier sans en offenser ses habitants.

Les deux femmes s'avancent sur le chemin du village dont les maisons de pierres blanches s'égayent au milieu des vignes et des oliviers. Alors qu'elles arrivent à la synagogue, Rabbi Daniel les aperçoit. C'est un homme d'âge mur, portant une longue barbe grisonnante, de taille moyenne, trapu, vêtu d'une tunique de bure foncée, avec deux bandes de tissu marron tombant des épaules.

Sa tête est couverte d'une longue bande de tissu qui l'entoure et retombe dans le dos

- Ah Marie, quel plaisir de te voir !
- Mes salutations respectueuses Rabbi Daniel. Ma cousine Élisabeth nous rend visite et je suis venu voir combien de temps encore Joseph compte travailler ce jour.
- La Paix soit avec toi, Élisabeth. Comment vont mon ami Zacharie et votre fils Jean ?
- Ils sont partis hier pour Sékoka. C'est la raison de ma visite.

Rabbi Daniel se lisse la barbe et toussote

- Ah oui, Sékoka... Vois-tu Marie, j'y ai souvent moi-même pensé pour ton fils Jésus tant il est brillant pour tout ce qui touche à nos Saintes Écritures. Je ne sais pas d'où il tient cette si grande faculté à apprendre, mais il me semble parfois qu'il connaît les textes avant même de les avoir lus. Allons, je vieillis, je dis des bêtises, mais cet enfant m'étonne. Dommage qu'il ne soit pas fils de prêtre, comme Jean, mais simple fils de charpentier. Surtout, qu'il en est à ce jour le seul fils ! Il se doit d'apprendre le métier de son père et lui succéder. Il aurait fait un si bon rabbi ! Enfin, c'est déjà un excellent charpentier à ce que je vois et Joseph a de bonnes raisons d'en être fier. Mais je parle, je parle, allons les retrouver.

Entrant dans la synagogue et levant la tête :

- Joseph, tu as de la visite.

Joseph se penche du toit. On voit apparaître le visage jovial d'un homme encore jeune, aux grands yeux noisette, au visage buriné par le travail au grand air, portant une courte barbe légèrement rousse, les cheveux couverts du même tissu crème que celui que porte Marie.

- Marie, que fais-tu là ?
- Excuse-moi de te déranger, je voulais savoir quand vous rentrerez ce soir.

Joseph se penchant un peu plus et découvrant la présence d'Élisabeth.

- Bonjour cousine Élisabeth, sois la bienvenue. Je travaillerai jusqu'au coucher du soleil, comme d'habitude, mais je peux t'envoyer Jésus pour t'aider à préparer un bon repas pour accueillir notre cousine. Pense à servir un peu de vin, ce soir sera jour de fête !

- Merci cousin, mais ne vous en faites pas. Gardez Jésus, j'aiderai Marie et à nous deux, nous n'aurons guère de peine à préparer le dîner. A tout à l'heure.

*

Alors que Marie et Élisabeth sont en chemin, des femmes du village accourent vers elles :
- Marie, Marie, viens vite, la veuve Rachel ne semble pas pouvoir mettre au monde son enfant. Ah, pourquoi Dieu s'acharne-t-il sur cette pauvre femme ?. Voilà que son mari a été renversé il y a quinze jours par un char romain lancé à toute allure, et après le père, il semble qu'aujourd'hui Dieu veuille rappeler à Lui la mère de ses orphelins.
- Qui sait, peut-être reste-t-il un moyen de la sauver ou de sauver l'enfant ? Dépêchons-nous.

*

Quelques heures plus tard, chez Marie et Joseph.

- Pardonnez-nous, nous n'avons pas eu le temps de préparer un bon repas…

Joseph, coupant la parole à Marie :

- Ne t'inquiète pas, ma douce, nous avons appris pour la veuve Rachel comment Élisabeth a réussi à sauver le bébé, alors que la pauvre femme rendait son âme à Dieu.

- Ses enfants sont là : Simon, les jumeaux Jacques et Jude, José, Myriam et le bébé.

Simon, l'aîné, a dix ans. Il serre les dents pour ne pas pleurer. Ses grands yeux bruns, très enfoncés derrière d'épais sourcils, sont gonflés des larmes qu'il a retenues. Il est enroulé dans son manteau de bure brune malgré la chaleur. La peau de son visage est brûlée par le soleil, son nez est légèrement busqué, ses lèvres fines. Les jumeaux, à peine sept ans, sont blottis l'un contre l'autre comme deux oisillons identiques. Ils sont beaux, avec des boucles brunes, de grands yeux noirs, un visage fin, les lèvres charnues tremblant au rythme des sanglots étouffés. Les deux petits semblent ne pas comprendre le drame qui se passe mais sentent la tension et respirent la peur et le malaise des aînés. Ils ont encore la peau claire des enfants qui restent auprès de leur mère, sous le préau de la cour, protégés du monde comme du soleil brûlant.

Jésus, qui n'avait encore rien dit et s'était tenu un peu à l'écart derrière Joseph, s'avance vers le couffin où repose le nourrisson. Bien qu'il n'ait que treize ans, il en paraît au moins seize car il est grand et large d'épaules, musclé par les travaux. Ici les charpentiers sont aussi des constructeurs, dans ce pays où la pierre est abondante et le bois rare. Jésus est particulièrement beau, mais ce qui frappe le plus, ce sont ses yeux clairs, changeant de couleur, allant du bleu du ciel de Galilée au vert de l'eau de la mer, selon l'éclairage. Son regard est intense. Il se penche, prend le nouveau-né dans les mains et l'élève au-dessus de sa tête :
- Il s'appellera Marc.
Tous le regardent, interloqués, car ce sont les gestes et les paroles réservés au père, mais il a

agi avec une telle assurance que personne n'intervient malgré son jeune âge.

Jésus repose l'enfant et se tourne vers Marie :

- Désormais, ces enfants seront tes enfants et je serai leur frère. Tu es venue sur cette terre, non seulement pour être ma mère, mais pour devenir celle de tous les hommes. Aujourd'hui, cette mission commence.

Joseph s'interpose :

- Jésus, c'est très beau et très charitable ce que tu dis là, mais nous n'avons pas les moyens de les élever tous. Tu n'es pas encore un homme et je suis le chef de cette famille. Il faut les partager entre les gens du village, c'est la coutume.

Jésus, calme, regarde Joseph droit dans les yeux :

- Les chemins de notre Père céleste ne sont pas vos chemins. Je travaillerai autant qu'il le faudra, pour le reste, Dieu y pourvoira.

Visiblement surpris, Joseph est bouleversé. Le regard de Jésus a troublé son cœur. Il se sent renvoyé quelques mois auparavant, au

Temple de Jérusalem. Cette fois-ci, il n'éprouve ni peur, ni colère, ni déception… L'expérience l'a mûri. Il sait que Jésus parle avec une autorité qui n'est pas la sienne : il exprime les désirs du Très-Haut. Personne n'ose plus parler. Marie inscrit ces paroles dans son cœur et entrevoit dans les yeux de son âme l'immensité de cette humanité qui bientôt l'appellera « Mère ». Élisabeth pense à la naissance miraculeuse de son fils, Jean-Baptiste et son cœur se gonfle d'espérance.

José et Myriam s'approchent de Jésus, ils ont 2 et 3 ans. Ils se serrent contre lui et le regardent avec tout l'amour et l'espoir du monde.

Á cet instant, Rabbi Daniel entre, accompagné de sa femme, Anna qui porte un grand plateau de victuailles.

- Marie, Anna vous a préparé à dîner. Elle m'a raconté la fin de cette pauvre Rachel et comment Élisabeth a sauvé le nourrisson. Tout le monde est là, c'est bien. Joseph, laissons les femmes et les enfants manger et allons discuter de la manière de répartir ces orphelins dans la communauté. »

- Merci Rabbi Daniel, merci Anna, mais nous pouvons nous aussi boire et manger. Ma famille vient de s'agrandir : le Seigneur m'a confié ces enfants, nous ne les séparerons pas.

- Joseph, es-tu devenu fou ? C'est très généreux ce que tu offres, mais comment vas-tu faire pour élever tout ce monde ?

Joseph lance un regard complice à Jésus et répond :
- Disons que je travaillerai autant que je le pourrai et pour le reste, Dieu y pourvoira.

*

Le lendemain à l'aube, Rabbi Daniel réunit le conseil des hommes. Chacun est venu en pensant à la charge qui pourrait lui incomber dans le drame qui frappe la famille de Simon le charpentier. Plusieurs s'apprêtent à proposer de prendre l'aîné, car il est en âge de travailler, mais peu ont envie de devoir assurer la charge des plus jeunes. Les jeunes pères dont les femmes allaitent craignent que leur soit confié le nourrisson qui, à leurs yeux, volerait une part de lait dévolue à leur enfant.

-Mes amis, merci d'être tous venus avant de partir à vos tâches. Vous connaissez tous les malheurs qui ont frappé ce village récemment. Notre loi nous demande de venir en aide aux veuves et aux orphelins, notre coutume veut que dans un cas comme celui-ci, les enfants soient répartis dans le village. Aujourd'hui, nous avons une situation inhabituelle, car Joseph le charpentier, mon ami que voici, propose de prendre à sa charge toute la fratrie. En effet, compte tenu des circonstances de la mort de Rachel et du sauvetage de son nouveau-né, il estime que Dieu le désigne comme responsable de ces enfants.

Il y a des mouvements divers dans l'assistance ; d'une part, la stupéfaction, pour beaucoup le soulagement, pour quelques-uns un peu de dépit car ils espéraient trouver un serviteur docile en la personne du jeune Simon ou de l'un ou l'autre des jumeaux. Cependant, bien vite, tout le monde accepte la proposition de Joseph.

-Mes amis, poursuit Rabbi Daniel, la générosité de l'un des nôtres n'exclut pas notre responsabilité collective. Je vous demande donc de participer, selon vos moyens, à la charge que prend Joseph. Je suggère que nous nous mettions d'accord pour une année, alors, nous reverrons si nos dispositions sont bien dans l'intérêt des enfants, comme le demande notre loi.

Le premier à parler est Josselin, le plus riche marchand de Nazareth.

-Joseph, ce que tu proposes est bon. Je dispose de quelques arpents de vigne juste au-dessus de ta maison. Ceux-ci sont loin du reste de mes terres. Je te les confie pour un an, le profit sera le tien. Si l'an prochain la décision de ce jour est confirmée, cette vigne t'appartiendra.

André, un marchand de bétail, se lève à son tour.

-Joseph, mon ânesse a mis bas une petite femelle le mois dernier. Dès que celle-ci sera sevrée, je te l'offre.

Tour à tour, les hommes proposent leur aide : qui une jarre d'huile d'olive, qui un sac de blé, qui une poule, un pigeon ou un lapin, qui un lot d'étoffe pour y tailler des vêtements. Le scribe de la synagogue enregistre les dons et les prêts qui affluent.

-Mes amis, je ne suis pas un bon parleur, commence Joseph, et je ne sais comment vous remercier tous pour votre générosité. Vos dons sont beaucoup trop importants pour ma petite famille…

Rabbi Daniel l'interrompt :

-C'est l'esprit de Dieu qui parle au cœur des hommes justes. Accepte tous ces dons et remercie Yahvé qui vient de transformer une tragédie en un grand élan de solidarité et d'amitié fraternelle. C'est toute notre communauté qui ressort grandie. Je vois là que c'est bien le Seigneur qui a inspiré ton geste, car déjà les fruits se manifestent en cette matinée.

Mes amis, je vous propose de chanter les louanges du Très-Haut avant de nous séparer.

Tous les hommes entonnent le psaume 66 :
« Acclamez Dieu, toute la terre, chantez à la gloire de son nom… »

Puis, ils se séparent, chacun allant à son labeur. Rabbi Daniel retient Joseph à l'écart.

-Je n'ai rien osé dire sur ce sujet, car il est délicat pour les hommes de l'aborder, mais tu n'as pas demandé l'aide d'une nourrice.

-Ce ne sera pas nécessaire. Lorsque Marie a pris le bébé sur son sein, le lait lui est arrivé.

-Rabbi Daniel hoche la tête : les mystères féminins nous sont bien hermétiques, mais voilà une bonne nouvelle qui confirme que Dieu bénit ta décision. Joseph, avec tous ces fils, tu es à présent un membre important de notre village. Je m'en félicite car j'apprécie ton calme et ta sagesse. Mais dis-moi, comment Jésus a-t-il réagi à ta décision ?

-Joseph sourit.

-Comme un bon fils, Rabbi Daniel. Tiens, le voici qui arrive avec le jeune Simon.

-Bonjour Rabbi Daniel. J'ai emmené Simon afin de lui expliquer notre métier en lui montrant comment nous refaisons le toit de la synagogue.

-N'est-ce pas trop tôt pour le mettre déjà en apprentissage ? demande Joseph.

-Non monsieur, je désire travailler dès maintenant, réplique Simon, fermement.

-Tu ne vas pas m'appeler monsieur. Tu peux me dire papa ou père à présent !

-Non monsieur, désolé, je ne peux pas. Mon père est mort et j'apprécie votre aide, mais vous ne pouvez-pas le remplacer.

-Alors, appelle-moi Joseph, d'accord ?

-Oui monsieur Joseph.

-Non, pas de monsieur entre nous. Tu fais partie de ma famille maintenant.

-Ma famille, ce sont mes frères et sœurs. Qu'a décidé le conseil ?

Rabbi Daniel intervient :

-Ne t'inquiète-pas, la décision de Joseph de vous garder tous a été acceptée par le village tout entier.

-Alors, c'est vrai, on reste tous ensemble ? On ne va pas être séparés ?

-C'est bien cela : nous formons une nouvelle famille, et même si tu ne veux pas m'appeler papa, tes frères, ta sœur et toi êtes mes enfants adoptifs.

Pour la première fois depuis le drame qui l'a privé de son papa, Simon sourit.

-Allez mes fils, allons travailler ! A tout à l'heure Rabbi Daniel.

Joseph, Jésus et Simon partent sur le chantier.

*

L'apprentissage d'une grande famille

Le soleil est au zénith lorsqu'ils rentrent pour le repas de midi. Marie et Elisabeth guettent leur arrivée, car elles ne savent pas encore ce qui a été décidé au conseil des hommes le matin. Lorsque Joseph lui raconte et lui énumère tous les dons qu'ils ont reçus, Marie n'en croit pas ses oreilles.

-Mais c'est beaucoup trop !

-*« Car le Seigneur connaît le cœur des justes, à ceux qu'Il aime, Il ne refuse rien »* cite Jésus en souriant.

-Tu dis que Tobias nous a accordé des étoffes, je vais pouvoir faire des habits à tous ces enfants qui semblent en avoir bien besoin.

-Nous avons aussi 3 brebis et 2 chèvres. Voilà qui fera une bonne occupation pour les jumeaux… avec les arpents de vigne, les quelques oliviers nous allons avoir plus de travail que de bras pour les vendanges et la cueillette, commente Joseph en souriant. Comment va notre nouvelle famille ?

-Je ne sais pas, les enfants n'ont pas parlé de la matinée. Ils restent blottis les uns contre les autres et n'ont pratiquement pas bougé.

-Ils ne parlent pas, dit Simon.

-Que veux-tu dire, ils sont muets ? S'inquiète Marie.

-Non, je ne crois pas. C'est juste qu'ils ont peur.

-Peur de nous ? s'étonne Joseph.

-Non, déjà, à la maison, ils avaient peur de papa. Alors, ils se cachaient quand on rentrait le soir.

-Pourquoi avaient-ils peur Simon ? demande Marie

-C'est un secret. Je ne peux pas le dire.

-Et toi, tu n'avais pas peur ? interroge Joseph

-Moi, il ne me battait pas.

-C'est ça le secret ? Ton papa battait ta maman et tes frères ? Continue doucement Joseph.

-Je n'ai pas le droit de le dire.

Simon se met à pleurer doucement. Marie pose une main sur son épaule :

-Simon, ici, personne ne te battra, personne ne leur fera de mal. Je te le promets. Tu me crois ?

L'enfant lève son regard et plonge dans les yeux bleus, pleins de tendresse, penchés sur lui. Dans un souffle il murmure : oui.

Pendant ce temps, Jésus est allé vers les enfants. Il a posé Myriam et José sur ses genoux et leur parle ainsi qu'aux jumeaux. Visiblement, tous les quatre comprennent ce qu'il dit. Il se relève et les emmène vers le coin de la cour où tous s'installent pour déjeuner simplement de crudités et de pain, de quelques olives, de fruits.

*

L'après midi, Élisabeth aide Marie à laver les enfants. Elles découvrent avec stupéfaction et horreur les traces laissées par les coups de fouet de Simon le charretier. D'abord inquiets, petit à petit les enfants se laissent faire. Marie passe un baume de sa fabrication sur les hématomes, en cachant les larmes qui lui montent aux yeux. Les deux plus jeunes portent les traces de la négligence dans laquelle ils ont vécu. Les deux femmes ont beaucoup de mal à leur prodiguer les soins dont ils ont tant besoin.

-Je vais rester avec toi le temps qu'il faut pour que ces petits s'apprivoisent, propose gentiment Élisabeth.

-J'accepte avec joie, cousine ... Je ne sais pas comment j'aurais fait sans toi aujourd'hui ! Ton nom restera à jamais attaché au mien.

-Fais donc une sieste avec les deux petits et le bébé. Je vais emmener les jumeaux se promener, cela nous fera du bien à tous.

Mais Jacques et Jude refusent de quitter leurs frères, sans doute inquiets d'être séparés.

Élisabeth s'installe avec eux dans un coin de la cour et leur raconte des histoires, guettant leurs réactions. Ils ne parlent toujours pas, mais à leurs mimiques, elle sait qu'ils comprennent bien ce qu'elle leur dit.

Marc, le nourrisson, est remarquablement sage. Pas de pleurs. Il tète avidement et dort tranquillement, comme si le lait de Marie lui apporte une sécurité qui efface le traumatisme de sa naissance.

*

Lorsque Joseph et les garçons rentrent le soir, Simon est heureux de retrouver sa fratrie. Jésus lui propose d'aller se promener un peu avec Jacques et Jude. Cette fois, les jumeaux, rassurés par la présence de Simon, acceptent de sortir. C'est une bonne chose, car les hommes du village arrivent, tour à tour, apportant les animaux, réserves, étoffes promises le matin. Joseph a sorti du vin pour l'occasion. Rabbi Daniel, qui ne veut pas être de reste, propose d'offrir un agneau pour la circoncision du bébé prévue le lendemain.

-Joseph, quel nom vas-tu lui donner ?

-Il s'appellera Marc.

-Quelle curieuse idée, il n'y a pas de Marc dans ses ascendants ni dans les tiens.

-Oui, tu as raison Rabbi Daniel, mais il s'appellera Marc !

-Quel drôle d'homme tu es Joseph ! A demain.

Le soir même, Marie et Élisabeth taillent et cousent tard dans la nuit. Heureusement, parmi les nombreux cadeaux reçus, il y a des vêtements usagés pour les enfants qui permettront d'attendre les nouveaux habits confectionnés avec amour.

*

Il suffit de quelques semaines de patience, de tendresse, de soins pour gagner la confiance des enfants. Petit à petit, les jumeaux commencent à parler. Tout d'abord entre eux, puis pour demander un peu d'eau ou de pain, c'est un début. Ils acceptent maintenant de sortir l'après-midi avec Élisabeth et s'amusent à promener les brebis et les chèvres. Ils guettent le retour de leur grand frère et de Jésus qui leur raconte des histoires et s'évertue à les faire rire.

Jour après jour, l'angoisse s'évapore et fait place à la joie de vivre. L'enfance reprend ses droits. La nouvelle maisonnée trouve ses marques, s'organise. Marie rayonne dans son nouveau rôle de mère de famille nombreuse, comme si celui-ci lui était dévolu depuis toujours. Beaucoup s'étonnent de son aisance à gérer soudain tout ce petit monde, après avoir vécu pour un seul fils.

Joseph, taiseux de nature, fait de gros efforts pour entrer dans son nouveau rôle de pater familias. Jésus prend l'habitude de sortir le soir après le dîner, pour aller s'isoler au calme des collines afin de méditer et de prier.

*

Marie, accompagnée d'Élisabeth et des quatre petits se rend au lavoir. Elle prend sa place en bout de ligne, lorsque Sarah, une mère de quatre fils l'interpelle :

-Marie, viens prendre ta place devant moi, c'est toi maintenant qui es la mère du plus grand nombre de fils du village, à ce titre, tu es la première d'entre nous.

-Pourquoi lui accorder ce privilège, alors qu'elle ne les a pas portés en son sein ! intervient Judith, une femme sans enfant.

-Merci Sarah, mais je peux rester à ma place, ce n'est pas un problème, répond Marie.

Mais les femmes du village ne l'entendent pas ainsi, presque toutes se rangent de l'avis de Sarah, conforme à la coutume, alors que quelques-unes soutiennent Judith, jalouse de la nouvelle position de Marie.

-Mes amies, je ne veux pas être un sujet de discorde entre vous. J'accepte avec joie et respect l'offre de celles qui me demandent d'avancer, sans demander aux autres de le faire contre leur volonté.

Les unes après les autres, les femmes s'écartent pour la laisser passer. Beaucoup l'embrassent, la félicitent, se réjouissent sincèrement avec elle, si bien que même celles qui avaient exprimé leur désaccord lui font place, presque toutes avec le sourire car Marie n'a pas insisté sur son droit.

Avec Élisabeth, elles lavent le linge ; les conversations reprennent, tournant comme toujours autour des enfants, des récoltes, du temps…

*

En repartant, Marie glisse discrètement un mot à Judith :

-Viens me voir à la maison, j'aimerais te parler seule à seule.

Surprise par l'invitation, anxieuse de ce que Marie compte lui dire, la jeune femme vient la voir un peu plus tard. C'est Elisabeth qui l'accueille dans la cour :

-Sois la bienvenue Judith. Vois-tu, je te comprends parfaitement, je connais cette double peine que nous inflige la position de femme stérile, non seulement on souffre de ne pas avoir d'enfant, mais on subit humiliation sur humiliation. Ne désespère pas, regarde moi, j'ai enfanté dans mon grand âge, le Très-Haut a eu pitié de mes pleurs.

Marie sort de la maison avec une fiole.

-Voici un élixir, tu en prendras quelques gouttes chaque matin, tu réciteras un psaume et tu imploreras l'Eternel. Nous aussi, nous prierons pour toi jusqu'à ce que ton vœu soit exaucé.

-Si tu as la connaissance d'une potion qui combat la stérilité, pourquoi n'as-tu conçu qu'un seul fils en ton sein ? demande Judith, ne sachant si elle peut faire confiance aux deux femmes.

-C'est là un secret que je dévoilerai peut-être un jour, disons pour l'instant que Jésus comble tous les désirs d'une mère.

-Pourquoi moi et pas une autre femme ? pourquoi maintenant et pas plus tôt ?

-Les hommes sont prompts à accuser de sorcellerie quiconque soulage des maux dont ils ne comprennent pas le sens. Je ne peux aider que si je ressens en moi la volonté du Seigneur de m'utiliser pour accomplir Sa Très Sainte Volonté, si je peux faire confiance que la personne à qui je m'adresse rendra grâce au Seigneur et à lui seul.

-Je ferai ce que tu me conseilles. Si l'Éternel écoute nos prières, à Lui seul je rendrai grâce, mais je te serai à jamais reconnaissante.

-Va en paix, aie confiance, espère et crois.

Judith se retire, troublée mais heureuse, sentant en son cœur que déjà, quelque chose en elle a changé, qu'une porte s'est ouverte sur un avenir heureux.

La mort de Zacharie

Quelques semaines plus tard, Elisabeth est encore là lorsque la nouvelle lui parvient : son mari Zacharie est décédé en rentrant de Sékoka.

-Ma pauvre cousine, et moi qui vais devoir rester ici pour m'occuper des enfants ! se lamente Marie.

-Jean est resté à Sékoka. C'est mon seul enfant… Élisabeth est effondrée.

-Cousine, lorsque la semaine de grand deuil sera passée, viens t'installer avec nous, propose Joseph.

-Comme c'est charitable de votre part, mais vous avez déjà de si lourdes charges avec tous ces enfants…

-Justement, regarde comme tu as aidé Marie. Comment aurait-elle fait sans toi, coupe Joseph.

-Les enfants t'ont adoptée, renchérit Marie. Joseph a raison, ta place est parmi nous.

-Jésus et moi avons déjà prévu d'agrandir un peu la maison, nous t'accompagnons à Séphoris et nous te ramènerons.

-Que de bouleversements pour vous en si peu de temps !

-Pour toi aussi cousine, en plus, tu as ton grand chagrin, alors que pour nous, ce n'est que de la vie en surcroît.

-Comment vous remercier ?

-C'est nous qui te sommes redevables. Allez, courage. Prépare-toi. Je t'accompagne par l'âme et le cœur.

*

Zacharie était prêtre, la famille était logée dans une maison de ville appartenant à la synagogue. Jean étant parti pour Sékoka, la responsabilité de la veuve repose normalement sur la communauté. C'est donc avec un certain soulagement que Rabbi Ismaël apprend la décision de Joseph de la prendre sous son toit.

Après les funérailles et la semaine de grand deuil, il passe dire au revoir à Élisabeth.

-Joseph, voici trois pièces d'argent de la part de la communauté. Chaque année, à cette date, viens me voir et je te donnerai la même somme, tant qu'Élisabeth vivra.

-Merci Rabbi Ismaël, mais nous ne pouvons pas accepter votre générosité. Nous ne faisons que notre devoir.

-Ne nous prive pas du plaisir de rendre hommage à notre regretté ami et de souscrire au règlement de la loi. Nous sommes heureux de savoir qu'Élisabeth ne sera pas seule. Tu as maintenant une grande famille, tu dois penser à tous tes enfants, l'avenir est incertain. Allez, on ne repousse pas une main tendue par affection.

-J'accepte votre gentillesse. Si vous avez besoin de quoi que ce soit, je serai heureux de vous rendre service.

-Passe me voir de temps en temps. Que le Très-Haut vous garde !

*

Quelques mois plus tard, Judith donne naissance à un petit garçon. Elle demande à son mari Mathieu de lui donner le nom de Jésus. A son étonnement, elle répond que Marie lui a dit tant de bien sur son fils qu'elle éprouve le désir de lui donner ce nom. Il refuse, insistant pour que son fils porte le même nom que lui.

AN XIV de notre ère

Une leçon bien difficile

En ce printemps de l'an XIV, Rabbi Daniel est entouré de ses élèves. Ils sont une dizaine d'adolescents de Nazareth à poursuivre avidement ses enseignements au-delà de la Bar Mitzva, cérémonie après laquelle la majorité des garçons arrête la fréquentation de l'école rabbinique. Ils ont entre quatorze et quinze ans, un ou deux approchant de leurs seize ans, âge où la plupart des hommes se marient. Il y a là Aaron, Benjamin, Nahum, Samuel, David, Jacob, Judas, Képhas, Saul, Jérémie, Jazouph et Jésus.

- Un de vous est venu me trouver, commence Rabbi Daniel, pour me parler d'un problème, qui je pense, doit vous concerner tous, plus ou moins. Il prend une forte aspiration, car le sujet qu'il va aborder est toujours difficile. Il est écrit : *« acte de chair commettra en mariage seulement »,* et il est aussi écrit que *« celui qui répand sa semence en dehors des liens du mariage est un criminel.».*

Tous les jeunes hommes baissent la tête, certains toussotent, gênés et surpris qu'un tel sujet soit abordé cet après midi de Sabbat.

- Avant de continuer, je vous pose une question : sommes-nous responsables de nos rêves ?

- C'est l'Éternel qui nous envoie les songes, propose Benjamin.

- Mais que dire des mauvais rêves ? S'enquiert David.

- Peut-être Satan s'amuse parfois à nous troubler ? demande Képhas.

- J'ai remarqué que lorsqu'un évènement m'a contrarié dans la journée, j'en rêve la nuit, continue Saul.

- Très bien. Vous avez tous raison, poursuit Rabbi Daniel. Nous ne sommes pas responsables de tous nos rêves, et c'est un moyen souvent utilisé par l'Eternel et les anges pour communiquer avec les hommes. Pourtant, parfois, nous les créons nous-mêmes.

- Comment cela se peut-il ? demandent les jeunes gens.

- Si vous pensez très fort à quelque chose que vous désirez ou que vous redoutez, juste avant de vous endormir, au lieu de prier, il est fort probable que vos pensées hanteront votre sommeil et se fraieront un passage dans votre esprit par le truchement des rêves.

Tous les jeunes gens méditent ces paroles. Peu à peu, les uns et les autres hochent la tête, au fur et à mesure que des souvenirs leurs viennent à l'esprit, illustrant ce que vient d'expliquer leur maître. Après un moment de silence, voyant que tous avaient bien compris, Rabbi Daniel toussote, se lisse la barbe, regarde l'horizon et reprend : « Il a pu arriver à certains d'entre vous de faire des rêves impurs, parfois si forts que vous vous réveillez... il se racle la gorge, disons, mal... » ne trouvant d'autre mot pour exprimer une situation bien embarrassante pour ces jeunes gens religieux, dans une culture où il est peu courant d'aborder les choses de la chair en dehors des strictes écritures de la genèse, des psaumes, ou du Cantique des Cantiques.

Après un petit moment de silence, il continue.

- Ce que je veux vous dire, c'est que si vous évitez de poser les yeux sur le sujet de votre tentation, si vous refusez d'y penser, vous réfugiant dans les écritures saintes, l'activité physique, les bonnes actions, et que vous êtes cependant troublés en votre sommeil, cela n'est pas un péché. Vous n'en êtes point responsables. Il est juste venu le temps pour vous de vous marier rapidement.

Un soupir de soulagement s'échappe de nombreuses poitrines et le maître sourit dans sa barbe, mais il n'en laisse rien paraître et continue d'une voix dure cette fois-ci : par contre, si vous vous complaisez dans les pensées impures, en particulier au moment de vous endormir, alors, vous êtes responsables de votre rêve.

Jazouph se rebiffe :

- Rabbi, ce que vous dites est pure spéculation. Cela n'est point écrit. Un âne ne pense pas et cela ne l'empêche pas de braire à en crever les tympans lorsque l'envie lui en prend.

- Te compares-tu à un âne Jazouph ? N'as-tu pas un esprit pour penser, une volonté pour te contrôler, une âme pour t'élever ?

Quelques jeunes gens ne peuvent étouffer leur rire, ce qui est aussi une façon de laisser s'échapper la gêne que cette discussion a éveillé en eux. Jazouph se tourne vers eux, l'air mauvais :

- Bande d'hypocrites ! Vous n'êtes pas meilleurs que moi !

- Ne t'en prends pas à eux, Jazouph, alors que c'est sur moi que tu as envie de passer ta colère. Tu auras bientôt seize ans et il me semble que ton mariage est déjà planifié, intervient Rabbi Daniel.

- Avec Noémie, en effet, le choix de nos parents, pas le mien !

- Tu as de la chance, elle est jeune, elle est douce, elle chante avec grâce…

- Elle est moche !

Jazouph a coupé la parole à son Maître, ce qui est une grave offense. Rabbi Daniel se lève, courroucé :

- C'est assez ! Je me demande pourquoi j'essaie de me donner tant de mal pour une bande d'ingrats. La leçon est finie. Partez !

*

Les garçons s'éparpillent, Aaron, Nahum, Jacob, Jérémie et Judas entourant Jazouph ; Képhas et Saul descendant vers la fontaine ; Jésus et les autres grimpant vers les hauteurs de Nazareth.

- Jésus, pourquoi n'as-tu rien dit ? demande Benjamin.

- Parce que Rabbi Daniel s'est donné beaucoup de mal pour traiter d'un sujet très délicat et que je ne sais pas très bien ce que j'aurai pu dire de plus.

- Et toi, s'enquiert Samuel, ça t'est arrivé ?

- Comme à nous tous.

- Ah, me voilà bien soulagé ! commente David. Il éclate d'un bon rire franc. Ses amis en font autant, heureux d'être ensemble, délivré du poids de leur secret d'adolescents, aspirant à pleins poumons l'air frais des collines.

*

Le soir venu, Jésus prie :

- Père, pourquoi faut-il que les jeunes gens souffrent de leur propre nature ? Pourquoi planter cette épine en leur chair avant le temps accepté des épousailles ? Pourquoi me fais-tu passer par ces affres, alors que je sais que je n'ai pas le droit de me marier un jour, que je ne peux pas lier le destin d'une femme et d'enfants au mien car je suis venu pour donner ma vie au monde…

- Jésus, Jésus… Tu as choisi d'être un homme afin de montrer aux hommes la voie du salut. Tu as choisi de t'incarner et de vivre de leur humble condition afin que, quelle que soit l'épreuve qu'ils traversent, ils puissent se tourner vers toi et savoir que toi aussi, tu l'as vécue et surmontée. Celle-ci n'est rien à côté de ce qui t'attend si tu accomplis ton destin.

Mon Fils bien-aimé, tu as encore le droit de choisir, tu peux encore renoncer à ta mission salvatrice, prendre femme et vivre pleinement ta vie d'homme. Fonder une famille, tu aimes tant les enfants, quel mal y aurait-il à cela ?

Jésus se redresse, déstabilisé :

- Qui parle ? Père, est-ce toi ? Est-ce le tentateur ? Mon Dieu, mon Dieu, ne m'abandonne pas !

An XV de notre ère

Deux bien tristes mariages

En ce printemps de l'an XV, on célèbre deux mariages dans la petite communauté. Josselin, le père de Jazouph épouse Danaé, une toute jeune fille belle comme le jour, alors que son fils se marie avec Noémie.

Riche marchand, Josselin a invité tout le village. Jésus et ses amis sont assis à l'ombre d'un olivier, après toute une série de danses enivrantes.

- C'est triste de voir une jolie fille comme Danaé mariée à un vieux comme Josselin, commente Samuel.

- C'est aussi vrai, de voir une gentille fille comme Noémie épouser Jazouph. Je crains fort qu'il ne fasse un bien mauvais mari. Il est brutal, trouve toujours le mot blessant pour chacun. Il regarde Danaé avec la cupidité d'un publicain… La vie ne va pas être facile dans leur maison, renchérit David.

- Depuis qu'ils sont tous petits, tout le monde sait que Danaé et Képhas s'aiment. Ce doit être terrible pour lui ! D'ailleurs, je ne l'ai pas vu aujourd'hui, sans doute n'a-t-il pas eu le cœur d'assister à la fin définitive de ses espoirs, poursuit Benjamin.

- Vous avez raison. Ces mariages sont bien tristes malgré la bonne chair et le vin qui coule à flot. Les musiciens font de leur mieux, mais, à part Josselin qui est aveuglé par l'idée de dévorer une belle oie blanche, il n'y a guère de joie aujourd'hui. Que voulez-vous faire, rester ou aller marcher dans les collines ? conclut Jésus.

Discrètement, afin de n'offenser personne, les quatre amis quittent les noces.

*

Jazouph se révèle

Quelques mois plus tard, Jazouph n'a pas trop de mal à découvrir que sa belle-mère et Képhas ont une liaison. Il les épie et attend le bon moment pour frapper.

Nazareth est une bourgade. Comme la majorité des rabbins, Rabbi Daniel est également un marchand. Après les récoltes, il va vendre à la ville les excédents que lui confient les habitants du village. Josselin l'accompagne le plus souvent, afin de lui faire profiter de ses contacts et de ses conseils.

Jazouph s'assure de leur départ afin de ne pas risquer de les trouver au travers de son chemin. Il passe ensuite chercher ses amis,

Aaron, Nahum, Judas, Jacob et Jérémie et leur demande de l'accompagner pour une mission religieuse de haute importance. Il est le premier d'entre eux à être marié et ce nouveau titre lui donne de l'importance. Ils quittent leurs travaux respectifs et la petite troupe grimpe la colline qui surplombe Nazareth.

Arrivés près du sommet, Jazouph prend la parole :

- Mes amis, vous êtes de bons juifs, de bons pratiquants. Comme moi, vous détestez les impies et ceux qui bafouent les lois de Yahvé.

- Bien sûr, répondent en cœur les jeunes gens.

- Aujourd'hui, il va vous être donné de devenir des héros, des modèles pour notre communauté. Aujourd'hui, vous allez prouver que nous valons bien mieux que Jésus et ses amis, les préférés de Rabbi Daniel. Êtes-vous avec moi pour appliquer la loi que Moïse a donnée à nos pères ?

-Tout à fait. Allons-nous nous battre contre des romains ? demande Aaron.

- Pire que des romains : des traîtres, des porcs, des renégats. La honte de notre belle ville de Nazareth. Ramassez des pierres, nous allons en avoir besoin.

Stimulés par ces paroles et sûrs de s'apprêter à se battre pour une noble cause, les garçons s'emparent chacun d'autant de pierres plates et coupantes, les plus faciles à lancer, que peuvent en tenir une main.

- Maintenant ; pas de bruit : cueillons le renard dans sa tanière.

Ils avancent doucement jusqu'à un de ces petits abris que les bergers utilisent pour se protéger lors des fortes pluies, là, tendrement enlacés, Danaé s'est endormie sur l'épaule de Képhas.

- A mort les fornicateurs ! La lapidation pour les adultères ! s'écrie Jazouph, lançant la première pierre qui frappe la tempe de Danaé.

- Mais, ce sont Danaé et Képhas ! s'exclame Jacob, surpris de se trouver là, soudain, devant son camarade de toujours.

- Arrêtez ! Danaé est blessée ! s'écrie Képhas, désespéré.

Mais Jazouph lance une deuxième pierre, cette fois dans l'œil de Danaé, puis une troisième. A la vue du sang, aux cris, seul Jacob a posé ses pierres. Il se tient la tête dans les mains. Les autres garçons frappent à leur tour. Une pluie de pierres s'abat sur les amoureux. Képhas essaie de protéger Danaé de son corps, mais il est seul contre cinq. Jazouph commence à lui donner des coups de pieds. Comme grisés par l'action, quatre des autres garçons se joignent à lui. Jacob part en courant. Képhas et Danaé ont perdu connaissance sous les coups.

- Finissons-en, jubile Jazouph.
Les jeunes gens traînent les corps inanimés et les font basculer dans le ravin.

- Je suis fier de vous. Jacob est un lâche, tant pis pour lui, mais tout Nazareth saura qu'il y a des hommes dévorés par le zèle du Seigneur pour y faire régner l'ordre. Rabbi Daniel est trop vieux, il est trop indulgent pour les mauvais juifs.

Soudain, conscient que la folie meurtrière passagère de ses camarades a fait place à de l'abattement, Jazouph réalise qu'il a pris un risque.

- Écoutez-moi. Nous allons devoir nous expliquer devant le conseil des anciens. Il nous faut être prudent car cette vermine est pervertie. Nous dirons que nous voulions juste les prendre en flagrant délit et les emmener pour être jugés, mais qu'ils ont essayé de s'échapper et qu'ils sont tombés dans le ravin par accident.

Sentant s'éloigner d'eux la responsabilité directe de la mort des deux jeunes gens, les camarades de Jazouph acquiescent.

- Que fait-on de Jacob ? demande Judas.
- Allons le trouver.

Ils n'ont pas à le chercher longtemps, ils le rencontrent un peu plus loin, en pleurs sur le bord du chemin. Fin stratège, Jazouph l'aborde :

- Que fais-tu là ? Tu devais aller chercher des anciens pour qu'ils puissent témoigner avec nous pendant que nous gardions les coupables ! A cause de toi, ils ont voulu s'échapper, on leur a couru après, mais ils ont glissé et ont basculé dans le ravin.

- C'est vrai, si tu n'avais pas été aussi veule, nous aurions deux prisonniers et non deux morts ! renchérissent les quatre autres, comprenant la tactique de leur chef.

- Ce n'est pas possible ! Vous n'avez pas fait ça, vous ne les avez pas tués ! s'exclame Jacob.

- C'est un accident et tu en es le fautif, alors, écoute bien Jacob, ou tu dis comme nous, et nous ne dirons pas que tu t'es arrêté en chemin, ou tout Nazareth saura que tu es le grand responsable de ce qui est arrivé.

Se sentant pris au piège, Jacob accepte de relater cette version des faits. Alors, se couvrant la tête de poussière en guise de cendres pour annoncer le deuil, la petite bande descend annoncer la nouvelle au village.

*

Comme Jazouph s'en doutait, ils passent quelques heures plus tard devant le conseil des anciens.

- Si tu savais que ta belle-mère était adultère, que n'en as-tu parlé à ton père, ou à moi ? S'enquiert Rabbi Daniel.

- Maître, je savais que c'est justement lorsque mon père est absent que les fornicateurs se retrouvaient. Nous avions besoin de les prendre en flagrant délit.

- Pourquoi ne pas avoir pris un ou deux anciens avec vous ?

- Nous n'avions pas prévu qu'ils essaieraient de s'échapper. Nous ne voulions pas imposer aux anciens la longue montée de la colline.

- Dites-nous, vous ne leur avez pas jeté de pierres ? La lapidation n'a plus cours de nos jours. La loi permet la répudiation en cas d'adultère.

- Non, nous avons juste essayé de les empêcher de s'enfuir, mais ils nous ont entendu venir. Nous étions fatigués par la longue montée, ils ont couru comme des gazelles, ils regardaient en arrière pour voir si nous les rattrapions, c'est sans doute pour cela qu'ils ont basculé dans le ravin.

Comme Jazouph l'avait prédit, le conseil des anciens déclare la mort des adultères par accident et félicite les jeunes gens pour leur zèle. Seul Josselin s'en abstient. Il a assisté aux débats, mais n'a pas dit un mot. Il retient ses larmes, mais son regard est celui du désespoir.

*

Ce soir là, tous les foyers de Nazareth ne parlent que de ce triste drame. Beaucoup d'hommes condamnent les morts sans appel, alors que la plupart des femmes pleurent avec la mère de Képhas et celle de Danaé, leur fin tragique.

Saul, le meilleur ami de Képhas, vient trouver Jésus et ses amis qui discutent sous un olivier.

- J'ai parlé à Jacob. Je sais que c'est le moins mauvais d'eux tous. Il m'a dit la vérité. Ce n'est pas un accident, il a vu ses camarades les tuer.

- Pourquoi ne le dit-il pas ?

- Il a trop peur. Et ce serait une voix contre cinq… Et puis, pour le conseil des anciens, c'est plus facile d'accepter la version de Jazouph.

- Pourquoi ne pas aller en parler à Rabbi Daniel ?

- Ils ont témoigné sous serment. Il n'y a rien à faire.

Saul pleure, depuis leur toute petite enfance, Képhas et lui étaient inséparables. C'est comme s'il avait perdu son frère, une partie de lui-même. Jésus pose son bras sur ses épaules :

- Nous allons prier pour Képhas et Danaé.

- Mais, n'est-ce pas sacrilège de prier pour des adultères ? Certains voient dans cette tragédie la main de Yahvé. Ils n'ont pas même droit à une sépulture, leurs corps vont rester au fond du ravin, mangés par les bêtes… Saul sanglote de plus belle.

- Nous savons que ce n'était pas la main de Yahvé, mais celles d'une bande d'assassins. Alors, mes amis, nous allons descendre dans le ravin, nous couvrirons leurs corps de pierre, et nous leur rendrons hommage, nous prierons pour eux. Venez ! décide Jésus.

Encouragés dans leur espérance par l'assurance de Jésus, les jeunes garçons se glissent dans la nuit. Saul ne pleure plus, peut-être Jésus a raison et son ami n'est pas au Shéol, mais auprès d'Abraham…

*

Jésus rentre tard, couvert de poussière. Marie et Joseph le regardent. Elle se lève et le serre dans ses bras.

- Tu as bien fait, mon fils.
- Comment sais-tu ?
- Un cœur de mère ne se trompe pas.

Joseph s'approche à son tour. Il se contente de serrer très fort Jésus contre son cœur.

- Sois prudent. Si quelqu'un apprend ce que vous avez fait ce soir, c'est vous qui serez condamnés. Promets-moi de n'en parler à personne, pas même à Rabbi Daniel.

- C'est un juste, il comprendrait !

- C'est aussi le Rabbin de notre communauté et le chef du conseil des anciens. Tu lui poserais un cas de conscience insoluble. Laisse-le hors de cela, s'il te plaît, pour ta mère et pour moi.

- D'accord, je ne dirai rien. Si… une chose : vous êtes exceptionnels.

*

Le lendemain, les hommes qui se rendent à Séphoris remarquent que l'on ne voit plus les cadavres des jeunes gens. Très vite, la nouvelle se répand dans Nazareth, les uns prétendant que les bêtes sauvages les ont dévorés dans la nuit, sans laisser de reste, alors que d'autres préfèrent imaginer que des anges ont eu pitié de leur jeunesse et leur ont donné une sépulture.

An XVI de notre ère

La brebis perdue

Le soleil de Novembre est doux à l'heure de midi. C'est le temps des semailles de blé et d'orge. Dans les collines d'oliviers, de vignes et de lauriers roses, José comme la plupart des garçons de son âge dans les campagnes de Galilée, garde les chèvres et les moutons. En fait, il est allongé sur le dos dans l'herbe et s'exerce à la lecture d'un psaume. Myriam arrive, elle apporte des petites galettes farcies de crudités, quelques olives, des fruits et une petite jarre contenant de l'eau fraîchement tirée du puits.

La petite fille le découvre et s'écrie :

- Ce n'est pas juste !

- Quoi ?

- Que je sois une fille ! Toi, tu es dehors, tu t'amuses, et moi je dois toujours rester à la maison et m'occuper de Marc.

- Pas toujours, tu es là maintenant.

- Que fais-tu ?

- J'apprends le psaume 1. Ecoute :

« *Heureux l'homme qui ne suit pas le conseil des impies, Ni dans la voie des pêcheurs ne s'arrête, Ni au siège des railleurs ne s'assied, mais se plaît dans la loi de Yahvé, mais murmure sa loi jour et nuit !* »

Myriam l'interrompt :

- Comme tu as de la chance, Jésus t'a appris à lire, et pas à moi !

- C'est normal, les filles ne lisent pas la Torah à la synagogue.

- Ce n'est pas juste !

José, lui coupant la parole

- Arrête, tu m'énerves avec ça ! Je n'y peux rien moi ! Tiens, au lieu de te plaindre, aide-moi donc à compter les bêtes, au moins, c'est quelque chose que tu sauras faire.

Les enfants regardent et comptent. La petite fille s'écrie :

-Il en manque une !

-Tu es sûre ?

- Oui, recompte, tu verras ! ça va aller bien mal pour toi à la maison monsieur le lecteur de psaumes !

-Au lieu de me contrarier, aide-moi donc à la chercher.

- Non, ce n'est pas un travail de femme. Je rentre.

- Ah les filles, allez y comprendre quelque chose !

Il se met à la recherche de la bête égarée.

Sur le chemin de la maison, Myriam rencontre Jésus :

-Jésus, Jésus, José a perdu une bête et il ne sait même pas si c'est une chèvre ou un mouton !

- Myriam, ne dis rien. Allez, on va l'aider à chercher.

- A une condition : moi aussi, je veux apprendre à lire et à écrire !

- Mais, c'est interdit aux filles !

- Tu n'as qu'à m'apprendre en cachette.

- Et à quoi cela te servira-t-il ?

- A apprendre les psaumes, comme José et les grands.

-Viens, cherchons la brebis. Nous reparlerons de cela plus tard.

Jésus prend la fillette par la main et se dirige directement vers un buisson de cactus, au bas de la restante, derrière un gros rocher.

- Regarde, elle est là. La pauvre croyait trouver de l'herbe tendre en s'éloignant du troupeau, mais elle n'a trouvé que peine et peur. Ne bouge pas.

Doucement, avec un bâton, Jésus écarte les branches du cactus et dégage l'animal. Il se penche et attrape la petite brebis, toute tremblante.

- Myriam, aide-moi, retirons les aiguilles qui la blessent.

Ceci fait, il la charge gaiement sur ses épaules et suivi de l'enfant, gagne le champ où José, tout penaud, trie son troupeau. Lorsqu'il les voit arriver, Jésus portant la brebis et

Myriam sautillant à ses côtés, il se précipite vers eux.

- Oh merci, merci ! Comme j'ai eu peur !

- Un bon pasteur prend soin de ses brebis. Que dit le psaume de David ?

- ??

-Jésus décline :

« Yahvé est mon berger, rien ne me manque. Sur des près d'herbe fraîche il me fait reposer. Vers les eaux du repos il me mène, il y refait mon âme... ton bâton, ta houlette sont là qui me consolent... »

José pleure doucement. Jésus essuie ses larmes.

- Notre père David était berger, il sait de quoi il parle et ce dont ont besoin les brebis. Les brebis écoutent la voix du bon pasteur, il les appelle chacune par leur nom. Il les conduit et marche à leur tête car elles connaissent sa voix. Jamais elles ne s'enfuiront loin de lui... Ne pleure plus, et sois un bon berger. Tu te le rappelleras ?

- C'est promis, je n'oublierai jamais.

Jésus passe sa main dans les cheveux de l'enfant et lui sourit. Le visage de José s'illumine de joie et de tendresse.

- Allez Myriam, viens, maman va s'inquiéter de ne pas te voir rentrer.

- C'est beau les psaumes. C'est David qui les a tous écrits ?

- Non, pas tous, mais la plupart d'entre eux. Il les a mis en musique. Il jouait très bien de la harpe et lorsqu'il était jeune, il en jouait pour Saul, notre premier roi.

- C'était son père ?

- Non, le père de David est Jesse… mais il me semble que je t' ai déjà raconté cette histoire, non ?

- Oui, mais j'aime bien quand tu racontes !

Jésus attrape la petite fille, la met sur ses épaules, et descend vers la maison en chantant : *« Yahvé, je n'ai pas le cœur fier, ni le regard hautain, Je n'ai pas pris un chemin de grandeur, ni de prodiges qui me dépassent. Non, je tiens mon âme en paix et en silence, comme un petit enfant contre sa mère, comme un petit enfant, telle est mon âme en moi.*

Mets ton espoir Israël, en Yahvé, dés maintenant et à jamais »

Ils franchissent le seuil de la maison.

- Vous voilà bien joyeux remarque Marie.

- C'est parce que José avait perdu une brebis, et Jésus l'a retrouvée, alors, on est heureux.

-Jésus dépose l'enfant à terre

-Tu ne devais rien dire.

- Oui, mais tu l'as retrouvée, c'est toi le bon berger !

-

-Marc vient se jeter contre Jésus et lui tend les bras.

- Eh bien, j'ai un coffre à livrer, j'emmène ce petit agneau-là.

- Depuis que Joseph a monté un atelier à l'entrée du village, je vous vois de moins en moins.

- Nous avons eu de la chance de pouvoir nous y installer. Nous sommes beaucoup plus près de la route de Séphoris et cela nous amène beaucoup de riches clients. Simon travaille presque comme un homme. C'est une grande bénédiction pour Joseph et notre famille.

- Sans doute, mais je regrette le temps où vous travailliez tous deux dans votre coin de cour. Alors, je pouvais vous regarder tout en vaquant à mes occupations… Nous étions heureux…

- Nous n'étions que trois …

-

-Marie regarde Myriam et Marc, elle leur sourit :

- Oui… nous n'étions que trois.

-Jésus s'éloigne en tenant le petit garçon par la main.

Marie rentre dans la salle commune qui est un peu plus large que dans l'ensemble des demeures. Le signe le plus distinctif de la profession de Joseph est la présence de coffres en bois le long d'un mur et d'étagères en olivier dans les niches. Les fenêtres, une face au sud et une face à l'est, ont des volets intérieurs de bois, pour les mois d'hiver. Elles sont en hauteur, permettant à l'air de rentrer, mais pas au soleil trop chaud des étés Galiléens. Marie sourit, peu de familles sont aussi bien installées : la maison se prolonge à flanc de colline. Ils ont la chance d'avoir une pièce pour eux et une pour les enfants. Là encore, le métier de Joseph se dévoile, avec des lits superposés. Il s'est donné beaucoup de mal afin que chacun soit confortablement installé : d'un côté les jumeaux en hauteur, José et Marc au sol ; de l'autre côté, Simon au-dessus de Myriam et d'Élisabeth. Jésus, lui, dort dans la salle commune. Enfin, la maison se complète par ses deux toits en terrasse, une au-dessus des chambres, l'autre au-dessus de la pièce donnant sur la cour. Marie ressort en chantonnant par l'escalier creusé dans la roche à l'extérieur de la maison qui permet d'y accéder par chacun des niveaux ou des terrasses.

-Viens Myriam, allons à la fontaine.

Un nuage sur Nazareth

-Élisabeth, voici trois ans déjà que Zacharie nous a quittés. Rabbi Ismaël m'a remis, comme chaque année, les trois pièces d'argent de la part de la communauté. Te voici maintenant à la tête d'une somme très importante. Je t'ai toujours laissé gérer ce qui te revient, mais ne souhaiterais-tu pas des conseils ? Ne vaudrait-il pas mieux les faire fructifier que de les garder au fond d'une jarre ?

- Joseph, tu as toujours considéré que ces sommes m'appartenaient, je les ai mises de côté pour le jour où mon fils pourrait en avoir besoin, mais je crois plutôt que c'est à ta famille que cet argent doit profiter, c'est à toi que l'a remis Rabbi Ismaël. Je ne connais rien au commerce, mais je pense que tu pourrais sûrement les utiliser pour t'acheter une charrette, des outils, que sais-je ?

-C'est très gentil à toi cousine, mais je préfère demander à mon ami Josselin ce qu'il pourrait nous proposer pour toi. Nous ne savons pas quand Jean rentrera, ni ce dont il aura besoin, prévoyons pour lui. Nous aviserons lorsqu'il sera à même de choisir définitivement sa voie. En attendant, range ces trois pièces avec les autres.

La vie a bien changé dans la maisonnée depuis ce jour béni où les enfants sont arrivés. Simon se passionne pour le travail du bois et aide de son mieux pour les gros travaux de construction. Les jumeaux se forment au travail des champs, Jude garde le petit troupeau de chèvres et de brebis, Myriam apprend à contrecœur les tâches incombant aux femmes, quant au petit Marc, il pousse sans aucune difficulté. Tout ce petit monde a trouvé ses marques, sauf Myriam qui se révolte régulièrement de ne pas être un garçon, mais cela ne perturbe guère l'ordre des choses. Il y a bien les petites chamailleries, les taquineries enfantines ; les séries de petites infections bénignes que les enfants se repassent les uns aux autres ; les genoux écorchés, les petites plaies et bosses quasi quotidiennes. Simon est avide de reconnaissance, principalement de la part de Joseph qu'il admire, cela dégénère parfois en jalousie vis-à-vis de Jésus qui lui semble préféré par son père. Mais rien de vraiment sérieux ne sème d'ombre sur la famille qui vit dans la joie, le travail, l'action de grâce et l'affection partagée.

Ce soir là, Joseph rentre de chez Josselin tout heureux. Celui-ci lui propose de gérer les douze pièces d'argent d'Elisabeth et lui en garantit au moins une de plus par an. La mauvaise surprise du lendemain éclate comme un coup de tonnerre :

-Marie, Joseph, ma jarre est vide !

-Comment ça ? où était-elle ? que s'est-il passé ? demande Joseph.

-J'ai toujours gardé mes pièces dans la petite jarre, dans la niche de la chambre. Hier, j'y ai déposé les trois que tu m'as données, j'ai vérifié le compte, il y en avait bien douze.

-Qui connaissait ta cachette ?

-Vous tous, mais je ne peux imaginer que l'un de vous se soit servi.

-Père, qui était là hier soir lorsque tu as parlé à Josselin ?

-Son fils, Jazouph, bien sûr, puisqu'il vit chez son père. As-tu des soupçons, Jésus ?

-Hélas, nous savons tous que sa perfidie est sans limite. N'importe qui peut s'introduire dans la maison lorsque nous sommes dans la cour, sans que nous n'y prenions garde.

-Mais, comment a-t-il su où chercher ?

-Sans vouloir t'offenser, Cousine Élisabeth, il n'est point besoin d'être un voleur chevronné pour aller droit à ta cachette.

-Allons le voir, le confondre ! s'exclame Joseph, fort contrarié, se sentant coupable d'avoir parlé ouvertement, sans penser à prendre de précautions.

-Nous n'avons aucune preuve. Il n'avouera jamais. Tout ce que nous ferions, ce serait nous fâcher avec Josselin qui se devra de défendre son fils.

-Mais pourquoi venir voler, il ne manque de rien !

-Ce n'est pas tant l'argent qui l'intéresse, bien qu'il s'agisse là d'une somme importante, même pour un riche.

-Que veux-tu dire, Jésus ?

-Il pense certainement que nous allons nous soupçonner les uns les autres, que cela va diviser la famille, c'est cela qu'il recherche.

-Pourquoi ?

-Pour le plaisir de faire du mal. Il enrage continuellement, le bonheur des autres lui est insupportable.

-Qu'allons-nous faire ? demande Élisabeth, effondrée.

-Je vais bien devoir annoncer le vol à Josselin, nous en parlerons également au conseil. Il serait bon de savoir s'il y en a eu d'autres dans le village. Je n'en ai jamais entendu parler… c'est un bien triste souci.

-Les gens du village risquent de penser que c'est l'un de nous le voleur, s'inquiète Simon.

-C'est sûr que certains sont jaloux de notre famille, trouver quelque chose à montrer du doigt sera pour eux une aubaine, remarque Élisabeth.

Ils se taisent, troublés par les implications de ce vol. Même les petits comprennent que quelque chose de grave est arrivé et restent silencieux. Un nuage passe sur Nazareth.

*

Bien sûr, Josselin est fort contrarié de ce que lui confie Joseph. Ils sont seuls, Jazouph étant sorti avec des amis ce soir-là.

-Joseph, seuls les membres de ta famille et de la mienne étaient au courant de la présence de cette somme chez toi. Tu es un homme que j'apprécie beaucoup et en qui j'ai toute confiance. Il en est de même pour ton fils, Jésus. Je connais moins Simon,

-Je me porte garant de lui, comme de mon propre fils, interrompt Joseph.

-Tu as de la chance mon ami de pouvoir ainsi compter sur les tiens. Ce que je vais te dire doit rester entre nous, il n'en est hélas pas de même pour moi en ce qui concerne mon fils.

-Parle librement, je t'écoute.

Je ne le saurai sans doute jamais, mais j'ai un doute cruel sur les circonstances de la mort de Danaé et de Képhas. Nous avons lâchement accepté les déclarations des garçons car nous n'osions pas regarder en face la vérité.

-Que sais-tu ?

-Je n'ai ni preuve ni aveu, mais je suis presque certain qu'ils ont été lynchés. Je suis allé sur les lieux, j'ai vu le sang dans la hutte, des traces de sang sur le chemin…

-Que comptes-tu faire ?

-J'ai perdu ma femme, je me méfie de mon fils, mais je ne le livrerai pas. Il est mon seul enfant, que deviendrai-je dans mes vieux jours ?

-Pourquoi me racontes-tu cela ?

-Parce que je pense que s'il est capable de tuer et de parjurer, alors, il l'est tout aussi de voler. Sois honnête avec moi, avoue que tu y as songé.

-Il est difficile d'étayer des soupçons sans aucune preuve et j'ai pour toi une très grande estime, jamais je n'aurais osé t'en parler si tu ne m'avais pas posé la question.

-Donne-moi un peu de temps. Hier soir, il est rentré ivre. Comme je lui en faisais le reproche, il m'a montré sept pièces d'argent en me disant : « arrête de te plaindre de moi, je suis béni de Yahvé, ce soir, j'ai encore gagné au jeu ! » Hélas, maintenant, je suis enclin à croire qu'en vérité, il en a perdu cinq. Quelle tristesse pour un père ! Gardons cette affaire entre nous, ne l'ébruitons surtout pas. Je vais essayer de trouver un moyen de le faire parler. Si je n'arrive pas à lui faire rendre l'argent, je le ferai à sa place.

-Serait-ce un service à lui rendre que de le laisser une nouvelle fois se tirer d'affaire ?

-Sans preuve, nous ne pouvons rien contre lui, il vit sous mon toit, je ne suis plus tout jeune, je ne peux pas m'en faire un ennemi. Il a perdu sa mère en venant au monde, et moi, je me suis consolé en parcourant le monde à la tête de mes caravanes, aussi longtemps que ma santé me l'a permis. Lorsque je rentrais, quoique me disent les serviteurs sur ce que mon fils avait fait, je n'avais jamais le cœur à le réprimander, au contraire, je me dédouanais de mon absence en le couvrant de cadeaux ramenés des pays lointains où j'étais allé. Aujourd'hui, je me rends compte combien j'ai failli à mon devoir de père, je n'ai pas été là pour lui montrer l'exemple, ni pour le corriger lorsqu'il sortait du droit chemin. Que Yahvé me permette de l'y ramener.

-Que l'Éternel te garde, Josselin.

-Qu'Il continue à bénir ta maison, Joseph.

Les deux hommes s'embrassent et se quittent, aussi tristes l'un que l'autre.

An XVII de notre Ère

Le cheval blanc

Le vent souffle dans les collines. Ce soir il fait frais et la famille s'est réunie à l'intérieur de la maison pour le repas. Une bonne odeur de pain arrive de la cour, sur la table : une grande coupe de grès pleine de crudités, une autre contient des lentilles cuites avec de l'ail. Il y a un bol d'olives, un de fruits secs : raisins, noix, figues et une petite fiole d'huile d'olive. Marie arrive avec une omelette et les petites galettes de pain dont chacun se sert pour prendre la nourriture dans les plats. La table est basse, les uns et les autres sont assis sur des tapis de laine ou des peaux de chèvres. Comme d'habitude, l'ambiance est gaie, chacun heureux de se retrouver là, tous ensemble, après une longue journée de labeur. Les jumeaux travaillent dans les champs et les potagers. Après les semailles des céréales, ce sont celles des petits pois, lentilles et des autres légumes qui les occupent tout le jour.

-Aujourd'hui, j'ai eu une vision, déclare Jude : un magnifique cheval blanc qui galopait seul dans les collines, sans cavalier et sans harnachement. C'était superbe. Qu'est-ce que ça peut vouloir dire ?

-Pourquoi dis-tu : « j'ai eu une vision » et non pas « j'ai vu », lui demande doucement Jésus ?

-Eh bien, parce qu'un cheval sans cavalier, ce n'est pas possible, on n'a jamais vu ça !

-Thomas (surnom de Jude, qui signifie le jumeau), apprends que le cheval du centurion s'est échappé ce matin du camp romain de Séphoris. C'est sans doute lui que tu as vu.

Les enfants commencent à pouffer de rire. Jésus reprend.

-Ne vous moquez pas de lui. Malheureusement, ainsi raisonnent les hommes. Les yeux de Thomas ont vu le cheval, mais son esprit lui a dit : « ce n'est pas possible », alors il en a conclu : « j'ai eu une vision ». Rappelez-vous, lorsque Dieu a appelé Samuel : par trois fois il a couru vers Eli et celui-ci lui a dit « retourne te coucher », avant de comprendre enfin, que c'était Dieu qui appelait l'enfant. Alors, si un grand prophète comme Eli se trompe, combien encore plus, la raison d'un simple homme peut le tromper.

Simon, toujours sensible à l'ascendant de Jésus sur ses frères, intervient :

-Comme d'habitude, il faut que tu embrouilles tout ! Quel est donc le rapport entre un cheval blanc échappé que Jude a vu dans les collines et l'appel de Dieu à Samuel.

-Crois-tu que Dieu appelle seulement Samuel ? N'entends-tu pas toi aussi que Dieu te parle ?

-Dieu parle par les prophètes, c'est ce que l'on apprend à la synagogue. Tu te prétends plus savant que notre maître Rabbi Daniel ?

-Dieu parle à tous les hommes, par ses œuvres, chaque jour. Mais les hommes ne l'entendent pas, ne le voient pas, car leur cœur est plein des soucis de ce monde. Alors, ils interprètent selon leurs désirs ou ce qu'ils croient être la vérité.

-Et toi, Monsieur, tu la détiens la vérité ?

-Si tu fermes ton cœur, alors même si Dieu vient en personne te parler, tu ne le verras pas, tu ne l'entendras pas, tu ne le reconnaîtras pas.

-Comment le reconnaîtrais-je, puisque personne ne l'a vu ?

Joseph s'interpose :

-Simon, mon enfant, tu me peines. Pourquoi toujours chercher querelle à ton frère ?

-Je ne suis pas ton enfant et ce n'est pas mon frère !

Marc et Myriam se mettent à pleurer. Marie se lève, prend les deux petits dans ses bras et s'adresse avec tendresse à Simon :

-Nous vous avons accueillis avec amour, mais la colère te ronge le cœur. Nous ne sommes pas responsables de la mort de tes parents, ne te venge pas sur ceux qui t'aiment de la peine qui brouille ton regard.

-Tu aurais dû sauver maman…

Sur ces mots, il se lève et monte dans la chambre. Marie pose son bras sur celui de Joseph qui s'apprête à intervenir :

-Laisse-le.

-Tu le défends toujours…

-Je comprends son chagrin. Ce n'est pas un mauvais garçon.

-Il est à un âge où il a besoin de s'affirmer, alors, il essaie de se mesurer à son grand frère, ce n'est pas bien grave, commente Élisabeth, essayant toujours de mettre de l'huile dans les rouages.

Jude-Thomas baisse la tête :

-J'aurais mieux fait de ne pas parler de ce cheval…

Jésus, qui est assis à côté de l'enfant lui relève le menton :

-Thomas, tu as eu raison de te confier à nous. Tu n'es pas responsable de l'attitude de Simon. Allez les jumeaux, je vous emmène faire un petit tour avant de nous coucher.

-Moi aussi, moi aussi je veux venir ! disent en chœur José et Myriam.

Marie sourit :

-Bonne idée…

-Moi aussi je vais avec Jésus ! déclare Marc

-Non, toi, tu es encore bien trop petit…

Marie le câline. Joseph les enveloppe du regard.

Une petite demi-heure plus tard, Jésus et les enfants reviennent.

-Il fait bien trop froid pour se promener ce soir. Nous sommes passés voir les brebis et les chèvres et je me demande s'il ne faut pas renforcer l'enclos des ânes, car malgré l'épais pelage qui leur pousse en hiver, il ne faudrait pas qu'ils tombent malades.

-Jésus, tu te fais bien du souci pour eux, alors qu'ils sont les mieux lotis de Nazareth : non seulement ils ont des murs qui les protègent du vent, mais un pan de toit qui les garde de la pluie !

-Sans compter les nombreuses caresses que leur prodiguent les petits ! ajoute en riant Élisabeth.

-Mais les animaux nous rendent bien les soins qu'ils reçoivent, ils ne nous ont jamais fait défaut, commente Marie. Bon, je vais coucher tout ce petit monde, je vous laisse discuter du sort des ânes.

Marie monte avec les enfants, Élisabeth les accompagne. Joseph s'éclaircit la voix et parle doucement :

- Je suis content que nous soyons seuls. Je voulais te parler entre hommes.

Jésus pose sur lui le regard doux de ses yeux clairs qui troublent toujours ses interlocuteurs.

-Voilà, j'ai été approché par Naomi, la marieuse. Tu es un beau parti. Non seulement à Nazareth, mais même dans les villes et villages alentour et jusqu'à Jérusalem tu es connu pour la qualité exceptionnelle de tes œuvres. Grâce à toi, les commandes ne cessent d'affluer. Lazare, le riche marchand de Béthanie pour lequel tu as travaillé pense à toi pour une de ses sœurs.

Jésus sourit et hoche la tête de droite à gauche…

-Je te dois dévouement et respect, mais plus que tout, c'est à la volonté de mon Père Céleste que je dois obéir. Je ne suis pas venu en ce monde pour former une famille de chair et de sang, mais une famille spirituelle, engendrée par l'Esprit.

-Encore une fois, je me sens ignorant et perdu. Comme tu es difficile à comprendre ! Voilà bientôt dix-huit ans que tu es mon fils, nous travaillons ensemble, tu es ma joie et ma fierté. Pourquoi est-ce si compliqué ?

-Mon heure n'est pas encore venue et je suis encore avec toi pour un temps. Regarde comme Simon a grandi, il a quinze ans et je le vois tourner autour de Ruth, la fille d'Esther. Dans quelques années, tu connaîtras la joie d'être grand-père !

-Tu sais bien que ce n'est pas pareil. Jamais je ne pourrai l'aimer comme je t'aime…

-Pourtant, il le faut. C'est un bon garçon et un excellent charpentier. En plus, il a un sens inné du commerce, il t'est déjà plus utile que moi.

-C'est vrai que tu as tendance à oublier de te faire payer, réplique Joseph en souriant.

-Tu vois ! Allez, rapproche-toi de lui et encourage-le.

-Il est tellement jaloux de toi et agressif, regarde encore ce soir…

-Raison de plus pour t'en occuper. Il n'a jamais oublié la mort tragique de ses parents et il en veut au monde entier, alors bien sûr, ce sont les plus proches qui reçoivent ses critiques. Il est très doué et travailleur, d'ailleurs, c'est toi qui le rends jaloux à toujours me monter en épingle et à ne pas assez reconnaître toutes ses qualités, tu présentes toujours mes coffres à tes plus riches clients, plutôt que les siens, tu as trop tendance à dire « mon fils » et pas « mes fils ». C'est normal qu'il éprouve un sentiment d'injustice, c'est bien qu'il soit capable de l'exprimer plutôt que de ronger sa rancœur.

-Comme toujours, c'est toi qui as raison… Allons-nous coucher. Il se fait tard et demain nous nous levons à l'aube.

Les deux hommes se donnent l'accolade et gagnent leurs chambres.

*

Une prière pour Noémie

Judith vient rendre visite à Marie et Élisabeth. Son petit Mathieu a maintenant deux ans et elle attend un nouvel enfant.

-Bonjour, comme tu es en beauté : tu rayonnes !

-C'est la joie de ce nouvel enfant, pourvu que ce soit encore un garçon !

-Tu en as déjà un en pleine santé, regarde Myriam, les petites filles sont aussi adorables, répond Marie en souriant.

-Sans doute, mais les hommes ne s'intéressent qu'à leurs fils.

-Ne crois pas cela, Joseph se plie en quatre pour ce petit bout de chou ! réplique Élisabeth, si les femmes n'avaient que des fils, que deviendraient-ils ? Réfléchis qui s'occuperait d'eux ?

-Surtout, au bout d'une génération, notre peuplc s'éteindrait, précise Marie.

-Vous avez raison, bien sûr. Vous me dites tout cela parce que vous pensez que je vais avoir une fille ? demande Judith.

-Tu as une chance sur deux, voilà la vérité, alors, autant te réjouir à l'idée d'en avoir une, afin de ne pas être déçue si c'est le cas ; tu pourras toujours te réjouir s'il s'avère que c'est un garçon.

-Je vais y penser. Marie, j'ai besoin de te parler. Tu m'as demandé de ne remercier que le Très-Haut pour mon fils Mathieu, ce que j'ai fait, cependant, au fond de mon cœur, je suis sûre que tu m'as guérie.

-Je n'ai fait que prier pour toi, intervient Marie.

-Il y a ce flacon, que tu m'as donné…

-Pourquoi me parles-tu de tout cela aujourd'hui ?

-C'est à cause de Noémie.

-La femme de Jazouph ?

-Tous les mois, lorsque vient la semaine d'impureté, il la bat en lui reprochant de ne pas lui donner de fils.

-Mon Dieu…

-Ce matin, elle est venue me voir, elle était si meurtrie : l'œil au beurre noir, la lèvre fendue, des douleurs dans tout le corps…

-Est-elle allée voir sa mère ?

-Hélas, celle-ci donne raison au mari et lui a dit qu'elle lui fait honte ! La pauvre est désespérée. Au moins, lorsque j'étais stérile, mon mari ne me le reprochait pas, il connaissait ma peine et n'en ajoutait pas, ma mère me donnait des conseils, mais là, c'est terrible.

-Josselin ne peut-il pas contrôler son fils ?

-Noémie a trop honte, elle ne veut rien lui dire, elle se tait sous les coups, elle prétend être tombée lorsqu'on lui pose une question. Je suis la seule à qui elle se soit confiée.

-Qu'attends-tu de nous ?

-Que vous l'aidiez, comme vous l'avez fait pour moi.

-Jazouph est un mauvais homme, ne crois-tu pas que l'Éternel souhaite le punir ? Pourquoi lui donnerait-il un fils ? Comment peux-tu penser que je puisse intervenir dans un cas comme celui-ci ? demande doucement Marie.

-Vous m'avez aidée…

Judith pleure doucement. Marie lui passe un bras autour des épaules.

-Je vais te donner une onguent pour soulager ses plaies et des cataplasmes d'herbe pour son œil. Nous prierons pour ton amie, mais le cas est très difficile, Yahvé seul peut lui venir en aide.

-Surtout, continue à lui donner ton amitié, plus que jamais, elle en a besoin, commente Élisabeth.

-Merci, répond faiblement la jeune femme.

*

Le soir, alors que les enfants et Élisabeth sont couchés et que Jésus s'apprête à sortir pour aller prier dans la colline, Marie l'accompagne. Elle lui confie ce qui s'est passé dans l'après-midi.

-Jazouph ne mérite pas d'être père ! Il recherche le mal, il n'a aucun désir de guérir de ses mauvais penchants.

-Mais la gentillesse de Noémie est connue dans tout Nazareth ; quant à Josselin, c'est un juste, toujours prêt à aider son prochain, généreux envers les pauvres. Rappelle-toi notre Père Abraham plaidant pour sauver Loth, Yahvé ne peut-il épargner l'impie pour le bien du juste ?

-Qui es-tu pour penser que tu peux intervenir comme le fit notre père Abraham ?

-Je suis ta mère.

Marie et Jésus arrêtent de marcher et se regardent avec une infinie tendresse. Il se penche, l'embrasse et lui dit :

-Va dormir maintenant, je porterai ta prière à mon Père céleste.

Elle descend vers la maison, il la regarde s'éloigner, puis gravit en souriant le chemin jusqu'au sommet de la colline.

*

An XVIII de notre ère

Hanoucca : Le Festival des lumières

Nous sommes en décembre. Les semailles de céréales et de légumes sont finies et il est grand temps de se préparer pour le Festival des Lumières qui dure huit jours, à partir du 25 du mois. Il fait froid, surtout la nuit. La famille de Joseph apprécie les volets intérieurs qui la protègent du vent glacial qui souffle en rafales.

Joseph est assis. Ce soir, c'est lui qui raconte aux enfants la deuxième dédicace du Temple Saint de Jérusalem, après la révolte des Macchabées. Il leur explique pourquoi la fête va durer huit jours, pour se remémorer le miracle de l'huile sainte : Après la victoire, il ne restait que pour une journée d'huile de lampe pour alimenter la flamme éternelle du Temple, et pourtant elle dura huit jours, le temps nécessaire pour presser, préparer et bénir la nouvelle huile de la récolte d'olives.

Marie leur rappelle que chaque soir, une nouvelle chandelle sera allumée sur le Menora à neuf branches, dont une brûlera toute la durée de la fête et servira à allumer les autres.

-Neuf, comme notre famille, s'exclame Myriam ! Alors, chacun d'entre nous pourra allumer une bougie !

-Seulement si vous êtes sages…

Myriam est devenue une très jolie petite fille. Ses longs cheveux auburn ondulés encadrent un beau visage bien dessiné. Ses grands yeux noisette persillés d'or brillent d'intelligence, deux petites fossettes et des tâches de rousseur renforcent son petit sourire espiègle qui cache une grande gentillesse et une affection débordante pour les membres de sa famille. Seule fille au milieu de six frères, elle a un petit côté « garçon manqué » tant elle cherche à les imiter, mais elle peut être très « fille » lorsqu'elle désire obtenir quelque chose et sait parfaitement amener les uns et les autres à lui céder, sans pour autant devenir capricieuse.

-Ils ont fait la fête pendant huit jours, et nous aussi on va la faire ! intervient Jacques, buvant avidement les paroles de Joseph.

-« Judas et ses frères et l'entière congrégation d'Israël décidèrent que le souvenir de ces jours de dédicace devraient être observés joyeusement chaque année » continue Joseph

-Ça, c'est une bonne décision ! renchérit Thomas, tout excité à l'idée des réjouissances qui doivent commencer demain.

On entend un mulet braire et un bruit de sabot.

-Je vais voir qui arrive, dit Jésus.

Il revient, accompagné de Jean. Tout le monde se lève pour l'accueillir.

-Béni soit le Seigneur que tu sois parmi nous en ce jour de fête, Jean ! s'exclame Elisabeth, transportée de joie à la vue de son fils.

-Sois le bienvenu.

-Merci Joseph. Lorsque mon père Zacharie a rejoint le séjour des morts, comme fils unique, je devais prendre ma mère chez moi, mais ce n'était pas possible à Sékoka. La savoir chez vous a été pour moi un grand soulagement.

-Élisabeth est comme ma propre mère,

-Je savais que je pouvais compter sur toi, cousine Marie.

-Mais, ne reste pas là debout. Les enfants, aidez-le à s'installer.

-J'ai une surprise pour vous. Jésus, viens m'aider à décharger mon mulet.

Plein de curiosité, les enfants les suivent et tous reviennent en portant de gros ballots.

-Demain, notre famille sera la plus belle du village.

Jean ouvre l'un des ballots. Il contient pour chacun une superbe tunique blanche. Le second ballot révèle onze pièces de laine rectangulaires, d'une incroyable blancheur, manteaux parfaits. Il en ouvre un autre :

-Pour vous les femmes, j'ai choisi ces voiles bleus et un blanc pour Myriam. Il leur tend ces magnifiques pièces de vêtements.

-Pourquoi tant de prodigalité, Jean ? Tu sais très bien que nous n'avons pas besoin de cadeaux pour adopter ta mère, remarque Joseph, gêné par une magnificence à laquelle il n'est pas habitué.

-Ce n'est pas pour ma mère. Ces vêtements viennent de Sékoka et vous sont offerts par notre grand rabbin, Osnia. Pour Hanoucca, tous les membres de notre communauté sont partis dans leur famille et chez leurs amis leur offrir ces vêtements. Ils seront un signe de reconnaissance des justes.

-Que veux-tu dire ? demande Jésus

-Nous croyons que le Royaume de Dieu est proche. Tous ceux qui le peuvent viennent à Sékoka, nous sommes plus de 600 à l'heure actuelle. Mais il y a aussi des justes dans les villages, avec des femmes et des enfants : *« J'ai les yeux sur les hommes loyaux du pays, qu'ils demeurent avec moi ; celui qui marche dans la voie des parfaits sera mon servant. »*

Jésus sort de la maison et monte tout en haut de la colline. Il se met en prière :

- Père, oh mon papa, montre-moi ton chemin. Que dois-je faire ? Qu'attends-tu de moi ? Pourquoi as-tu appelé Jean à vivre au désert et me gardes-tu ici parmi les hommes ? *« Mon âme à soif de toi, après toi languit ma chair, terre aride, altérée, sans eau... »*

Malgré le froid, le vent qui s'est levé et le frappe brutalement, Jésus passe toute la nuit en prières.

Il rentre au matin, Marie et Élisabeth sont déjà dans la cour à préparer le pain pour le premier repas. Tous les autres dorment encore. Marie lui apporte un bol de lait.

-Merci. Ne montre pas ce front inquiet. Mon heure n'est pas encore venue. Je vais me reposer.

Il pose un baiser sur le front de sa mère et rentre dans la maison.

-Qu'a-t-il voulu dire ? demande Élisabeth

-Qu'il reste encore un peu avec nous.

*

Après le repas, les hommes descendent aux bains publics. Aujourd'hui, ils ne travaillent pas. Ils se lavent une première fois, puis ils se reposent dans la salle vapeur, se frottent les cheveux, la barbe, le corps, au savon noir fabriqué avec les olives du village. Les servants les rincent en versant sur eux de l'eau froide, ce n'est qu'alors qu'ils peuvent prendre leur bain rituel dans la piscine. Ils sont ensuite essuyés, revêtus d'un linge blanc et vont prier et se reposer dans la salle commune, merveilleusement chauffée par les canalisations qui courent le long des murs et sous les bancs de pierre.

Rabbi Daniel s'approche de Joseph, Jésus et Jean :

-Quel plaisir de vous voir en ce premier jour de fête ! Jean, raconte-nous, ce que l'on t'enseigne est-il conforme à nos saintes écritures ?

-Bien sûr Rabbi Daniel, d'ailleurs nous passons chaque jour de longues heures à recopier les Saints Livres du Pentateuque, à mettre à jour les livres historiques en nous assurant de ne rien omettre de notre tradition orale. Nous réunissons tous nos psaumes et nous faisons les liens entre eux et l'histoire de l'alliance de Dieu et de son peuple Israël.

-Et nos Saints Prophètes ?

-Pas un n'est oublié, ni les grands prophètes tels qu'Élie, Élisée, Isaïe et Jérémie, Ézéchiel, Daniel et les autres, mais aussi bien d'autres moins connus. Nous recherchons à comprendre les desseins de Dieu pour notre peuple et à le préparer à la venue proche du Messie.

-Vous croyez donc que ce temps est proche ?

-Dieu nous a parlé. D'abord, Il s'est révélé à notre Père Abraham, puis à ses fils. Il a établi une Alliance Sainte avec sa race à jamais. Nos pères ont maintes fois brisé cette alliance. Dieu leur a envoyé des juges, des prophètes. Il a renouvelé son alliance avec David. Malgré cela, Israël a continué à pécher et à s'éloigner de Dieu. Regardez ce fantoche de roi, Hérode le faux ! Il bâtit des villes et il élève des temples à César, sur notre propre sol, sur la Terre Promise à la race d'Abraham à jamais.

-Prônez-vous la révolte ?

-David n'a pas eu besoin d'une cuirasse et de lourdes armes pour vaincre Goliath. Le Messie ouvrira les cieux et des armées d'anges viendront se charger d'exterminer les ennemis de Dieu.

Jésus prend la parole :

-Est-ce cela que vous attendez mon cousin ? Toi et tes maîtres avez-vous lu les écritures avec l'Esprit ou avec un cœur de pierre ? Ce que nous disent les écritures, c'est que depuis le début des temps, Dieu révèle son Amour pour l'homme. Il établit une alliance avec Adam et le charge de nommer les créatures et d'en prendre soin, ainsi, il l'associe à sa création. Puis il lui donne Eve et la possibilité de donner ensemble la vie. Il renouvelle son alliance avec Noé, avec Abraham, avec Moïse, avec tout le peuple d'Israël. A travers les rois et les prophètes, Dieu enseigne à l'homme la justice, l'amour, la solidarité, la droiture. Le prophète Jérémie exprime bien le dessein de Dieu : inscrire sa Loi, non pas sur de la pierre, mais dans le cœur même des hommes. *« Car tu ne prends aucun plaisir au sacrifice ; un holocauste, tu n'en veux pas. Le sacrifice à Dieu, c'est un esprit brisé ; d'un cœur brisé, broyé, Dieu n'a point de mépris »*

-Peut-être, mais il est aussi écrit *« Tu feras d'eux une fournaise au jour de ta face ; Yahvé les engloutira dans sa colère, le feu les avalera »*

Rabbi Daniel intervient :

-Mes enfants, qu'il est intéressant de vous entendre ainsi discuter avec une si grande connaissance digne de nombreux de nos docteurs de la Loi. Je suis satisfait de constater que nos amis de Sékoka sont pacifistes et attendent le salut de Dieu seul. Rabbi Ischmaël a raison lorsqu'il cherche à répandre une quête plus grande de chacun pour plus de pureté et plus de justice. Il y a un sujet important que je souhaite depuis longtemps aborder avec vous. Comme vous le savez, ma femme Anna, Dieu la bénisse, m'a donné trois filles plus belles les unes que les autres ; hélas, elle ne m'a pas donné de fils et je deviens vieux. Joseph, tu as aujourd'hui six fils, tous en bonne santé. Je souhaite que Jésus devienne mon gendre et qu'il puisse ainsi se préparer à prendre ma succession. J'en ai parlé à Rabbi Hillel qui est prêt à le recevoir comme disciple.

-Tu nous fais là un grand honneur, Rabbi Daniel ! Laquelle de tes filles souhaites-tu voir mon fils prendre pour épouse ?

Jésus intervient :

-Merci Rabbi Daniel, mais j'ai fait vœu de célibat.

-Réfléchis Jésus ! Un homme comme toi sera beaucoup plus utile comme rabbi que comme nazir et Jean aussi d'ailleurs. Laissez ceux qui n'ont pas de charisme se consacrer à la prière, et vous, ouvrez les yeux des foules ! Il y a tant à faire… Regardez autour de vous ! De plus en plus de jeunes parlent d'insurrection et ne pensent qu'à tuer des romains, sans en mesurer les conséquences : des hommes et des femmes innocents sont ensuite massacrés par les occupants en colère. Notre société se fissure, entre ceux qui adoptent les coutumes et les faux dieux de nos envahisseurs et appellent cela « le progrès », ceux qui désespèrent et pensent que Dieu nous a abandonnés et ce nouveau groupe qui se fait appeler les « zélotes », du nom de leur dague et qui prône l'insurrection. Réfléchissez, il se fait tard, nous nous reverrons.

*

Les fêtes de Hanoucca se déroulent joyeusement. Les trois hommes ne reparlent pas ensemble de leur conversation avec Rabbi Daniel et Joseph n'en touche pas mot à Marie.

Jean et Jésus passent de longues heures ensemble, Jacques se joint à eux à chaque fois qu'il le peut.

Simon est enchanté de ses nouveaux habits qui lui ont valu d'être remarqué par toutes les jeunes filles de Nazareth. La famille d'Esther et de Joachim a, elle aussi, revêtu les vêtements blancs, et tout naturellement leur fille Ruth s'est approchée de Simon et a engagé la conversation. Depuis, le jeune homme ne pense qu'à une chose : trouver une raison pour lui parler et quand on est amoureux, toutes les occasions sont bonnes.

Ces fêtes permettent d'oublier le froid, le vent, la pluie et le manteau de gel le matin au lever.

Le lendemain du huitième jour, une petite couche de neige recouvre le sol lorsque Jean repart pour Sékoka. Les adieux sont difficiles et seule la pensée de se revoir un jour permet de retenir les larmes.

*

Pourim : Fête de la deuxième dédicace du Temple de Jérusalem

Le mois de janvier est le mois le plus triste en Galilée car les pluies abondantes ne sont guère propices aux sorties et aux échanges. Chacun reste chez soi et profite de ce temps pour se livrer aux menues réparations et à l'entretien des outils. Les chantiers de Séphoris sont réduits aux aménagements intérieurs. Joseph a donc énormément de travail car c'est l'occasion de faire les portes, les linteaux, les coffres et les étagères de bois. Pendant deux mois, pour éviter la longue marche d'une heure matin et soir, lui, Jésus et Simon restent la semaine sur place et ne rentrent que pour le Sabbat.

Les premiers sentiments amoureux de Simon l'ont transformé, car son énergie est maintenant dirigée vers le moyen de pouvoir se fiancer au plus tôt avec Ruth et pour cela, il va devoir évincer les autres prétendants. Il est très jeune et n'a pas encore sa place dans la communauté car même si Joseph et Marie le traitent comme un fils, pour les habitants de Nazareth, il reste l'orphelin de Simon le charretier et de Rachel : un garçon sans lignée, sans argent, sans futur. Il s'applique donc avec la passion de l'adolescence à développer l'expertise qui lui permettra un jour de devenir maître charpentier.

Les nuits sont très froides, et tous se blottissent les uns contre les autres alors que Joseph, de sa belle voix grave, raconte aux enfants l'histoire du livre d'Esther qui sera lu à la synagogue le jour de la fête. Simon est d'autant plus attentif qu'il porte le nom de la mère de sa bien-aimée.

Pour Pourim, les enfants se déguisent et chacun veut jouer un rôle de gentil… aucun n'accepte d'être le méchant Hamann, qui de plus, est aussi le perdant. Simon est heureux de ressortir ses beaux vêtements blancs reçus à Hanoucca, avec cela, il peut prétendre jouer le rôle du roi et Ruth, bien sûr, fera Esther ! Une belle occasion de se promener ensemble et de se parler !

Il y a aussi les colis à préparer pour les plus démunis. Généralement, on y met les habits trop petits, ou trop usés, mais Jésus surprend tout le monde en y mettant son beau manteau de laine blanche.

-Je garde la tunique, elle me servira jusqu'à ma mort, mais un manteau de bure brune m'est plus utile qu'un manteau blanc car il me sert chaque jour.

-Tu as raison, je fais de même, dit Marie.

Personne n'ose s'y opposer, mais nul autre membre de la famille ne suit dans cette décision de se séparer non pas de ce que l'on a de moins bien, mais de ce que l'on a de mieux. Après un moment de flottement, tous se mettent à préparer les victuailles, en particulier les pâtisseries qui seront offertes en cadeaux, mais aussi dégustées avec délice lors du repas festif de Pourim.

La veille de la fête, Rabbi Daniel vient voir Joseph et Jésus à la maison.

-Bénis sois-tu Rabbi Daniel, que nous vaut l'honneur de ta visite ?

-Nous n'avons pas eu l'occasion de nous parler beaucoup depuis Hanoucca et je désire savoir si Jésus a changé d'avis. J'aurai un tel bonheur à annoncer des fiançailles demain à la fête !

-Désolé de vous décevoir Rabbi Daniel, mais ma décision de célibat est irrévocable.

Rabbi Daniel se tait un moment, la tête baissée, dubitatif. Il lisse sa barbe devenue pratiquement blanche, puis il dit :

-J'avoue que j'avais peu d'espoir que tu changes sur ce point. Je suis allé voir Rabbi Hillel. Il accepte des disciples, qui comme toi, ont fait le vœu de célibat, bien que lui-même pense qu'il est contraire à la demande du Seigneur qui nous a dit « croissez et multipliez-vous ». Si Joseph et toi êtes d'accord, dans ces conditions, je peux te recommander à lui comme mon fils.

Il y a un grand silence. Tout le monde regarde Jésus. Il lève les yeux au ciel : *« Il m'a dit, tu es mon fils, aujourd'hui, je t'ai engendré »*

Joseph est blanc… Jésus va vers lui :

- Joseph, tu seras toujours mon Père et je serai toujours appelé fils de Joseph le Charpentier. Regarde Simon, il est aujourd'hui presque un homme, fais de lui ton fils, donne-lui ton atelier en héritage, va chez Esther et Joachim demander la main de leur fille Ruth pour lui.

Rabbi Daniel a un sourire vainqueur.

- Quelle belle fête nous allons avoir avec ces deux belles nouvelles !

Simon est sans voix. Joseph pose son grand bras sur les frêles épaules du jeune homme :

-Viens fils, allons présenter notre requête.

Tous les enfants veulent venir ; c'est avec difficultés que Rabbi Daniel, Joseph, Jésus et Simon arrivent à quitter seuls la maison.

*

Élisabeth embrasse Marie :

-Rabbi ! Voilà un bel avenir pour ton fils.

-Le puissant fit pour moi des merveilles, Saint est son nom !

Les minutes qui suivent paraissent des heures, car tous attendent avec impatience et un peu d'inquiétude le retour des hommes à la maison et l'annonce de la réponse des parents de Ruth.

Bientôt, on les entend arriver en chantant : «*Tous les peuples battez des mains, acclamez Dieu avec des chants de joie !* » Toute la famille entonne en riant de joie *« Sonnez pour notre Dieu, Sonnez avec le son du cor »*

-Le vin de Joachim doit être bien bon, car vous voici bien joyeux, dit Marie en souriant.

-C'est Pourim ! répond Joseph en riant à son tour, il est d'usage de boire plus que de coutume.

-Je me fiance demain ! Nous allons nous marier dans trois ans ! (Simon attrape Marc et le fait tourner au-dessus de sa tête.) Je ne suis plus « l'orphelin », je suis Fils de Joseph ! Tout Nazareth le saura demain, plus personne ne me traitera avec mépris !

Que de joie, que de gaité, que d'espoir ! Malgré un temps maussade, c'est la plus belle fête de Pourim de mémoire de Nazaréen !

*

An XIX de notre ère

Le Pèlerinage de la Pâque

La préparation

Après les joies des fêtes de Pourim, le mois de mars passe à toute vitesse, apportant avec lui les rayons du soleil de printemps et le début des premières moissons d'orge. Le temps devient de plus en plus clément, les pluies abondantes de l'hiver ont rempli les citernes des villageois. Des ondées éparses entretiennent la verdure qui couvre les collines de Galilée. Ave avril, les premières chaleurs du soleil de midi, annoncent que le temps du pèlerinage approche ; et c'est la frénésie de la préparation de la Pâque qui occupe maintenant la famille.

Élisabeth gardera les trois plus jeunes enfants à Nazareth alors que le reste de la famille se joindra aux pèlerins qui montent à Jérusalem pour y célébrer la Pâque. Il y aura la famille de Rabbi Daniel au grand complet, celle de Joachim et d'Esther avec leurs trois fils et leurs quatre filles, dont Ruth, et une dizaine d'autres familles.

C'est la première fois que les jumeaux découvriront Jérusalem et ils sont fous de joie. Ils ont accompli avec enthousiasme les moissons de mars, et commencé celles d'avril. Ils ont bien grandi et se ressemblent trait pour trait physiquement, mais leurs caractères sont très différents. Jacques est curieux, un peu extraverti, gai et légèrement dominateur sur son frère. Il aime suivre Jésus et l'écouter discuter avec les autres adultes. Thomas préfère aider Marie, surtout lorsqu'elle prépare des pâtisseries, art auquel il devient de plus en plus expert. Rabbi Daniel s'amuse à dire

« *Si vous ne savez lequel est devant vous, posez-lui une question, quelle qu'elle soit, et vous saurez quel Jacques cache quel Thomas* ».

Tous les soirs, après le repas, Jésus s'isole pour prier. Joseph raconte le livre de l'exode et interroge les enfants.

-Qui peut me citer les dix plaies que l'Éternel a infligées aux égyptiens, car le cœur de Pharaon était fermé et ne voulait pas libérer le Peuple Saint ?

-Moi, moi… les réponses fusent :

-Il a changé l'eau du Nil en sang,

-Et envoyé les sauterelles,

-Avant, il a envoyé des grenouilles,

-Tu oublies le bâton de Moïse changé en serpent,

-Et les moustiques et les taons,

-Même, il a fait mourir les animaux dans les champs, et ça, ce n'est pas gentil commente Myriam.

-Et Pharaon, tu crois qu'il était gentil, lui ? rétorque José.

-Ah, et il y a eu ce truc dégoûtant, les ugll ? continue Jacques,

-Les ulcères, complète Joseph.

-Avec plein de pus qui coulait, ajoute Thomas en riant de voir la frimousse de sa sœur exprimant son écœurement.

-Et ça sentait très, très, très mauvais reprend Jacques en se bouchant le nez et en poussant des petits cris.

-Il y a eu plein de grêlons, gros comme des œufs de pigeons, intervient Marc, à la surprise générale.

-C'est vrai, mon chéri, tu as bien retenu, le félicite Joseph.

-Mais le pire, c'est quand l'ange du Seigneur a tué tout le monde renchérit José, ne voulant pas sembler moins savant que son petit frère.

-Pas tout le monde, juste les premiers nés des méchants égyptiens reprend Myriam, en haussant les épaules d'un petit air supérieur.

-Vous avez oublié les ténèbres, qui ont couvert l'Égypte pendant trois jours ajoute Joseph. Simon, veux-tu nous lire le chapitre de la Pâque ?

Tout heureux de cet honneur, Simon s'installe et lit :

- Yahvé dit à Moïse et à Aaron au pays d'Égypte : « Ce mois sera pour vous en tête des autres mois, il sera pour vous le premier mois de l'année... »

Au bout d'un moment, Joseph commente :

-Tu as bien lu Simon.

-L'histoire n'est pas finie s'écrient en chœur les voix des enfants.

-Allons, il est tard, nous continuerons demain. Regardez, il n'y a pratiquement plus d'huile dans les lampes. Tout le monde au lit !

La voix de Joseph est ferme, alors le petit monde embrasse Marie et Elisabeth puis part se coucher.

-Comme nous sommes heureux tous ensemble murmure Marie en prenant les mains de Joseph dans les siennes.

-Merci de me faire vivre ces grands moments, dit Élisabeth. Sans vous, je n'aurais pas su quel immense bonheur une grande famille procure.

-C'est nous qui te remercions, grâce à toi, nous allons partir sereins à Jérusalem, en sachant que les petits sont entre de bonnes mains.

Après une accolade, tous vont à leur tour se coucher.

*

Le départ

Vient enfin le jour du départ. Les petits protestent et pleurent. Jésus propose à ses parents :

-Partez avec la caravane du village. Je reste un peu avec les enfants, je vous rejoindrai dès que les larmes seront taries.

-Ne t'inquiète pas Marie, tout se passera bien.

-Je sais Élisabeth, mais nous serons partis trois semaines : une pour le trajet dans chaque sens et une pour les fêtes. Cela est long. Es-tu sûre que ce ne sera pas trop dur pour toi, tu n'as plus vingt ans et les enfants sont turbulents.

-Nous en avons déjà parlé, Marie, va en paix et profite bien de ce temps de pèlerinage, il n'y a que de la joie à prévoir.

-Peut-être, mais chaque fois que je vais à Jérusalem, je me sens oppressée, anxieuse…

-C'est normal, c'est une grande ville et tu n'es pas habituée à tout ce bruit, toute cette foule, va en paix ma cousine.

Jésus s'approche de Marie et se penche vers elle pour plonger son regard dans ses yeux.

-Elisabeth a raison, cette année tout ira bien, tu n'as aucun souci à te faire, crois-moi.

Marie connaît ce regard qui la trouble et la rassure en même temps. Elle embrasse Élisabeth et les petits puis rejoint le reste de la famille qui a déjà pris sa place dans la joyeuse troupe qui quitte Nazareth. Joseph tient l'âne par la bride. Il porte les manteaux qui serviront de couverture pour dormir à la belle étoile, quelques provisions pour manger durant le voyage et des jarres remplies d'eau et de vin. Simon, conduit fièrement l'ânesse sur qui est attaché un magnifique petit agneau de lait, parfaitement blanc, sans tâche, qui sera sacrifié pour la Pâque. Les jumeaux vont et viennent avec la bande d'adolescents du village. Les hommes ouvrent la marche et les femmes suivent. Des petits groupes se forment par affinités. Tous rejoignent la voie romaine qui les conduira à travers la Galilée, la Samarie et la Judée jusqu'à la Ville Sainte : Jérusalem.

La voix de baryton de Rabbi Daniel s'élève soudain :

« Que tes demeures sont désirables, Yahvé Sabaot ! Mon âme soupire et languit après les parvis de Yahvé, mon cœur et ma chair crient de joie vers le Dieu Vivant »

Tous les hommes continuent en cœur :

« Le passereau même a trouvé une maison et l'hirondelle un nid pour elle où elle pose ses petits : tes autels Yahvé Sabaot, mon Roi, mon Dieu... »

*

José, Myriam et Marc regardent partir les pèlerins. La présence de Jésus les apaise et ils cessent de pleurer. Soudain, Marc regarde Jésus avec inquiétude car il tremble.

-Tu as froid ? demande l'enfant

Jésus, à qui la vision de son destin tragique vient de s'imposer, se ressaisit.

-Non, ce n'est rien. Que voulez-vous faire : aller marcher dans les collines ou faire des petits objets en argile ?

-Tu les feras voler si on fait des oiseaux ?

-Mais voyons José, les animaux en glaise ne sont pas vivants.

-Mais toi, quand tu étais petit, tu les faisais voler !

-Qui t'a dit ça ?

-Eh bien, les grands du village.

-Oh, tu sais, les grands racontent beaucoup de choses, mais parfois, c'est pour rire.

José prend un air très contrarié.

-Tu ne peux vraiment pas ?

-Eh bien, je vais t'apprendre à faire des oiseaux aux grandes ailes déployées, bien plates, et je t'apprendrai à les faire planer.

-A moi aussi, à moi aussi, s'exclament en cœur Myriam et Marc.

-Cousine, je crois que vous pouvez sans souci vaquer à vos occupations, ces trois-là en ont pour un bon moment avant de revenir dans vos robes !

Jésus s'éloigne avec les enfants.

*

La troupe des pèlerins de Nazareth a rejoint la voie romaine, déjà encombrée d'une foule bigarrée, venant de toute la Galilée et de la Décapole, mais aussi de soldats assurant l'ordre romain et de chars de toutes sortes… Des esclaves entretiennent les pavés et regardent passer les voyageurs dès que leur vigie a les yeux ailleurs. Un décurion à cheval s'adresse à son supérieur.

-Ah, centurion, ne trouvez-vous pas tous ces indigènes ridicules dans leur accoutrement ? Êtes-vous sûr qu'ils ne cachent pas quelques armes sous leurs tuniques ? On ne peut guère se fier à eux…

-Ne t'inquiète pas Orémus, ceux-ci sont des croyants qui montent prier à Jérusalem, ils ne nous causeront aucun trouble. Ce sont des pacifistes, aussi doux que les moutons qu'ils trimbalent pour leur sacrifice !

-Mais quelques-uns de ces assassins qui nous harcèlent peuvent se cacher parmi eux ?

-Ils ne sont pas fous, ils savent que si c'était le cas, nous les tuerions tous, en commençant par les enfants, puis les femmes et les plus vieux. Il y a plus à craindre qu'ils ne se battent entre eux, surtout, lors de la traversée de la Samarie.

-Pour quelle raison ?

-Des querelles religieuses sur le vrai lieu où adorer leur Dieu, si c'est à Jérusalem, ou sur le Mont Garizim. D'autres encore disent que Dieu est partout… allez y comprendre quelque chose !

-Nous devrions mettre fin à tout ça. Leur interdire leur culte étrange et les obliger à adorer nos Dieux et César !

-Tu as raison, mais ces brebis se changent en loups féroces lorsque l'on touche à leur religion. Notre procurateur, Ponce Pilate a dû faire face à plusieurs révoltes et il ne tient pas à s'attirer les foudres de Rome.

-Et en homme de guerre, il a mobilisé la troupe pour surveiller ces vauriens pendant les trois semaines à venir : pas une permission, tous en alerte, et on sillonne les voies de jour comme de nuit.

-Vivement que nous puissions regagner notre garnison de Césarée, ça au moins, c'est un beau port romain, même s'il a été construit par leur roi de pacotille, Hérode le Grand, qui ne serait rien sans Rome.

-Oui, à Césarée, on se sent chez nous, mais ici, dans ces collines, la civilisation nous semble bien loin. Et ces chants qui n'en finissent pas ! Ne pourraient-ils pas marcher en silence ! Avec leur langue de barbare, on ne comprend même pas ce qu'ils disent.

-Ils chantent la gloire de leur Dieu, allez, faisons un petit trot pour dégourdir les jambes de nos chevaux que je sens bien nerveux.

Si les romains comprenaient l'hébreu, ce n'est pas en riant qu'ils lanceraient leurs montures, car les psaumes que chantent le peuple élu appellent les foudres du Seigneurs sur les païens, les impies, et parlent d'espoir et de délivrance de la main de leurs ennemis.

*

Le soir venu, tout le monde s'installe de son mieux sous les arbres et organise le campement. Malgré la fatigue de la route, la chaleur, la poussière du chemin, c'est la joie qui illumine tous les visages. Les femmes préparent le repas, les hommes vont de feu en feu discuter avec les uns et les autres, récupérer les adolescents, s'assurer que tout le monde est bien là, qu'il n'y a pas eu d'accident…

La famille a fini le dîner frugal. Tous, fatigués, s'enroulent dans leurs manteaux pour dormir, Joseph s'apprête à couvrir le feu pour la nuit. Marie s'interpose :

-Attends, Jésus ne nous a pas encore rejoints. Je suis inquiète.

-Ne t'en fais pas ma douce, on dirait que tu ne le connais pas. Dans un instant, il va apparaître, comme s'il avait été avec nous tout au long du chemin.

-Bravo Joseph ! Tu as raison, je l'étais. Je suis toujours avec vous.

Jésus s'assied après avoir donné l'accolade à ses parents.

-Comment cela s'est-il passé avec les petits ?

-Comme toujours, c'est un grand bonheur d'être avec eux. Ah, si tous les adultes savaient garder leur cœur d'enfant, comme le monde serait beau !

-Ça nous ferait une communauté de simplets !

-Mais non Joseph, pas du tout. Les enfants sont humbles, doux, confiants. Leur cœur est pur, ils ont faim et soif de justice, leur foi est grande, belle, sans fausse question…

-Oui, vu comme ça, tu as raison, c'est moi qui ai l'air d'être le simplet de la famille !

-Heureux es-tu Joseph, car tu hériteras du royaume des cieux.

Joseph n'aime pas cette habitude qu'a prise Jésus de l'appeler par son prénom et non plus Père, mais il n'a pas osé le lui dire. Il sait qu'il s'en doute sûrement, qu'il doit avoir de bonnes raisons, mais ça lui fait mal. Jésus pose son bras sur ses épaules, lui donne un baiser sur la joue :

-Allez papa, il faut dormir maintenant.

-Merci mon fils, si tu savais comme je t'aime !

-Je le sais, je t'aime aussi.

Joseph est aux anges. Il donne une bonne accolade à Jésus et s'installe dans sa couverture, un large sourire fendant sa belle barbe rousse. Marie est allongée contre les jumeaux, les enveloppant d'un bras maternel. Simon est un tout petit peu à l'écart. Jésus se couche près de lui. Il sent qu'il ne dort pas :

-Tu as vu ta belle ?

-Difficile. Joseph m'a fait marcher avec les hommes, je n'ai vu Ruth que de loin et je n'ai pas pu lui parler.

-Ne t'inquiète pas, tu y arriveras demain.

-Tu m'aideras ?

-Bien sûr !

-Merci Jésus.

-Dors bien petit frère.

Rassuré, Simon se laisse envelopper par Jésus et s'endort.

*

Les esséniens

Le lendemain, alors que les nazaréens passent près d'un village d'esséniens, quelques hommes descendent pour leur parler. Voyant Joseph et Joachim marcher côte à côte, vêtus de blanc, ainsi que leurs fils, ils s'approchent d'eux :

-Bonjour Frères, où allez-vous ainsi ?

-A Jérusalem, pour la Pâque.

-Ne savez-vous pas que Rabbi Elikaï nous enseigne de ne plus aller au Temple, de ne plus offrir de sacrifice ?

Jésus apparaît soudain et sa vue interpelle les esséniens. Il est plus grand que la plupart des hommes, ses cheveux tirant sur le roux ne sont pas couverts par le turban traditionnel et flottent, entourant son visage d'une auréole où brillent les rayons du soleil. Il porte sa tunique blanche, immaculée malgré la poussière de la route. Ses yeux clairs ont pris la profondeur bleue du ciel. Un instant, les hommes croient à une vision. Jésus parle, de sa voix profonde, chaude, claire, convaincante.

-Maître Élikaï cherche le royaume et veut y conduire les fils de lumière, mais il n'est point le messie, il ne prétend d'ailleurs pas l'être. Un jour, les sacrifices seront abolis, car ils seront remplacés par l'agneau de Dieu, mais en attendant ce jour, nous devons obéir à la loi et aux prophètes, adorer Dieu en son Temple, à Jérusalem. Il est bon de croire en la nouvelle alliance, mais elle n'est pas encore établie. Vous avez raison de vivre ensemble, de mettre vos biens en commun, de travailler ensemble, dîner ensemble, prier ensemble, de vous soutenir les uns les autres. Continuez sur ce chemin, mais ne rejetez pas ceux qui marchent par d'autres sentiers. Respectez votre prochain, tout n'est pas aussi simple que vous le pensez, il n'y a pas les fils de lumière d'un côté et les fils des ténèbres d'un autre côté.

-Qui es-tu ? Tu parles avec autorité, viens-tu de Sékoka ? Y a-t-il de nouvelles consignes ?

-Je suis Jésus, de Nazareth.

Petit à petit, tous les hommes sc sont regroupés autour d'eux.

-Nous n'avons pas entendu parler de toi. Es-tu ou non des nôtres ? Pourquoi portez-vous ces tuniques ?

-Elles nous ont été offertes et le blanc ne vous est pas réservé exclusivement, même si c'est un bon moyen pour se reconnaître. Joignez-vous à nous et ouvrez votre cœur.

-Non, nous ne viendrons pas. Mais si vous avez besoin de quelque chose, vous pouvez passer à notre village.

-« Yahvé est mon berger, rien ne me manque, sur les près d'herbe fraîche il me fait reposer. »

Les hommes continuent ensemble le psaume 23. Les esséniens s'écartent et la troupe se remet en marche. Rabbi Daniel pose son bras sur les épaules de Jésus.

-Tu as bien parlé, mon fils, maintenant tous les hommes du village ont vu et entendu comme j'ai su me choisir un bon disciple !

Joseph réprime en lui un petit sentiment de jalousie en entendant Rabbi Daniel appeler Jésus « mon fils », mais vite, il se réjouit de voir combien celui-ci a pris d'ascendant sur la troupe, sans que personne ne s'y oppose.

-As-tu vu comment Satan sait revêtir un habit de lumière afin de tromper les élus eux-mêmes ? demande Jésus.

La question prend Rabbi Daniel au dépourvu. Il toussote et préfère ne pas répondre, entonnant avec ardeur le psaume 21 :

« En ta force Yahvé, le roi se réjouit ; combien ton salut le comble d'allégresse ! »

Tous entonnent à leur tour : *« Tu lui as accordé le désir de son cœur, tu n'as point refusé le souhait de ses lèvres. »*

*

Ruth

Lorsque le soir arrive et que le camp se monte, Jésus prend Simon et l'entraîne.

-Où allons-nous ?

-Tirer l'eau du puits

-C'est un travail de femmes !

-Justement…

Jésus sourit, Simon comprend, saute de joie et court à perdre haleine jusqu'à l'entrée du village blotti en haut de la colline. Ruth le voit arriver et s'éloigne discrètement des autres jeunes filles pour le rejoindre.

-Je t'ai apporté un peu d'eau, tu es tout essoufflé et tout rouge.

Simon rougit encore plus. Ruth lui tend la cruche. Il s'asperge abondement et boit à la régalade.

-Merci. Tu n'as pas l'air d'avoir souffert de toute cette route, comment fais-tu pour être aussi fraîche ?

-C'est un secret !

-Penses- tu à moi de temps en temps ?

-Et toi, penses-tu à moi ?

-Tu es ma promise ! Je pense tout le temps à toi. Il baisse la tête, un peu gêné de son aveu, et la regarde par en dessous.

-Qu'as-tu à cacher ?

-Rien, mais, tu ne m'as pas répondu. Pour moi, ce n'est pas pareil, car c'est moi qui t'ai demandé en mariage, mais pour toi, c'est ton père qui a répondu.

-Et tu n'es pas sûr que j'aurais dit oui si j'avais pu dire non, c'est ça ?

-Tu es la plus jolie fille de Nazareth, il y a beaucoup de garçons qui te tournent autour, je les ai vus te regarder et ça me fait mal.

- Pourquoi ?

-Tu le sais bien pourquoi. C'est Jésus, qui a parlé, en arrivant près des jeunes gens. Il poursuit :

-Je sais que les filles aiment faire les coquettes, mais tu vois bien que Simon se meurt d'amour pour toi. Alors, arrête de le taquiner, tu lui fais du mal.

-Désolée, je ne voulais pas… C'est juste la coutume, une fille doit taire ses sentiments. Déjà, je ne devrais pas être là, seule avec vous, si on me voit, mon père me frappera.

-Personne ne te verra, personne ne te frappera. Il te reste quelques secondes, tu dis deux mots et tu repars avant que l'on ait remarqué ton absence.

Ruth sourit, regarde Simon droit dans les yeux :

-Tu crois que je serais venue à ta rencontre et que je t'aurais apporté de l'eau si je ne t'aimais pas ?

Elle part en courant. Jésus pose sa main sur l'épaule de Simon pour l'empêcher de courir derrière elle.

-Tu vois, elle t'aime ! Allez, patience, viens.

Le cœur de Simon bondit dans sa poitrine.

-Comment va-t-on faire pour attendre trois ans ?

-Comme tous les autres ! Tu verras, ce n'est pas si long que cela.

-On voit bien que tu n'as jamais été amoureux. Quel drôle de frère tu fais !

-Pense à Dieu qui attend son épouse Israël depuis la nuit des temps.

-Pourquoi ne force-t-il pas tous les hommes à l'aimer, pour lui, ce serait facile ?

-Réfléchis. Tu étais toi-même préoccupé pour savoir si Ruth était contrainte ou ravie de t'épouser. Pour Dieu, c'est pareil, il ne veut pas être aimé de force, mais librement.

-Je n'avais jamais pensé à ça.

-*« Je vous en conjure, filles de Jérusalem, par les gazelles, par les biches des champs, n'éveillez pas, ne réveillez pas mon bien-aimé avant l'heure de son bon plaisir.* » Il est temps que tu apprennes le Cantique des Cantiques.

*

Marie les voit arriver, en pleine discussion, visiblement heureux, elle se tourne vers Joseph :

-Simon est méconnaissable depuis ses fiançailles avec Ruth. Quel bonheur de le voir rire avec Jésus, après tous les soucis qu'il nous a donné. Pourvu que ça dure !

-Tant que son amour ne sera pas contrarié, nous avons des chances que cela continue, mais je me méfie, on dit toujours « chassez le naturel, il revient au galop. »

-Ne sois pas pessimiste et profitons du bonheur qui nous est donné.

*

Sichem

La soirée est joyeuse. Joseph profite de chaque occasion donnée pour enseigner les enfants.

-Demain, nous traverserons la Samarie et le soir, nous camperons près de Sichem. Qui peut me dire ce qui s'y est passé ?

-C'est là que les trois archanges sont venus dîner sous la tente d'Abraham, propose Jacques,

-C'est là qu'il y a le puits de Jacob, ajoute Thomas,

-Et que les frères de Joseph l'ont vendu à des nomades, intervient Simon.

-Moi, je ne vous laisserai jamais vendre Marc, s'exclame Thomas.

-Bravo les enfants, vous êtes vraiment savants. Je suis fier de vous, s'exclame Joseph, Je suis heureux de voir que les longues soirées à lire la Torah portent leurs fruits et que vous ne voulez pas vendre votre petit frère !

-Les anciens ont reconnu le Mont Garizim comme Saint, pourquoi ne le serait-il plus aujourd'hui ? demande Simon.

-Excellente question, mon fils. Après la mort de Salomon, le royaume fut divisé : celui de Juda au sud, composé des tribus de Juda et de Benjamin, avec Jérusalem comme capitale ; le royaume d'Israël au nord, avec comme capital Samarie. Hélas les enfants des tribus d'Israël se firent la guerre. Ils étaient en compétition territoriale, politique, économique, religieuse. Après des centaines d'années de rivalités, les deux royaumes tombèrent aux mains des païens. Regardez aujourd'hui, les enfants d'Israël sont répartis dans une dizaine de provinces romaines,

-et les judéens se croient toujours supérieurs aux autres, continue Simon.

-Oui, pour eux, « *le vent du nord apporte le malheur.* »

-Pourquoi rejettent-ils les samaritains et pas les Galiléens ? demande Jacques.

-Parce que les samaritains ont construit un Temple sur le Mont Garizim et ne reconnaissent pas celui de Jérusalem.

-Nous devrions faire pareil, le Mont Garizim est plus proche, intervient Thomas, esprit pratique.

-Ah Thomas, ce n'est pas aussi simple, et j'avoue que j'arrive un peu là aux limites de mes connaissances, répond Joseph.

-Un jour viendra où l'on n'adorera plus Dieu uniquement à Jérusalem, car de chaque homme, il fera une pierre de son Temple, intervient Jésus.

-On va être changé en pierre, comme la femme de Lot a été changée en statue de sel ? s'inquiète Thomas.

-Non, pas comme ça. Un jour, tu comprendras. En attendant, réjouis-toi, car bientôt tu verras Jérusalem, et je te le dis, petit frère, tu seras reçu comme un roi dans la Jérusalem Céleste.

-C'est vrai ? C'est quoi la Jérusalem céleste ?

-C'est celle du Royaume de Dieu.

-Et moi ? demande Simon. Pour une fois sa question n'est pas polémique mais anxieuse.

-Toi aussi Simon, fils de Joseph, tu as ta place réservée, mais tu devras te méfier toute ta vie du tentateur.

-Que veux-tu dire ? Je ne comprends pas.

-Pendant la guerre contre les philistins, un des soldats du roi David reçut une flèche en plein cœur. Pourtant, il ne mourut pas. Sa cuirasse avait atténué le coup, mais lorsqu'on voulut arracher la flèche, la tête resta dans sa poitrine. Le chirurgien appelé à son chevet décida qu'il valait mieux l'y laisser, afin d'éviter qu'il ne se vide de tout son sang si on l'enlevait. Le soldat guérit et retourna vaillamment au combat. Il était capable de battre à l'épée de puissants ennemis, pourtant, le soir dans sa couche, il ne pouvait supporter la caresse de son épouse sur son cœur, car dès que l'on effleurait la flèche, la douleur devenait insupportable et le rendait fou.

-C'est une belle histoire, dit Simon, mais je ne comprends pas ce que tu veux dire.

-Protège-toi de tes blessures, car leur réveil ne peut que te faire du mal.

-Mais Ruth, elle pourra me toucher ? demande Simon, tout à coup très inquiet.

-Ruth est la meilleure protection que tu auras, elle et les enfants qu'elle te donnera.

Simon pousse un gros soupir de soulagement. Personne n'ose plus parler. Marie suggère d'une voix douce :

-Dormons maintenant, la route sera longue demain.

*

Ephraïm

La Samarie est une contrée verdoyante, la chaîne des Mont Ephraïm, (du nom de la tribu à qui ils furent attribués), sillonnée de vallées fertiles. Le Mont Garizim est couvert d'épaisses forêts. Par opposition, en descendant vers Jérusalem, le Mont Guil boa est crayeux, sec et presque nu.

-Les enfants, regardez le Mont Guil boa, dit Joseph en avançant dans la vallée, il reçoit peu de pluie et semble porter tout le poids de la malédiction du roi David qui, pleurant la mort du roi Saül et de Jonathan tombés en combattant contre les Philistins, arrivé là s'écria : "Et vous, Montagnes de Guil boa, qu'il n'y ait sur vous ni rosée, ni pluie, ni champs qui donnent les prémices pour les offrandes. Car là ont été jetés les boucliers des héros, le bouclier de Saül, comme s'il n'avait pas été oint d'huile. " Josué est enterré au Mont Ephraïm et toute la région est parsemée de souvenirs bibliques. Joseph continue son enseignement, heureux d'être là, entouré des enfants :

-Vous ai-je déjà compté l'histoire de la prophétesse Déborah ?

-Non, pas encore !

-Eh bien, quand les juifs s'écartèrent de la Torah, Déborah amena le peuple à revenir à Dieu et à se libérer de la brutale oppression de Canaan.

-Et c'est aussi ici qu'est né le prophète Samuel,

-Excellent Simon. A toi l'honneur de rappeler son histoire à tes frères,

-C'est à lui que Dieu a parlé et Eli comprenait rien, intervient Thomas tout fier de se rappeler l'histoire que Jésus leur avait racontée.

-Oui, mais ne me coupe pas la parole, ou je vais perdre le fil de l'histoire !

Simon raconte l'histoire du prophète Samuel.

-Après Saül, c'est David qui devint roi, précise Jacques, ne voulant pas être en reste avec ses frères,

-Oui, et à 12 ans, il a tué le géant Goliath avec une fronde ! s'exclame Thomas, qui aime particulièrement cette histoire, car il a le même âge et se voit prêt à affronter le diable lui-même,

-Jérusalem, c'est la Cité de David, poursuit Jacques,

-C'est encore loin, Jérusalem demande Thomas, qui trouve tout de même le temps long, malgré toutes les belles histoires, les chants et l'excitation du voyage

-Nous n'allons pas tarder à entrer dans le désert de Judée. Croyez-moi, nous quitterons à regret ces belles montagnes en pensant aux paroles des prophètes selon lesquelles quand la venue du Messie sera annoncée sur les montagnes de notre Terre Sainte, il n'y aura point deux royaumes en Israël, mais un seul, ayant à sa tête un descendant de la Maison de David.

-Alors, là, il n'y aura plus de romains ! C'est pour bientôt ? demande Simon, plein d'espoir.

-Qui sait ? répond Joseph.

-Eh Oh ! Les jumeaux, vous venez ?

-Je crois que vos petits camarades vous appellent, allez les rejoindre, mais ne traînez pas ce soir pour gagner le campement.

Heureux de l'aubaine, les deux jeunes garçons détalent.

-Pourquoi Jésus ne marche-t-il pas avec nous ? demande Simon

-Il discute avec Rabbi Daniel, répond Joseph, avec un tel regret dans la voix que les deux hommes continuent la route sans parler.

*

Le soir, toute la famille est réunie autour du feu. Chacun exprime ses pensées et commente les évènements de la journée. Soudain Simon regarde intensément Marie :

-Tu es vraiment belle, presqu'aussi belle que Ruth.

-Comme c'est gentil de me dire cela Simon.

-Que faut-il faire pour avoir des enfants qui auraient tes yeux ?

La question surprend Marie, elle aurait envie de dire qu'il faut déjà qu'au moins un des parents aient les yeux clairs, mais elle ne veut pas blesser Simon :

-Je crois qu'il faut prier, oui, c'est ça, il faut prier.

Jésus passe son bras sur les épaules de son frère :

-Prie en remerciant, comme si ton vœu était déjà exaucé, puis il entonne : *« Il est bon de rendre grâce à Yahvé, de jouer pour ton nom, Très-Haut, de publier au matin ton amour, ta fidélité au long des nuits, sur la lyre à dix cordes et la cithare, avec un murmure de la harpe... »*

*

La Judée

Le paysage change, la végétation se fait plus rare, les forêts disparaissent laissant place à d'immenses près à flanc de collines, où paissent de grands troupeaux de moutons. Le paysage est très accidenté, les roches calcaires sortent à nu sur le flanc des collines. La voie romaine serpente, monte et descend sans cesse, semblant à chaque virage repartir en arrière comme si la ville de Jérusalem reculait au fur et à mesure que les pèlerins approchent. La circulation se fait encore plus dense, l'air est sec, il fait très chaud. Le vent semble porter la chaleur et le sable du désert de Judée qui s'étend au sud et à l'est de Jérusalem. Tous, hommes, femmes, enfants et même les animaux ont envie d'arriver. Les agneaux bêlent, comme s'ils pressentaient le sort qui les attend. On commence à rationner l'eau, car les villages sont espacés et tous ne permettent pas de puiser dans leurs puits. Des vendeurs d'eau, tirant leurs ânes chargés de cruches, viennent proposer leurs services aux voyageurs.

Les pèlerinages sont toujours des moments privilégiés pour les rabbins d'enseigner à leurs disciples en marchant. Il y a bien sûr les nombreux chants que la communauté des pèlerins tire des psaumes, mais aussi des moments réservés à la discussion des écritures Saintes. Aujourd'hui, ils étudient plus particulièrement les prophéties d'Isaïe. La petite troupe des disciples de Rabbi Daniel y cherche toutes les raisons d'espérer. Comment savoir si les malheurs d'Israël arrivent à leur fin ? A quels signes reconnaître et être sûr de l'arrivée du temps messianique ?

Jésus demande :

- Pour vous, qui est le serviteur de Yahvé dont parle Isaïe par quatre fois ?

- Peut-être, Isaïe parlait-il de lui-même, comme le serviteur du Tout Puissant. Car, comme tout prophète, il a eu à supporter les foudres de ceux qui ne pensaient pas comme lui ? suggère un des jeunes hommes.

- Je ne pense pas, intervient Rabbi Daniel, car il est écrit que ce Serviteur est un descendant de David, ce ne peut donc pas être Isaïe.

- Il ne peut pas être un homme ordinaire, poursuit un autre disciple, car Yahvé précise : « *J'ai mis sur lui mon Esprit* »

- Pourtant, c'est bien un fils d'homme, appelé dès le sein de sa mère,

- Oui, mais c'est une vierge qui le conçoit, c'est le Signe ! répond Rabbi Daniel.

- C'est lui, le Messie, celui que nous attendons, qui libèrera Israël de nos ennemis, proposent ensemble plusieurs jeunes gens.

- C'est l'Agneau de Dieu, celui qui va porter les péchés du monde et expier pour la multitude, car il est écrit : *« Yahvé a fait retomber sur lui nos fautes à tous...Il a été retiré de la terre des vivants...Il a été frappé pour les crimes de son peuple... »* Déclare Jésus.

Tous restent perplexes devant cette interprétation. Rabbi Daniel aime avoir le dernier mot :

- Puisque le Messie est le libérateur d'Israël, alors, ce serviteur ne peut être le Messie !

- Mais puisque le serviteur souffrant offre sa vie en sacrifice expiatoire et se livre lui-même à la mort, il est écrit : *« Il verra une postérité, il prolongera ses jours… Il aura sa part parmi les puissants … »*

- Il est écrit tant de choses ! Comme sont insondables les voies de l'Éternel ! conclut Rabbi Daniel, pressé de mettre fin à une discussion dont il se rend compte qu'il n'a pas les clés.

Il est irrité contre Jésus qui a le don de lancer des débats insolubles. Pourtant, n'est-ce pas à la question, non à la réponse, que l'on juge de l'intelligence et de l'instruction d'un disciple ? Il se lisse la barbe. Décidément, il est temps d'envoyer ce jeune homme chez Maître Hillel, lui aura sans doute plus de repartie. Pourquoi faut-il que ce soit les meilleurs élèves, ceux que l'on aime le plus qui nous causent toujours le plus de tracas ! Ruminant ces pensées, Rabbi Daniel entonne le chant du retour, signifiant par là que la leçon du jour est close.

Tous reprennent en cœur le psaume 126 :

« Quand Yahvé ramena les captifs de Sion, nous étions comme en rêve, alors notre bouche s'emplit de rires et nos lèvres de chansons... »

*

La journée se traîne en longueur, comme ce chemin qui n'en finit pas. Encore un camp, encore une nuit, et demain la ville apparaitra...

Le soir tombe, il y a un moment que la troupe marche en silence, le poids de la fatigue devenant palpable. Alors, Marie entonne de sa voix de soprano d'une grande beauté le chant de l'exilé :

« Au bord des fleuves de Babylone, nous étions assis et nous pleurions, nous souvenant

de Sion ; aux peupliers alentour, nous avons pendu nos harpes. Et c'est là qu'ils demandèrent, nos geôliers, des cantiques, nos ravisseurs de la joie : chantez, nous disaient-ils, un cantique de Sion. Comment chanterions-nous un cantique de Yahvé sur une terre étrangère ? »

Toute la troupe des nazaréens, hommes, femmes et enfants, reprend en cœur :

« Si je t'oublie, Jérusalem, que ma droite se dessèche ! Que ma langue s'attache à mon palais si je perds ton souvenir, si je ne mets Jérusalem au plus haut de ma joie !»

La beauté de ce chant, résonnant sur les rochers des collines, dans la nuit tombante, à un jour de marche de la cité Sainte pénètre dans l'âme de chacun, comme si soudain, tous retrouvaient le sens de leur longue marche de ces jours derniers. Une immense paix s'installe et cohabite avec une joie profonde. Un sens d'unité habite ces gens humbles, liés par un destin hors du commun : fils d'Abraham, peuple élu, peuple de l'alliance, peuple martyr renaissant toujours de ses cendres, gardant intact un espoir fou : un jour, Yahvé enverra son

Messie, le descendant du roi David, et il règnera à jamais.

*

Jérusalem

Ce matin, l'excitation est à son comble : ce soir, ils seront dans la cité de David ! La troupe se met en route, les hommes et les femmes se répondant, couplet par couplet, l'hymne de louange :

« Louez Yahvé depuis les cieux, louez-le dans les hauteurs, louez-le tous les anges, louez-le toutes les armées »

« Louez-le, le soleil et la lune, louez-le tous les astres de lumière, louez-le les cieux des cieux, et les eaux au-dessus des cieux… »

Les nazaréens continuent ainsi leur route, oubliant la fatigue, les pieds meurtris, la faim due à la frugalité des repas pendant la route, la frustration de croiser autant de romains. Ils ont été libérés de l'esclavage d'Égypte, ils sont le peuple en marche vers la liberté, ils avancent dans le pays de Canaan, promis à Abraham et à sa race à jamais. Aujourd'hui, ils sont vainqueurs, Yahvé marche à leur tête, les anges sont à leurs côtés, rien ne pourrait altérer leur joie. Soudain, au détour d'un chemin, ils l'aperçoivent : Jérusalem est là, perchée tout en haut de la montagne, dominant le monde et l'univers, jaillissant de la roche, resplendissant au soleil de mille feux. Quelle jubilation !

Mais la montagne est trompeuse, alors que la cité Sainte semble si proche, il faudra encore marcher six heures avant d'atteindre enfin ses portes. Tous avancent en chantant :

« Louez Dieu en son sanctuaire, louez-le au firmament de sa puissance, louez-le en ses œuvres de vaillance, louez-le en toute sa grandeur ! »

« Louez-le par l'éclat du cor, louez-le par la harpe et la cithare, louez-le par la danse et le tambour, louez-le par les cordes et les

flûtes, louez-le par les cymbales sonores, louez-le par les cymbales triomphantes, que tout ce qui respire loue Yahvé. »

Ils arrivent par la porte des brebis. Le palais du roi Hérode est situé à l'angle ouest, au-dessus du Mont du Temple. Le mur d'enceinte, large de quatre mètres, encercle le Mont Sion et englobe le Temple. Trois tours de sept mètres de haut montent la garde. Hérode leur a donné le nom de son frère Phasaël, de son ami Hippicus et de sa femme, Marianne. Chaque tour, de 22x18 mètres, est formée de seize strates de pierres équarries pesant chacune plus d'une tonne et aux pourtours entourant une surface bosselée, soigneusement disposées sans ménager d'espace entre elles. L'intérieur de la tour est comblé de gros moellons. Une impression de puissance et d'invincibilité se dégage de l'ensemble. La ville est accrochée aux différentes collines qui forment la montagne de Sion. Les rues sont étroites et en pente, avec des escaliers à chaque fois que faire se peut. C'est la cohue : des chameaux chargés de denrées arrivent de tout l'empire ;

des ânes débordant de sacs, des cavaliers, des chars, des piétons, des porteurs d'eau, des marchands de toutes sortes encombrent les passages.

Les habitants de Nazareth se séparent, qui allant chez un ami, qui chez un parent, qui dans une auberge… Ils se retrouveront demain sur l'esplanade du temple. Ils ont tous fort à faire. Marie n'a qu'une crainte : perdre les jumeaux, elle ne les quitte pas un instant des yeux. Elle les a longuement sermonnés sur les risques de la grande cité. Le souvenir de la disparition de Jésus, six ans auparavant, la hante encore. Ce soir, ils dormiront tous chez sa tante Sarah, au sud de la ville. Joseph et Simon ont fort à faire avec les ânes et leur chargement. Jésus les quitte, il va au Temple avec Rabbi Daniel et les rejoindra plus tard.

*

Nicodème

Rabbi Daniel et Jésus traversent le parvis des gentils et entrent dans la cour des prêtres. Il y en a des centaines en cette veille de fête et il leur est bien difficile de s'orienter dans cette foule. Ils finissent par trouver celui qu'ils cherchent, assis à l'ombre d'une colonnade.

-Maître Nicodème, quel plaisir de te voir ! s'exclame Rabbi Daniel, avec un immense sourire.

-Mon ami, je t'attendais.

Les deux hommes se donnent l'accolade.

-Je souhaite te présenter mon disciple Jésus, que j'élève au rang de fils devant l'éternel.

Nicodème dévisage Jésus et sourit :

-Jésus, tiens, tiens. Tu as bien grandi, tu as une belle barbe et de long cheveux, mais comment ne pas reconnaître ce regard, entre tous ceux de Palestine !

-Vous vous connaissez ? s'étonne Rabbi Daniel.

-Oh, c'était il y a… voyons voir, six ans je crois. Ce garçon a passé trois jours avec nous, il nous a fort étonnés par ses connaissances mais surtout par ses questions. Mon ami Joseph d'Arimathie et moi-même en parlons encore souvent, tant la chose était surprenante. On dit que les yeux clairs sont ceux des anges, je me demande s'ils ne sont pas aussi ceux des prophètes. Ce serait ma foi bien pratique si l'on pouvait tout de suite reconnaître les vrais des faux. Qu'en penses-tu Jésus ?

-A Nazareth, nous avons deux arbres fruitiers qui ont été plantés si près l'un de l'autre que leurs branches se sont mêlées. L'hiver, nul étranger ne sait d'un premier coup dire à quel arbre appartient telle branche, mais à la récolte, il n'y a plus de doute, car on reconnaît l'arbre à ses fruits.

-Quelle pertinente réponse ! Je vois que ton esprit est toujours aussi vif. Mais, permets-moi de te donner un conseil : il n'est pas bon que tu te promènes ici vêtu de cette tunique blanche, tu risques de provoquer la colère de nombre de prêtres qui y verront une provocation.

-Mais pas vous ? demande Jésus en le regardant dans les yeux.

-Tu es là en bonne compagnie, je suppose donc que tu n'es disciple ni d'Ischmaël, ni d'Élikaï, ni d'Osnia, mais certains ne se poseront pas la question et te traiteront d'hérétique. Tu risques gros et tous ceux qui t'accompagnent également.

-Merci de vos conseils, Maître Nicodème, je veillerai à porter mon manteau de bure, mais il n'est pas bon de juger un homme à sa parure.

-Ne reconnaît-on pas un oiseau mâle de sa femelle à la couleur de ses plumes ?

-Je m'en souviendrai. Permettez-moi de me retirer et d'aller prévenir ma famille de veiller à ne pas s'attirer les foudres des prêtres.

-Surtout, viens me saluer à chaque fois que tu seras à Jérusalem.

-Je n'y manquerai pas Maître Nicodème, nous nous reverrons.

Il salue et s'en va, fendant la foule avec une si grande aisance que beaucoup se retournent stupéfaits sur son passage.

-Fais attention à ce Jésus, Daniel, il risque de t'attirer bien des ennuis.

-Je ne comprends pas, tu sembles pourtant l'apprécier ?

-Il y a des années que je me pose des questions à son sujet et que je guette son retour. Je ne serais pas surpris qu'il soit un jour appelé à être un grand prophète.

-Ne serait-ce pas merveilleux si c'était le cas ?

-Il n'avait que douze ans lorsque nous l'avons reçu et il a réussi à se faire des ennemis !

-Comment cela ?

-Anne et Caïphe étaient parmi nous. Ils n'ont pas su répondre à ses questions. Aucun d'entre nous ne le savait, mais ils en ont pris ombrage. Je crois que les parents de l'enfant sont arrivés à temps, je ne sais pas ce qu'ils auraient fait.

-Mais c'est de l'histoire ancienne tout ça !

-Tu crois ? Je l'ai reconnu au premier regard : il est inoubliable.

-Je le connais depuis toujours, il est doux, humble de cœur, travailleur, obéissant à ses maîtres…

-Mais il a en lui le feu d'un grand prophète, le jour où il se réveillera, le monde tremblera. Il aura contre lui tous les prêtres judéens, les sadducéens,

-Et les disciples de Chammay…

-Et tous ceux qui n'accepteront pas que Dieu choisisse un fils de charpentier comme porte-parole, qui plus est, un galiléen !

-Tu sembles vraiment convaincu.

-Hélas, je dis hélas car cet enfant a touché mon cœur il y a six ans, or je sais que nous avons la fâcheuse habitude de tuer tous nos prophètes.

-Sauf Élie

-Oui, Il a été emporté aux cieux par un charriot de feu… Puisse-t-il avoir la chance d'Élie ! Allez, je dois te laisser. Ne t'inquiète pas trop, mais fais attention à toi et ne parle à personne de notre conversation.

*

Préparation de la Pâque

Ce soir, la famille est réunie chez Sarah. C'est une veuve très âgée mais pleine de gaité, surtout en ce jour béni qui lui permet de recevoir sa famille. La maison, comme la plupart à Jérusalem, est sur plusieurs niveaux, s'accrochant à la colline. Les pièces sont petites, sombres, certaines creusées dans la roche. Il y fait frais, ce qui est bien agréable après les morsures du soleil. Il y a de l'eau en abondance et soudain, cela donne une impression de grande richesse après les privations des derniers jours. Tout le monde a pu aller aux bains, l'on se sent bien, tout propre, libéré des poussières de la route. Encore une fois, assumant son rôle de chef de famille, Joseph instruit les garçons :

- Nous allons commémorer la libération du peuple juif de l'esclavage qu'il subissait en Égypte, tel qu'il est relaté dans le livre de l'Exode. Sous la protection divine et la direction de Moïse, les Hébreux sont passés de l'humiliation de servir Pharaon à la gloire de servir Dieu. Mais ceci doit aussi avoir un sens pour nous, surtout en ces temps où nous subissons le joug des romains. Lorsque nous célébrons l'exode d'Égypte chaque année, nous réveillons notre propre quête de liberté en tant qu'individus et en tant que peuple, nous renouvelons notre foi que la liberté et la paix peuvent vraiment se réaliser. C'est une fête qui met en valeur les contrastes : nous mangeons le pain azyme, matsa ou «pain de misère» accoudés à la table comme des rois. Nous goûtons simultanément l'amertume de l'esclavage et la douceur de la liberté. Nous consommons à la fois l'amer et le sucré, symbolisant ainsi le paradoxe de la vraie liberté qui ne peut être atteinte que par la lutte et le défi. Nous allons revivre ensemble la sortie des Hébreux d'Égypte, le passage de l'état d'esclavage à celui de liberté. Par des récits et des chants, dans un rituel faisant appel aux cinq sens, chacun de nous doit se sentir comme s'il était lui-même sorti d'Égypte.

Simon intervient :

-Si nous agissons comme si nous étions nous-mêmes sortis d'Égypte, alors, nous sommes des hommes libres et nous pouvons chasser les romains !

-Ce n'est pas si simple, mon fils. La Pâque est un temps de réjouissance, pas de conflit.

-Mais à quoi cela sert-il de toujours nous remémorer les hauts faits de nos ancêtres, si nous-mêmes ne sommes pas capables de chasser l'envahisseur ?

-Simon, apprends d'abord à connaître la Loi, les prophètes, les psaumes, tu y trouveras les réponses que tu cherches.

-Si tu les as trouvées, donne-les-moi !

-Les quatre questions ? Réclament en même temps les jumeaux.

-D'abord, demain je vais devoir mener l'agneau au Temple où il sera sacrifié, puis je le ramènerai et il sera rôti dans la cour. Nous devrons le manger dans son intégralité, c'est pourquoi nous aurons des invités. Nous devrons observer un rituel bien précis

-Les questions, coupent à nouveau les garçons.

-Ok, vous êtes deux, donc vous en poserez deux chacun.

-1ère : pourquoi se fait-il que durant toute l'année on mange soit du pain levé, soit du pain sans levain, mais que ce soir, on ne peut manger que du pain sans levain ?

-Parce que…

-Tatatata : pas de réponse aujourd'hui. C'est moi qui les donnerai demain.

-Même si on les connaît ?

-Oui, c'est la tradition. Voici la 2ème : pourquoi les autres nuits on mange toute sorte d'herbes, mais que ce soir, on ne peut manger que des herbes amères ?

-Ce n'est pas bon !

-Écoutez ! Voici la 3ème : pourquoi les autres soirs on peut tremper ses herbes plusieurs fois et ce soir seulement une fois ? et la dernière : pourquoi les autres soirs on mange assis et ce soir on mange debout ?

Marie intervient :

-Joseph, mon ami, il est bien tard, l'huile ne va pas tarder à manquer, je pense qu'il est temps de nous coucher.

-Un dernier psaume, s'il te plaît !

-Voilà une requête à laquelle il est difficile de se soustraire. Prions ensemble.

La magnifique voix de Marie s'élève :

« Quelle joie quand on m'a dit : Allons à la maison de Yahvé ! Enfin nos pieds s'arrêtent dans tes portes, Jérusalem ! »

Les voix graves des hommes et cristallines des enfants se joignent à elle :

« Jérusalem, bâtie comme une ville, où tout ensemble fait un corps, là où montent les tribus, les tribus de Yahvé... »

*

Lorsque tout le monde dort, Jésus sort dans la cour. Il tremble.

- Père, papa, toi qui es tout amour, donne-moi de goûter aux joies de Jérusalem. Ta Cité sur cette terre, là où bat ton cœur. Permets moi d'y revenir y chercher les brebis perdues d'Israël avant que ne sonne l'heure du sacrifice ultime. Écoutes les prières de ton peuple, réponds à la demande de ton fils. Je ne me déroberai pas à ma tâche rédemptrice, je boirai la coupe jusqu'à la lie. D'avance, j'accepte toutes les souffrances qui m'attendent, je me prépare au sacrifice pour lequel je suis venu en ce monde. Papa, parle-moi, éclaire-moi, aide-moi, ne détourne pas de moi ton Esprit Saint. Je suis impatient de Te servir et de sauver Ton peuple et mon peuple. Renforce en moi ton Esprit afin que je puisse accomplir Tes Très saintes Volontés. Il m'arrive parfois de me sentir si démuni face au peu de compréhension que même ceux qui doivent guider Israël ont de ton Amour, de ta proximité. Il me semble que le plus souvent, même Joseph et ma Mère Marie oublient qui Je Suis, alors, je me sens tellement seul ! Père, Papa, manifeste-toi, ne me laisse pas dans la nuit.

Alors que Jésus prie, une colombe vient se poser sur son épaule, la paix, la plénitude l'envahissent. Il tend la main : l'oiseau s'y niche. Il le caresse, pose un baiser sur sa tête et le regarde s'envoler.

-Merci Papa. Jésus sourit et rentre se coucher.

La Pâque : premier jour des festivités

Juste au lever du soleil, Jésus et Simon accompagnent Joseph au Temple pour le sacrifice de l'agneau. La foule est immense. Les bêlements des bêtes montent comme un chant de désespoir. Les prêtres s'affairent, avec leurs longs couteaux, tranchant net la gorge de l'animal, prélevant la part du temple et remettant la bête encore palpitante à son propriétaire. Le sang coule à flots, les rigoles de marbre débordent. Simon s'éloigne et va vomir, tant l'odeur et la vue de ce spectacle soulève le cœur.

Jésus a pris soin de porter son burnous de bure et de recouvrir sa tête de la capuche. Il se tient légèrement courbé afin de ne pas dépasser la foule et de ne pas se faire remarquer. Il aide Joseph à charger la carcasse de l'agneau sur son épaule et va récupérer Simon.

-Heureusement que les jumeaux n'ont pas encore le droit de venir, c'est horrible ! Comment Dieu peut-il vouloir cela ? Les esséniens ont raison !

-Il est écrit : *« Je suis rassasié des holocaustes... au sang des agneaux et des boucs je ne prends pas plaisir... c'est pour moi une fumée insupportable. »* Le jour vient où les animaux ne seront plus offerts en sacrifice. Maintenant, remets-toi, le plus dur est passé. Laissons la place à la fête.

Simon se redresse.

-Ne dis à personne que j'ai été malade.

-Ne t'inquiète pas, viens.

Ils rejoignent Joseph.

-Autrefois, les agneaux étaient rôtis sur l'esplanade du Temple, tout le monde mangeait ensemble. Aujourd'hui, il y a beaucoup trop de monde et chacun doit repartir avec sa lourde charge. J'avoue que ce n'est pas très agréable d'avoir ce paquet sanguinolent sur les épaules. Jamais la maison de Sarah ne m'aura paru aussi loin du temple.

-Veux-tu que nous t'aidions ?

-Jésus, tu as déjà porté le sacrifice à l'aller, à moi de m'en charger au retour.

Ils arrivent enfin et s'activent aux préparatifs car l'agneau doit être rôti pour le soir.

*

A la tombée de la nuit, tout le monde est prêt, chacun vêtu de blanc pour exprimer la liberté, car les esclaves n'ont pas le droit de porter de vêtements blanc. La table est dressée : l'agneau, les herbes amères, deux grandes galettes de pain sans levain et 5 coupes de vin vont servir à rythmer le Seder, repas de Pâque, qui combine le récit, les chants, les bénédictions, la nourriture et la boisson. Tout ce qui doit être dit et fait est consigné dans la Haggadah. Joseph, chef de famille, prononce la première bénédiction, le Kaddish, et la première coupe de vin passe de convive en convive. Puis, chacun se lave les mains. On mange ensuite les herbes amères, Karpass, non pas trempées dans l'huile comme habituellement, mais dans de l'eau salée. Marie casse en deux une des galettes de pain, en réserve une moitié, et partage l'autre moitié entre les convives. L'excitation des jumeaux est à son comble car le temps des quatre questions est venu. Avec un grand sérieux, ils posent les questions révisées la veille et Joseph raconte en détail le récit de l'exode. Vient le temps de la deuxième coupe de vin partagée.

Tout le monde se lave à nouveau les mains, cette fois, avec la bénédiction. Puis, Joseph bénit les trois demi-galettes de pain restant, et partage une demi-galette. On mange d'abord des herbes amères trempées dans de l'huile, puis les herbes et le pain sans levain ensemble.

Tout le monde a bien faim lorsqu'il est enfin temps de manger l'agneau rôti et chacun se régale, en reprenant plusieurs fois, car rien ne doit en rester. Puis on finit par des desserts sans céréale ni levain. Joseph prononce la bénédiction et la troisième coupe de vin circule.

Tous entonnent alors le chant des six psaumes de Pâque.

Puis, c'est le partage de la quatrième coupe. La porte est ouverte, car on attend le prophète Eli, qui doit passer dans chaque maison et boire la cinquième coupe.

Joseph et Jésus vont coucher les jumeaux qui se sont endormis. Pour les autres, la fête continue tard dans la nuit.

*

Le deuxième jour

Le matin, tous découvrent les cadeaux apportés par Eli : des tuniques et des sandales pour chacun, et aussi quelques fruits secs et du miel de dattes, puis la famille se rend au Temple pour prier et écouter la lecture de la Torah, après quoi ils rentrent chez Sarah.

L'après-midi, Jésus emmène ses frères à la découverte de Jérusalem. Joseph préfère rester se reposer, Marie et Sarah préparent le dîner de fête pour le deuxième soir.

-Elie vient dans chaque maison ? demande Thomas,

-Et il boit à chaque fois la cinquième coupe ? continue Jacques,

-Il doit être bien ivre au petit matin, s'exclament les jumeaux, en éclatant de rire.

-Ce n'est pas bien de se moquer d'un si grand prophète, vous mériteriez qu'il vienne reprendre ses cadeaux, réplique Jésus, mi-sérieux, mi-rieur.

-On sait bien que c'est maman qui a fait les tuniques,

-Et papa qui a fabriqué les sandales,

-Et toi qui nous as acheté des friandises,

-Puisque vous êtes si grands, autant vous dire que Simon aussi a participé à ces achats.

Les jumeaux embrassent leurs grands frères.

La ville leur paraît immense, l'activité fébrile, la foule incroyablement dense. Il semble que tous les caravaniers des pays voisins s'y soient donné rendez-vous. A la porte de l'aiguille, il faut décharger les dromadaires de leurs plus gros ballots, sinon ils ne peuvent passer. Les porteurs se bousculent, crient, s'invectivent ; des marchands ambulants vendent bracelets, colliers, étoffes, d'autres toutes sortes de bonnes choses à manger. Les boutiques regorgent de denrées de tous les pays, celles d'épices embaument l'air.

Ils arrivent au Temple. Jésus enseigne à ses frères :

-C'est ici que notre Père Abraham offrit Isaac en sacrifice

-Mais Dieu a arrêté son bras

-Et il lui a donné un bouc à la place

-C'est bien les garçons. Savez-vous ce qu'il y a eu comme autres évènements ?

-C'est là que Jacob s'est battu toute la nuit avec l'archange Gabriel et que Dieu lui a donné le nom d'Israël.

-Très bien Simon. Ensuite ?

-Le roi David a acheté cette terre pour y construire la demeure de Yahvé, mais c'est son fils Salomon qui construisit le premier temple. Il fut détruit par Nabuchodonosor et ce fut l'exil à Babylone. Au retour d'exil, nos pères ont reconstruit le Temple au même endroit, et le roi Hérode le Grand a agrandi le second temple pour qu'il soit encore plus beau que le premier.

-C'est excellent Simon, tu en sais autant que moi.

Ce compliment va droit au cœur du jeune homme. Cependant, le malaise de la veille le reprend :

-Nous reviendrons tout à l'heure en famille pour prier, allons voir le palais d'Hérode, veux-tu ?

-Bien sûr, en route, dit Jésus, ayant compris la raison qui pousse Simon à changer de direction.

Ils repartent, se frayant difficilement un passage au milieu des milliers de pèlerins arrivant de partout, et se dirigeant dans tous les sens.

-Et si nous sortions un peu de la ville ? propose Jésus.

Un oui unanime lui confirme que ses frères, comme lui, ont besoin de s'échapper un peu du vacarme et de la cohue. Ils se dirigent vers la porte des Lions qu'ils franchissent et ils gagnent le Mont des Oliviers. Là, ils sentent monter en eux les souvenirs de la Galilée, les arbres leurs rappellent leurs collines. Arrivés en haut du Mont, ils s'assoient pour admirer la ville qui s'étend à leur pied. Elle est à la fois le cœur et le centre du monde, le joyau du peuple juif, le berceau et le réceptacle de leur espérance.

-Le messie va venir, il chassera les romains, émet Simon, plein d'espoir.

-Et Hérode, propose Jacques,

-C'est pour bientôt ? demande Thomas.

Ses frères regardent Jésus, attendant la réponse, avec confiance, certains que leur aîné sait tout sur toute chose. Il ne répond pas à leur question, préférant raconter des paraboles :

-Le royaume des cieux est semblable à du levain qu'une femme a pris et enfoui dans trois mesures de farine, jusqu'à ce que tout ait levé.

-Que veux-tu dire ? demande Simon

-Qu'il est en route, répond Jacques

-Mais pas maintenant, on n'a pas le droit au pain avec levain pour encore six jours, complète Thomas.

Jésus leur sourit, puis continue :

-Le royaume des cieux est encore semblable à un filet qu'on jette en mer et qui ramène toutes sortes de chose. Quand il est plein, les pêcheurs le tirent sur le rivage, puis ils s'asseyent, recueillent dans des paniers ce qu'il y a de bon et rejettent ce qui ne vaut rien. Ainsi en sera-t-il à la fin des âges : les anges se présenteront et sépareront les méchants d'entre les justes pour les jeter dans la fournaise ardente : là il y aura des pleurs et des grincements de dents.

-J'espère que je serai parmi les justes,

-Moi aussi, disent en chœur les jumeaux,

-Nous n'avons pas de souci à nous faire, nous sommes fils d'Abraham, propose Simon.

-Si Dieu le veut, il peut faire de ces pierres des fils d'Abraham, cela n'est pas suffisant.

-Il faut aussi être juste, suivre la loi et les prophètes, continue Simon.

-Il faut aimer, dit Jésus.

-J'aime Ruth

-C'est bien. Il faut que tu aimes Dieu encore plus que Ruth, et ton prochain comme toi-même.

-Je ne peux pas aimer plus que j'aime Ruth ! s'inquiète Simon.

-Tu apprendras, tu es sur le bon chemin.

Ils restent méditer un long moment.

-Il est temps de rentrer, maman va s'inquiéter.

Ils redescendent en chantant.

*

Le reste des fêtes

Après la bénédiction de clôture des premiers jours de la Pâque, les journées intermédiaires sont consacrées à la prière, à la famille, à la relecture du livre de l'exode, à des jeux et aussi à des « actes de pure gentillesse. » Chacun doit redoubler d'efforts pour faire plaisir, tant aux siens qu'aux pauvres, aux démunis, aux malades, aux vieillards. Il est toujours interdit de manger quoi que ce soit à base de levain, mais il existe tant de bonnes choses dont on peut se régaler ! Ce sont des jours de repos et de paix, de joie et de partage, de prières et de chants, de bénédiction et de discussions…

Le vendredi soir, c'est le Sabbat de Pâque, avec les mêmes plats que le Seder. Le dimanche soir c'est le début des deux jours de clôture des festivités. La lecture de la Torah dure toute la nuit pour les hommes de plus de douze ans. Les jumeaux essaient de veiller, mais s'endorment vers le milieu de la nuit. Le mardi est consacré au mémorial des parents défunts : service au Temple, prières, lecture de la Torah. Le soir, à la tombée de la nuit, c'est la clôture des festivités de la Pâque avec un grand dîner festif où la nourriture à base de levain est réintroduite.

Thomas aide Marie et Sarah à préparer les pâtisseries. Cette Pâque a vraiment été huit jours de liberté pour la famille. La commémoration de la sortie d'Égypte a été parfaite.

Le mercredi, Sarah est en pleurs pour dire au revoir. Marie et les siens ne viendront pas pour Shavaout, la Pentecôte, la fête de remise de la Torah. Ils habitent trop loin pour faire un nouveau pèlerinage dans 50 jours.

-Nous reviendrons l'an prochain à Jérusalem !

A la porte des brebis, Rabbi Daniel compte ses villageois.

-Ah Joseph ! Nous vous attendions, vous êtes les derniers arrivés.

-Les derniers seront les premiers, murmure Jésus, mais personne ne l'entend.

La joyeuse troupe prend la route pour Nazareth, tous plein de joie, avides d'échanger leurs souvenirs de ces huit jours hors du temps de labeur. Dans une semaine, ils auront rejoint leur village et la vie reprendra son cours.

*

Une bien mauvaise surprise

Une bien mauvaise surprise attend les Nazaréens à leur retour au village. Comme tous les paysans occupés par un ennemi, ils ne déclarent pas à Rome la totalité de leurs récoltes, de même lorsqu'un animal a des jumeaux, un seul est déclaré. Le village possède une réserve connue par le scribe, le rabbi et quelques anciens, où sont cachés les excédents qui sont gérés par la communauté et répartis selon les besoins après le paiement de l'impôt à César.

Pendant que la grande majorité des familles était partie à Jérusalem, laissant les vieillards, les malades, les jeunes enfants et juste quelques adultes pour gérer le village et s'occuper des animaux, un contrôleur romain est venu avec une patrouille. Ils sont allés directement à la cachette des villageois, confisquant la totalité de ce qu'elle contenait, ils ont également fait le tour des maisons et confisqué tous les agneaux, chevreaux et ânons, puis ils ont arrêté le vieux scribe Ebraïm, ainsi que le publicain Mathieu pour les conduire à Séphoris où ils doivent être jugés. Ils ont également laissé un avis comme quoi, à titre de représailles, chaque famille devrait régler 20% de plus que l'impôt initialement prévu pour César.

Pour la grande majorité des Nazaréens, ceci signifie une année de misère et de famine. La colère et le désespoir se partagent leurs cœurs. Il est évident que les romains étaient bien renseignés, il y a donc un traître qui a vendu les renseignements contre une récompense. Immédiatement, les soupçons portent sur Mathieu, le publicain, difficilement toléré dans le village pour s'être mis au service de Rome. Bien qu'il ait été arrêté, cela ne le disculpe pas aux yeux des villageois qui y voient un leurre, surtout, c'est tellement plus facile de clouer au pilori quelqu'un déjà en dehors de la communauté plutôt que de soupçonner un des leurs.

Le conseil se réunit.

-Je vais aller à Séphoris, je demanderai que l'on relâche Ebraïm et que l'on me juge à sa place, propose rabbi Daniel. Je ne peux pas laisser ce vieil homme dans une prison.

Josselin prend la parole :

-Ta proposition t'honore, Rabbi, mais nous avons besoin de toi ; Je vais t'accompagner et discuter avec les romains. Ils ont déjà saisi des biens considérables, leurs exigences sont exorbitantes ; Tout d'abord, allons voir Zacher, le chef des publicains, essayons de nous entendre avec lui, c'est un israélite, nous étions amis lorsque nous étions enfants, il a de la famille à Nazareth, il devrait pouvoir nous aider. Le procureur exige un montant d'impôts qu'il charge les publicains de collecter, ceux-ci répartissent leurs prélèvements sur l'ensemble des villages et villes de leur juridiction. C'est lui qui a le pouvoir de faire annuler la sanction.

-Peut-il nous rendre ce qui a été confisqué ?

-Hélas non, nous aurons une année difficile, mais si les charges ne sont pas levées, elle sera tragique.

Rapidement, tous acceptent sa proposition.

*

-Marie, te voilà de retour. Judith se jette en pleurant dans ses bras : Mathieu a été arrêté, les romains l'accusent de fausses déclarations, mais le pire, c'est que les villageois pensent que c'est lui le traître et veulent nous chasser !

-Calme-toi. Joseph est au conseil, attendons son retour et voyons ce qu'il nous dit.

-Qui a bien pu trahir ainsi le village ? demande Élisabeth ;

-Ce n'est pas mon mari, je le connais, jamais il ne ferait une chose pareille !

-Nous te croyons Judith. Nous ne pensons pas que ce soit Mathieu le traître.

-Avez-vous une idée ?

-Nul n'a le droit d'accuser sans preuve, partager un soupçon non validé serait un péché. Ah, voici Joseph. Alors ?

-Rabbi Daniel et Josselin iront demain à Séphoris pour essayer d'arranger les choses. Nous en saurons plus à leur retour. Heureusement que nous avons là deux hommes sages, car la colère gronde dans le village.

-J'ai peur, déclare Judith.

-Reste chez nous avec tes enfants, ici, vous serez en sécurité.

-Si je ne suis pas à la maison, elle risque fort d'être pillée, voire saccagée…

-Hélas, c'est un risque car la bêtise s'allie à la colère, mais mieux vaut des dégâts matériels que de courir le moindre risque avec un bébé et un enfant en bas âge, commente Marie. Elle entoure la jeune femme en pleurs.

-Simon et moi iront dormir chez toi, propose Jésus.

Toute la joie des fêtes de Pâque s'est envolée.

*

Deux heures plus tard, chez Mathieu, Simon s'inquiète :

-Que ferons-nous si les villageois viennent nombreux ? s'ils essaient de mettre le feu ?

-Ne t'inquiète pas, je veille.

-Mais nous ne sommes que deux !

-Le juste n'est jamais seul, Simon, l'Éternel est son secours. Ah, on vient.

Jésus se lève et se tient devant la porte. Comme il s'y attendait, il fait face à Jazouph, accompagné de Nahum, Aaron et Judas, chacun portant une torche à la main.

-Cela ne vous a pas suffit de tuer Daphné et Képhas ? Voici que vous vous apprêtiez à incendier une maison avec une femme et deux enfants innocents !

-eh bien, sors avec eux, ce n'est que la maison d'un traître que l'on veut brûler ! rétorque Jazouph.

-Comme c'est intéressant, tu t'es trahi Jazouph, car tu n'as pas répondu sur tes méfaits passés, en reconnaissant que tu venais brûler la maison, tu as reconnu de fait votre action criminelle de l'an dernier !

-Pour qui te prends-tu Jésus, fils de Joseph le charpentier, ton élévation au rang de disciple de Rabbi Daniel ne m' impressionne pas, tu n'es rien. Jazouph crache par terre.

-Nahum, Aaron, Judas, ne voyez-vous pas que Jazouph vous entraine sur de mauvais chemins ? Jacob et Jérémie ont cessé de le suivre, ne croyez-vous pas qu'ils ont raison ? N'avez-vous pas assez de sang sur les mains, ne craignez-vous pas les foudres de l'Éternel ?

-Ne l'écoutez pas, c'est un manipulateur !

-Comme tu parles bien de toi, Jazouph !

Les trois jeunes gens pris à parti choisissent de faire demi-tour, inquiets d'avoir été démasqués. Jazouph essaie une nouvelle fois de cracher sur Jésus, mais le manque.

-Ce n'est pas ta nuit, rentre chez toi !

-Tu ne perds rien pour attendre, je me vengerai ! Jazouph part rejoindre ses camarades.

-Est-ce qu'il va revenir ? demande Simon, inquiet.

-Pas ce soir. Dors tranquille petit frère.

-Et toi ?

-Je vais prier.

-Mais tu restes là, tu ne vas pas dans la colline,

-Non, je reste près de toi.

*

Le lendemain soir, Rabbi Daniel et Josselin rentrent de Séphoris accompagnés par Ebraïm au plus grand soulagement de tous. Josselin a bien négocié : les cinq plus gros marchands de Nazareth paieront chacun 10% de plus, la somme de 50 pièces d'argent devra être réunie par le reste du village, ce qui est lourd mais permettra d'épargner les plus pauvres. Une nouvelle fois, la solidarité communautaire va permettre d'éviter une catastrophe. Mathieu ne rentrera pas à Nazareth, il a été envoyé dans un tout petit village, de l'autre côté de la Mer de Galilée. Malgré les soupçons qui continuent à peser sur lui, le conseil des anciens propose qu'une charrette et une escorte de deux hommes soient mises à la disposition de Judith et de ses enfants pour le rejoindre.

-Marie, je ne t'oublierai jamais. Merci de ce que toi et ta famille avez fait pour nous. Je te confie Noémie, je ne serai plus là pour elle.

-Je veillerai sur elle, je te le promets.

-Que le Seigneur vous garde !

-Bonne route. Va en paix.

*

An XX de notre ère

La Bar Mitzva des Jumeaux

Nous sommes au mois de mai. Jacques et Thomas ont treize ans, âge auquel un garçon devient un adulte : il doit fréquenter la synagogue, il a accès aux lieux saints à Jérusalem. Le rite de passage est marqué par la Bar Mitzva qui signifie la compréhension et l'acceptation de la loi. Pour les jumeaux, la fête promet d'être encore plus belle qu'à l'ordinaire.

Tout d'abord, ils reçoivent de Joseph les Tefillins, deux petites boîtes en cuir contenant des morceaux de parchemin que les hommes portent sur la tête et sur le bras gauche pour l'office du matin en semaine et ce conformément aux instructions de la Torah : «*Que les commandements que je te prescris aujourd'hui soient gravés dans ton cœur ; tu les inculqueras à tes enfants, tu en parleras constamment, dans ta maison ou en voyage, en te couchant et en te levant. Attaches les en signe sur ta main, et portes les comme un fronteau entre tes yeux.*» C'est une Mitzva, un commandement, pour les hommes de les porter chaque jour (sauf Sabbat et jours de fête), à partir de la Bar Mitzva.

Puis Marie leur remet à chacun le Talith, châle de prière, long rectangle de laine qu'elle a tendrement tissé, avec des barres bleues et blanches, de belles et longues franges. A partir de maintenant, ils s'en envelopperont pour la prière du matin.

Le lundi suivant, jours de lecture de la Torah à la synagogue, ils "*montent*" à la Torah pour en faire la lecture, tour à tour. Puis chacun prononce un court commentaire personnel sur le passage de la Torah qu'il a lu, c'est la derachah.

La lecture de la Torah est particulièrement difficile car le texte est en hébreu qui s'écrit sans voyelle, aucune erreur n'est permise. Elle demande donc un gros travail de mémorisation car les garçons parlent araméen et n'ont pas encore une très bonne connaissance de l'hébreu. De plus, il faut chanter avec les Téamims, sorte de notes de musique qui indiquent l'intonation que l'on doit avoir ; ceux-ci aussi ne sont pas écrits et cela accroît la difficulté de lecture.

Enfin, le Sabbat suivant, ils recommencent leur lecture lors de l'office du matin. Celui-ci est suivi d'une grande fête où la famille a invité tout le village. Joseph récite le Kiddouch, prière sur le vin, et les réjouissances commencent.

-Comme je suis fier de vous ! s'exclame Joseph à l'encontre des Jumeaux. Pas une erreur, comme vous avez bien parlé et chanté !

-Tu as raison Joseph, renchérit Rabbi Daniel, moi aussi, je suis fier de tes fils. Maintenant, nous avons deux hommes de plus dans notre communauté !

-Et quels hommes, renchérit Jésus avec un grand sourire, un bras sur chacun de ses frères aux anges.

-C'est un bonheur d'avoir des jumeaux pour la lecture. Surtout mes frères, ils ont une belle voix, n'est-ce pas ? ajoute Simon, heureux en ce jour de fête. Allez, on mange, on boit et on va danser !

Simon est un excellent danseur. Les musiciens démarrent, les hommes se mettent à danser, les femmes et les jeunes filles les regardent. Simon se surpasse pour éblouir sa bien-aimée. Jacques et Thomas ont bien du mal à suivre les pas, surtout, que pour la première fois, ils ont bu du vin.

Élisabeth a les larmes aux yeux. C'est juste après sa Bar Mitzva que Jean est parti. Marie aussi a le cœur serré, quel va être leur sort maintenant ? C'est une décision d'hommes et les femmes n'ont pas leur mot à dire. Esther s'approche :

-Comme tu dois être fière Marie ! Quelle superbe famille tu as. Regarde tes garçons, comme ils sont beaux tous les quatre ! Vivement que nous célébrions le mariage de Simon et de Ruth, j'ai hâte d'avoir des petits enfants !

-Merci Esther, moi aussi j'attends ce jour avec impatience. As-tu remarqué les regards que ces deux-là s'échangent ? Ils semblent vraiment faits l'un pour l'autre.

-Oui, vraiment. Et que vont faire Jacques et Thomas maintenant ?

-Je ne sais pas encore, mais je crains fort que leurs penchants ne les entraînent loin de Nazareth.

-Comme ce serait dommage ! Eux aussi font déjà tourner la tête des filles ! Au moins, attendront-ils que les travaux des vignes et les moissons soient finis s'ils doivent partir ?

-Certainement. Nous entrons dans la période la plus lourde en travaux des champs, nous ne pourrions pas les laisser partir.

Myriam s'approche, accompagnée de José et de Marc.

-Pourquoi les hommes dansent-ils et pas les femmes ? demande-elle

-C'est la tradition.

-Et pourquoi les garçons font une Bar Mitzva et pas les filles ?

-Tu sais bien que les filles ne lisent pas la Torah, et qu'elles ne sont pas admises dans les lieux saints.

-Ce n'est pas juste ! récrimine l'enfant

-Tu as raison, petite sœur.

Jésus surprend les femmes de sa présence au milieu d'elles et de son commentaire. Toutes le regardent interloquées.

-« *Dieu créa l'homme à son image, à l'image de Dieu il le créa, homme et femme il les créa* » Dieu ne fait pas de différence entre les hommes et les femmes.

-Jésus, attention à ce que tu dis ! Tu vas te faire lyncher en tenant de pareils propos ! s'effraie Marie.

-Ne t'inquiète pas, dit Esther, je ne le répèterai pas, mais j'avoue que cela fait bien plaisir à entendre !

Elle sourit et s'éloigne. Jésus prend les trois petits :

-Allez, on va un peu plus loin et je vous apprends à danser.

Élisabeth pose son bras sur celui de Marie :

-Laisse-les faire. Ils ne font de mal à personne.

-Sans doute, mais tu sais comme moi qu'il n'est pas bon de se faire remarquer à ne pas respecter les traditions.

-Chut, viens t'occuper avec moi de tes invités. La danse s'arrête et il faut servir à manger.

*

Le soir, Joseph et Jésus sont dans l'atelier.

-Je te vois bien songeur ce soir, Joseph.

-Voici que tes frères viennent d'entrer dans l'âge adulte, et cela me donne bien du souci.

-En quoi ? Thomas veut être cuisinier et le riche marchand Jaïre a proposé de le prendre à son service à Tibériade. Il y apprendra le métier au sein d'une grande maisonnée. C'est une très belle opportunité pour lui.

-Cela m'ennuie qu'un de mes fils devienne un serviteur alors qu'il aurait pu devenir charpentier et travailler avec nous.

-Tu sais bien qu'il n'est pas fait pour ce métier. Tu as déjà deux fils qui travaillent pour toi et encore deux autres, trop petits pour savoir ce qu'ils voudront faire.

-Tu crois vraiment que Thomas sera heureux chez Jaïre, si loin de nous ?

-Son maître est un bon pharisien, il respectera les fêtes et au moins les trois premières années, il pourra venir les passer avec nous. Il ne faut qu'un à deux jours de marche, selon le chemin pris et la cadence, pour aller et venir de Tibériade, ce n'est pas bien loin.

-Et Jacques ?

-Tu sais bien qu'il veut rejoindre notre cousin Jean à Sékoka.

-Mais c'est au bout du monde, sur la Mer Morte, à près de huit jours d'ici ! Et il n'est pas question qu'il se fasse moine !

-Ce n'cst pas son désir. Il veut juste servir Jean et l'assister dans ses travaux de transcription biblique. C'est une excellente formation. Ensuite, il pourra être son disciple, ou même scribe, pourquoi pas ?

-Tu es vraiment incompréhensible. Lorsqu'il s'agit de toi, tu ne parles que de faire la volonté de ton Père Céleste et lorsqu' il s'agit de tes frères, tu veux toujours m'obliger à faire ce qu'ils veulent !

-Tu as tout compris. Tu es extraordinaire tu sais !

-Arrête, tu m'embrouilles la tête, ronchonne Joseph sans trop de conviction. Il secoue les épaules et continue : mais mon cœur sait que je peux faire entière confiance à ton jugement. Allons en parler à ta mère et voyons ce qu'elle pense de ces décisions.

-Maman, mais elle va hurler qu'on lui enlève ses jumeaux ! C'est qu'elle a pris son rôle de mère tellement au sérieux que je crois qu'elle en a oublié qu'elle ne les a pas enfantés dans la douleur !

Les deux hommes rient de bon cœur à cette boutade et se mettent en chemin.

*

Shavaout : Pentecôte, la fête de la moisson

Le mois de mai est particulièrement chargé du travail des champs. Il faut finir la récolte des lentilles et des pois de toutes sortes : petits pois, fèves, pois chiches… surtout, il faut s'occuper des vignes : dégager les pieds, émonder, attacher les sarments, couper ceux qui ne portent pas de fruits, tout cela sous le soleil qui se fait de plus en plus chaud. La température reste bien agréable à l'ombre, mais il faut porter la chaleur du jour pour les travaux des champs. Les adolescents, les femmes et les enfants font la majorité du travail, avec l'aide de quelques ouvriers agricoles, souvent embauchés à la journée.

Joseph, Jésus et Simon travaillent le plus souvent à Séphoris pendant la semaine, comme beaucoup de nazaréens. Ils ont une excellente réputation et travaillent également pour des marchands qui emportent leurs coffres et leurs tables aux quatre coins du pays.

Les semaines passent vite et les Sabbats ponctuent le temps en apportant un peu de repos et beaucoup de joie. En juin, vient le temps de la moisson des céréales, principalement du blé. Bien que ce soit une période de dur labeur, le mois de Sivan est une saison de grandes joies.

Ce soir, Joseph enseigne les enfants :

-Dans l'Exode, le Lévitique, les Nombres et le Deutéronome, il est décrit comment les anciens célébraient Shavaout, la fête de la moisson, sept semaines après la Pâque. Il est demandé de porter une partie de la moisson au Temple afin d'en remercier Dieu. Depuis quelques dizaines d'années, les scribes pharisiens et les esséniens ont ajouté davantage de sens à la fête en en faisant celle du « Don de la Torah ». Savez-vous pourquoi ?

-Parce que Moïse a reçu les dix commandements cinquante jours après le départ d'Égypte, soit sept semaines, c'est-à-dire que les dates coïncident.

-Excellente réponse Simon.

-« Avec un tribut d'une offrande de ta main en toute liberté... tu te réjouiras devant le Seigneur ton Dieu, toi et ton fils, et ta fille... tu partageras la nourriture avec le Lévite qui réside dans tes portes, l'étranger, l'orphelin et la veuve.»

-Bravo Jacques, tu m'impressionnes ! Bientôt, vous serez tous plus savants que moi, s'extasie Joseph.

-Maman va cuire deux miches de pain, elle les donnera à Rabbi Daniel qui repart à Jérusalem.

-C'est bien Myriam. Je vois que tout le monde est prêt pour la fête. Allez, il est temps d'aller vous coucher. Prions ensemble pendant qu'il reste un tout petit peu d'huile dans les lampes.

Soudain, des braiments apeurés retentissent.

-J'y vais, je crois que l'ânesse s'apprête à mettre bas. Simon, viens m'aider, les autres, au lit.

Marie et Élisabeth ont bien du mal à obliger les enfants à aller se coucher.

Dehors, l'ânesse s'est allongée sur le flanc. En prévision de l'évènement, Marie a mis beaucoup de paille et l'âne est attaché un peu plus haut. Joseph attrape délicatement les pattes de l'ânon. Sa mère le lèche pour retirer la poche qui l'entoure. Elle essaie de se relever et se recouche en hurlant. Jésus arrive de la colline où il était allé prier. L'ânesse perd beaucoup de sang.

-Simon, va chercher de l'eau, demande Joseph.

-Que se passe-t-il ? s'enquiert le jeune homme, inquiet.

-Elle a un deuxième petit, répond Jésus.

Il se penche, écarte gentiment Joseph, parle à l'animal et lui souffle doucement dans les narines. Elle se calme. Il la caresse. Le deuxième petit ânon sort à son tour. Simon passe un récipient plein d'eau à Jésus qui essuie la mère. Le sang arrête de couler. Elle se met sur ses pattes. Les deux petits, châteaux branlants, s'approchent et trouvent les mamelles. Marie et Élisabeth sont venues avec des lampes.

-Comme ils sont beaux ! S'exclame Marie devant les deux ânons, encore un peu gluants, les poils ébouriffés, tétant avidement. Deux femelles, c'est un don du ciel !

-Et la mère est sauvée. Cette maison est bénie ! renchérit Élisabeth.

-Mais, que faites-vous là ? Joseph s'est retourné et distingue les cinq visages des enfants au coin de l'enclos.

-Ils sont venus admirer le miracle de la vie. On ne peut pas leur en vouloir.

-Jésus, ne les encourage pas à désobéir ! dit Joseph essayant de prendre une grosse voix, mais cachant mal son bonheur de partager cet instant avec toute la famille.

La nuit est douce, un petit vent frais souffle dans les branches du flamboyant.

-Regardez le ciel, je viens de voir une étoile filante !

-Où ça, Myriam ?

Tous lèvent les yeux. La nuit étoilée offre une vision superbe. Tout là-haut, une étoile file dans le ciel… C'est un moment de pur bonheur, de quiétude, de sérénité.

-Yahvé, envoie vite Ton Messie, qu'il chasse les romains, murmure Simon.

Marie regarde Jésus. Il ne relève pas le souhait de son frère.

-Allez, rentrons, commande doucement Joseph.

*

Cette année, la fête est moins joyeuse que d'habitude, tous étant encore sous le coup de la trahison survenue à Pâque. Même si Mathieu a servi de bouc émissaire, beaucoup se doutent qu'il n'est pas le traître, que donc celui-ci est là, parmi les danseurs, les chanteurs, les buveurs… La qualité de la moisson ne réjouit pas les esprits comme d'habitude, car elle sera amputée des suppléments à payer à César.

Pour la famille de Joseph et Marie, l'approche du départ des jumeaux occupe les esprits, celui prévu de Jésus pour aller étudier auprès de Maître Hillel se dessine également. Ils ont été plus que d'autres, peinés par le reniement de la famille de Mathieu. Marc réclame son petit camarade de jeux…

*

Quelques jours plus tard, Noémie met au monde son fils premier né. Jazouph exulte, il est enfin « père d'un fils », il accepte que celui-ci s'appelle Josselin-Jazouph pour le grand bonheur du grand père.

Après la période de purification, Josselin va trouver Noémie, assise sous un arbre avec son bébé.

-Ma fille, je n'ai pas été très présent pour toi depuis que tu es venue dans cette maison. J'ai fermé bien des fois mes yeux et mes oreilles pour ne pas m'opposer à mon fils. Aujourd'hui, je te fais une promesse, au nom de ce petit enfant que tu portes dans les bras, je serai ton père, je vous protègerai tous les deux, quoi qu'il doive m'en coûter. Je serai là pour ton fils, je le guiderai sur le droit chemin. Je ne laisserai personne vous faire de mal.

Noémie ne sait que répondre, des larmes perlent à ses paupières ; Josselin lui pose affectueusement la main sur l'épaule, se penche pour déposer un baiser sur le front du nourrisson et repart vers la maison.

*

Le soir, Simon qui n'a pas oublié le triste soir passé à la maison de Mathieu commente :

-Pourquoi l'Éternel a-t-il accordé un fils à ce vaurien de Jazouph, alors que Samuel, Saul et Benjamin ont eu des filles ?

-Nous ne devons pas juger des décisions du Très-Haut, répond Joseph.

-Les filles ont autant de valeur aux yeux du créateur que les garçons, propose Marie, nous avons besoin des unes et des autres.

-Josselin est un homme bon et juste, Noémie une femme méritante, le Père Céleste a plus de joie à exaucer les prières des bons qu'à punir les méchants, déclare Jésus.

-C'est pour cela que ceux-ci prolifèrent : les romains, les traîtres, Jazouph… poursuit Simon.

-Il y a un temps pour les semailles et un pour la moisson. Tu tries le blé lorsque tu le mets en gerbes, au jour du jugement les anges sépareront les bons serviteurs des mauvais, répond Joseph.

-Que savons-nous des plans de l'Éternel ? Ne portons pas de jugement définitif, peut-être cet enfant changera le cœur de Jazouph, suggère Marie.

-Tu es trop bonne Marie, tu espères toujours que les autres vont s'amender, tu ne vois pas le mal. Tu n'étais pas là lorsque Jazouph a menacé Jésus, moi, il m'a fait terriblement peur, on aurait dit Satan en personne ! Simon frémit à ce souvenir pénible.

-Peut-être serait-il bon que nous priions ensemble pour que ce soit le vœu de Mère qui se réalise ? propose Jésus,

-Au moins, pour que le petit tienne de son grand père et non de son père, ajoute Simon, hésitant.

Ensemble, ils entonnent le psaume 8 : « *Yahvé, notre Seigneur, qu'il est puissant ton nom sur toute la terre...* »

Le Départ des Jumeaux

La veille au soir

La nuit vient de tomber sur Nazareth. En ce mois de juillet, il fait chaud. L'air est embaumé des fleurs et des plantes aromatiques qui poussent alentour. Joseph est assis en tailleur, le dos contre le mur de la maison, dans la grande cour familiale. Marie finit de vaquer à ses occupations du soir puis vient s'asseoir auprès de lui. Joseph la dévisage :

- Tu as l'air bien songeur ce soir. Toi qui chantes d'habitude en rangeant après nous, tu n'as pas dit un mot et je suis étonné du calme avec lequel tu as pris les cris de joie des jumeaux à l'évocation de leur départ de demain.

- Mon cœur saigne mais je ne voulais pas le leur montrer. Élisabeth et les petits sont couchés, Jésus à son habitude est parti prier dans les collines, les jumeaux font le tour du village pour dire au revoir à leurs amis, Simon doit tourner autour de la maison de Ruth en espérant l'apercevoir… que sont devenues nos longues soirées à discuter blottis les uns contre les autres ? Que va devenir notre si belle famille ?

- Tu as de la peine que Jacques et Thomas se réjouissent de nous quitter, moi aussi. Pourquoi ne pas nous l'avoir dit ? Peut-être, à nous deux, nous aurions pu en rediscuter. Tu sais bien que je suis incapable de tenir tête à Jésus. Avec sa simplicité, sa douceur et sa façon de présenter les choses, il prend les décisions et je les applique en ayant l'impression de les avoir prises moi-même !

Marie lui sourit et pose une jolie main blanche sur les siennes, larges, osseuses, poilues. Il la prend en souriant à son tour :

-On dirait une belle tourterelle… quelle chance j'ai d'avoir une si jolie femme, si douce, si efficace en toute chose. Tu fais mon bonheur Marie.

-Tu fais le mien Joseph. Tu es bon et tu as raison de faire confiance au jugement de Jésus. J'aime tant ces enfants, que l'idée de les perdre me fend le cœur. Se rappelleront-ils nos années de bonheur et toute la tendresse que nous avons partagée après leur long apprentissage loin de nous ?

- Mais bien sûr ma douce. (Joseph pose son bras sur les épaules de Marie.) Qui pourrait oublier la chaleur de ton sourire, la bonté de ton regard, la beauté de tes chants ? Comment ne pas se souvenir des rires autour de la table le soir, de ta sollicitude à la moindre écorchure, de ton écoute attentive aux besoins de chacun ? Tu es la mère dont chaque enfant au monde doit rêver : toujours présente lorsque l'on a besoin de toi, mais jamais envahissante, respectant chacun, ne te mettant jamais en colère. Même lorsque les enfants font les pires bêtises, tu trouves moyen de les réprimander avec amour et de les emmener à réparer et à grandir de leur expérience…

-Arrête flatteur, tu me fais rougir !

Joseph serre Marie dans ses bras et lui pose un baiser chaste sur le front.

-Comme je t'aime Marie et qu'il m'est difficile, même après vingt années, de ne pas pouvoir te connaitre.

-Moi aussi Joseph, je t'aime, tu le sais bien. Regarde autour de nous, connais-tu beaucoup de couples qui s'entendent aussi bien que nous ? Qui se comprennent au moindre mot, au moindre geste ? Notre chasteté place notre amour bien au-delà des passions humaines. Tu es béni Joseph et tous les âges reconnaîtront ton sacrifice comme un immense don d'amour.

-Non, ne parle pas de sacrifice. Je suis le plus heureux des hommes, surtout lorsque je lis tant de tendresse au fond de tes yeux.

Jacques et Thomas arrivent et se jettent ensemble sur Marie, en la serrant à l'étouffer :

-Tu ne peux pas imaginer comme tu vas nous manquer ! ça nous a fait tout drôle de dire au revoir à tout le monde et notre joie s'est envolée…

Marie les serre contre elle et les embrasse tour à tour.

-Vous aussi vous allez me manquer, mais nous nous verrons pour les fêtes. Et, si quelque chose n'allait pas, rien ne vous empêche de revenir : vous êtes libres. Vous avez fait un choix, mais vous êtes encore très jeunes et vous avez le droit de changer de direction si bon vous semble. D'abord, essayez de suivre votre rêve et vous verrez bien si c'est ce qui pourra remplir votre vie de joie.

Les deux garçons la regardent tendrement et lui sourient.

-Tu sais si bien nous rendre heureux dit Jacques.

-Oui, personne ne nous aimera jamais comme toi.

-Beaux et intelligents comme vous êtes, je ne me fais aucun souci là-dessus ! Allez les garçons, il faut vous coucher, il est tard.

Ils embrassent Joseph et rentrent à la maison.

Simon arrive et essaie de se frayer un chemin sans saluer ses parents.

-Simon, où étais-tu ? Voici bien longtemps que la nuit est tombée et il ne faudrait pas que tu sois la cause du moindre commérage pour Ruth.

-Je travaille pour toi du lever du jour au coucher du soleil, j'ai bien le droit de vivre un peu.

-Simon, ne me parle pas sur ce ton. Je te traite comme mon propre fils et tu me dois respect et obéissance.

-Ah oui, parlons-en justement de ton « propre fils », le vrai, le Jésus, le serviteur des romains.

Sur ces mots, il crache par terre. Marie est horrifiée :

-Mon enfant, que de haine dans tes propos ? d'où te vient cette douleur qui te porte à parler ainsi ?

-Quoi, tu ne sais pas ? Cet après midi, un char romain s'est cassé un essieu sur le bord de la route et ton fils est allé aider ces porcs de païens. Il est allé réparer le char de nos ennemis, des assassins de mon père !

Joseph intervient :

-Simon, Simon, la colère t'aveugle. Jésus a été réquisitionné par les romains qui l'ont vu passer avec ses outils de charpentier, il n'avait pas le choix. De toute façon, ce ne sont pas ces hommes qui ont renversé ton père et c'était un accident…

-Arrête de toujours trouver des excuses aux uns et aux autres ! Les romains sont nos ennemis. Ce n'est pas le métier de charpentier que je devrais apprendre, mais celui de forgeron pour armer notre peuple et chasser les païens !

Sur ses mots, il se fraye un chemin et rentre se coucher. Les yeux de Marie sont remplis de larmes. Joseph l'emmène doucement :

-Viens ma douce, allons dormir, demain il sera calmé.

*

La nuit

Lorsque Jésus rentre, tout le monde dort. Sa paillasse est dans la salle commune près de la porte, afin d'accommoder ses rentrées tardives habituelles.

A peine est-il allongé, que José le rejoint.

-Que viens-tu faire là mon petit ?

-Dieu m'a parlé.

-Tu as rêvé ? raconte-moi.

-Yahvé m'a dit : *« Jésus est mon fils bien-aimé*, en lui j'ai mis tout mon amour. Écoute-le. » C'est vrai dit, tu es le fils de Yahvé ?

Jésus est bouleversé devant le visage plein d'amour du petit enfant qu'il distingue dans le noir. Il soupire, heureux :

-Ah Père, j'ai beau te connaître, tu m'étonnes encore, toi qui révèles à un tout petit ce qui est caché à tous les grands !

-Alors, c'est vrai ? mais alors, tu es Yahvé toi aussi ?

-Oui, le Fils de l'Homme EST le fils de Dieu. Mais surtout, promets moi de ne le dire à personne tant que mon heure ne sera pas venue.

-Tu veux dire que je ne peux pas aller maintenant réveiller tout le village pour leur annoncer la bonne nouvelle ? Il faut que j'attende que le soleil se lève et que le coq chante pour y aller ?

-Non mon enfant, il faudra attendre bien plus longtemps que cela, des jours et des jours, des lunes et des lunes.

-Comment saurai-je quand je pourrai le dire ?

-Ne t'inquiète pas, tu le sauras.

-Ça va être vraiment difficile de garder le secret… Soudain, inquiet, l'enfant demande : est-ce que je dois t'appeler Seigneur maintenant ?

-Non, petit frère, continue à m'appeler Jésus. Rappelle-toi, c'est notre secret, chut.

-Je suis toujours ton petit frère ?

-Bien sûr

-Alors, moi aussi je suis un peu fils de Dieu ?

-Tu as tout compris ! José, José, cette nuit tu as reçu l'Esprit Saint. Désormais, on t'appellera : Jean.

-Comme ton cousin, pourquoi pas Jésus ?

-Oui, comme mon cousin, parce que, comme Jean, tu seras amené à apporter ton témoignage. Allez, maintenant, retourne dormir.

-Je peux dormir avec toi ?

Jésus regarde le petit garçon avec une immense tendresse. Il le serre contre son cœur.

-Oui petit frère, profites-en, dors en paix.

*

Le matin du départ

Ce matin, toute la famille est réunie dans la cour pour prendre le dernier repas avant le départ des jumeaux. Il est très tôt. Une brume matinale couvre les alentours. La bonne odeur de pain et d'œufs caresse les narines, pourtant, tout le monde mange en silence, comme insensible à ce simple bonheur quotidien, préoccupé par le grand chamboulement qui frappe la famille.

Á la fin du repas, Jésus appelle José auprès de lui et annonce :

-Désormais, José s'appellera Jean.

Simon intervient :

-De quel droit changes-tu le nom de mes frères ? déjà, tu as appelé Jude : Thomas. Là, je ne peux trop rien dire car c'est une coutume pour un jumeau, mais qu'est-ce qui te prend de vouloir changer celui-ci ? Mon père lui a donné son nom, personne n'a le droit de l'appeler autrement que José !

Le petit garçon se met à pleurer. Jésus se contente de regarder Simon droit dans les yeux. Celui-ci ne pouvant supporter son regard, se lève et quitte la cour. Marie va vers l'enfant et le prend dans ses bras. Tous sont silencieux, interdits par la scène qui vient de se passer sous leurs yeux.

Jésus leur fait signe de se lever et de joindre leurs mains pour prier :

Prions pour Simon : Ils entonnent le psaume 25 : *« Vers toi Yahvé, j'élève mon âme, Ô mon Dieu… »*

*

Simon

Jésus gagne l'atelier de Joseph et se dirige vers Simon.

-Que viens-tu faire ici ?

Ses yeux rouges et gonflés trahissent qu'il a pleuré.

-Je ne peux pas partir pour un long voyage sans que tu m'aies pardonné. Je ne voulais pas t'offenser et j'ai besoin de me réconcilier avec toi. Je suis venu chercher ta bénédiction.

-Toi, Jésus ! Toi, tu me demandes ma bénédiction ?

-Pourquoi encore tant de rage en ton cœur ? Pourquoi une telle colère qui ne s'éteint pas ?

-A chaque fois que je vois un char romain, je revois mon père mort. Je n'avais que dix ans !

-Je sais Simon, c'est terrible.

-Non, tu ne sais pas ! Personne ne sait !

Simon assis sur un coffre, est secoué de sanglots. Jésus s'assied auprès de lui et pose son bras sur ses épaules. Il attend. Simon se met à parler :

-J'étais avec papa dans son chariot. Nous revenions de Séphoris. Le mulet avait du mal à tirer car la cargaison était lourde, la voie malaisée, avec la montagne d'un côté et le précipice de l'autre. Alors, on est descendu tous les deux. Papa a pris la bride pour tirer le mulet. Moi, je suivais derrière. On a entendu le galop des chevaux, alors papa m'a dit : Cache-toi Simon, vite ! Je me suis caché derrière un rocher sur le bord de la route. Les romains sont arrivés à toute allure. Ils ont dû ralentir en arrivant près du chariot et ça ne leur a pas plu, alors ils se sont amusés à effrayer le mulet. Je suis grimpé sur le rocher et je les ai vus. Papa avait lâché la bride, le mulet est tombé avec le chariot dans le précipice, mais lorsque les romains ont vu que papa était là, debout sur le bord de la route, ils ont foncé sur lui. Ils ont fait exprès de le renverser, ce n'était pas un accident. Je les entends encore rire, ils riaient, ils riaient… Papa a roulé dans le ravin et ils ont relancé leurs chevaux au galop. Je n'ai rien pu faire. Je n'ai rien fait pour les en empêcher…

Jésus serre son frère dans ses bras.

-Tu étais un enfant, tu ne pouvais rien faire, ce n'est pas de ta faute.

-Mais maintenant, je veux le venger, je veux tuer les romains qui tuent les gens juste pour s'amuser !

-Je comprends ton chagrin, ta douleur et ton désir mais il faut que tu en guérisses. Pense à Ruth, ne prends pas le risque que son promis lui soit enlevé. Pense aux enfants que vous allez avoir.

-Justement, je veux les élever dans un monde sans romains !

-C'est d'amour dont les enfants ont besoin, pas de haine.

-Mon père m'aimait et je l'aimais. Les romains me l'ont enlevé, ils m'ont privé de son amour et ça les faisait rire !

Simon s'est relevé, il arpente l'atelier. Jésus se tait. Il le laisse évacuer sa peine, sa colère. Simon se rassit et se tait. Joseph rentre :

-Ah, vous êtes là tous les deux…

Il ne sait quelle contenance adopter.

-Je suis venu demander la bénédiction de Simon pour mon voyage. Il va me remplacer, c'est une grosse responsabilité pour un jeune homme. Moi, j'ai un long trajet à accomplir, j'ai besoin de partir en paix. Jamais je ne pourrai m'en aller en sachant que mon frère a quoi que ce soit contre moi. Je dois prendre en compte que je l'ai blessé, puisqu'il souffre, et me faire pardonner. Simon fils de Simon,, fils de Joseph, veux-tu me bénir ?

Simon se lève, un peu chancelant. Il bénit Jésus et lui tombe dans les bras.

-A toi maintenant, bénis-moi.

-Que Yahvé soit avec toi, que les anges du seigneur te protègent, que tu sois béni toi et ta maison et que je te retrouve couvert de grâces à mon retour.

-Béni sois-tu Yahvé, qui m'as donné deux si bons fils et bénis mes fils maintenant et pour toujours. Amen. Conclut Joseph.

*

Le départ

Quelques heures plus tard, Marie est seule dans la cour avec Jésus :

-Es-tu sûr que c'est une bonne idée d'emmener Jacques à Sékoka ? Il est encore si jeune !

-Il ne sera pas seul. Notre cousin Jean a besoin de lui et Jacques rêve de le rejoindre depuis Hanoucca.

-C'est si loin ! Tu vas passcr par Tibériade, quand vas-tu nous revenir ?

-Bientôt. J'ai besoin de passer un peu de temps au désert, tu sais que c'est là que je me sens le plus près de mon Père.

-Mon enfant, Joseph a besoin de toi. Simon est encore trop jeune pour te remplacer et il reste Élisabeth et les trois petits à nourrir.

-Aie confiance : *« Yahvé me rend selon ma justice, selon la pureté de mes mains il me rétribue, car j'ai gardé les voies de Yahvé sans faillir loin de mon Dieu. Ses jugements, sont tous devant moi, ses décrets, je ne les ai pas écartés, je suis irréprochable envers lui, je me garde contre le péché. »*

Élisabeth arrive avec les enfants. Les jumeaux sont fin prêts, avec leur sacoche en bandoulière. Marie les serre dans ses bras :

-Mes petits, que Dieu vous garde ! N'oubliez jamais combien je vous aime et revenez-nous vite.

Il s'en suit une longue série d'accolades et de bises. Les deux femmes restent sur le seuil et regardent s'éloigner la petite troupe : Jésus et les jumeaux, Myriam, Marc et Jean qui les accompagnent un petit bout de chemin. Jacques et Thomas portent une tunique claire, de même tissu, avec chacune deux longues bandes de couleur bleu sombre. Leurs cheveux sont cachés par leur turban de même couleur que les bandes de la tunique et que leur ceinture. C'est là l'œuvre de Marie et ils ont bien belle allure. Ils arrivent maintenant à hauteur d'épaule de Jésus et commencent à avoir quelques poils qui apparaissent au menton, dont ils sont très fiers !

Myriam a une tunique de deux teintes de bleu, ses cheveux volent au vent et ses longues boucles auburn dansent sur ses épaules. Ses reins sont ceints de bleu ciel. Les deux petits sont vêtus de couleur sombre, un brun chaud, avec des bandes rouges et une ceinture rouge, comme le turban qui les protège du soleil. Myriam et Jean sont de la même taille eh bien qu'ils aient un an d'écart, on les prend souvent pour des jumeaux. Marc est grand pour son âge, sans doute à force de se dresser sur la pointe des pieds pour essayer de se mêler aux jeux des « grands ». Élisabeth descend quelques pas pour les regarder plus longtemps :

-Comme tu peux être fière Marie, tes enfants sont les mieux habillés du village. Même les jours ordinaires, ils ont l'air en habits de fête tant les vêtements que tu fabriques sont beaux.

-Tu m'aides beaucoup, cousine Élisabeth, c'est grâce à toi que j'ai pu trouver le temps de filer et de coudre pour tout ce petit monde.

-Avec les jumeaux partis, nous allons avoir bien du mal à faire face à tout le travail. Heureusement, les moissons sont finies, mais il reste tous les fruits à récolter.

-Myriam et Jean nous aideront et nous embaucherons une personne ou deux pour les vendanges et la collecte des olives. Ah, les voilà hors de notre vue, rentrons.

Le chemin qui va du village de Nazareth à la voie romaine est tortueux. Il descend le long des collines, permettant de temps en temps de découvrir la vallée. Il n'est que huit heures, mais le soleil est déjà Très-Haut, la chaleur de juillet commence à se faire sentir. A mi-chemin, Jésus s'arrête.

-C'est ici que l'on se quitte. Vous êtes encore bien jeunes et je ne veux pas que vous traîniez seuls trop près de la voie romaine.

-Encore un peu, jusqu'au prochain virage, plaident les trois enfants.

-Non. Faites-moi confiance, n'allez pas plus loin.

Sa voix est ferme, les petits savent que dans ce cas, il faut obéir. Les frères et sœurs s'embrassent chaleureusement. Jésus pose ses mains sur les épaules de Jean :

-Je te confie Maman, prends-en bien soin.

-Moi aussi, moi aussi, disent en cœur Marc et Myriam.

Jésus soulève le petit enfant et le fait virevolter dans les airs :

-Oui, toi aussi, et toi aussi Myriam. Promettez-moi que vous ne profiterez pas trop de la gentillesse de cousine Élisabeth, elle vieillit, il faut la ménager. Allez, les femmes ont besoin de votre aide et de votre présence. Soyez gentils. Je compte sur vous.

-Promis, répondent en chœur les trois petites voix.

Les enfants restent sur le chemin à faire de grands signes. Jésus et les jumeaux marchent à reculons jusqu'au virage suivant, en faisant attention de ne pas tomber… enfin, ils disparaissent à leurs vues respectives.

Vers Tibériade

Depuis quatre ans, Hérode a entrepris de construire une nouvelle ville romaine sur la mer de Galilée, appelée Tibériade en l'honneur du nouvel empereur romain, Tibère. La voie romaine reliant Séphoris, actuelle capitale de la Galilée, à la mer a donc été élargie et aménagée pour lier les deux villes. De nouveaux villages se sont créés le long de la route, principalement à la périphérie de la nouvelle ville, pour accueillir des milliers d'artisans qui ont quitté la Judée après la fin des travaux du Temple, entrepris par Hérode le grand, et qui viennent travailler maintenant à Tibériade, après avoir participé aux grands travaux de Séphoris. La voie serpente entre les monts de Galilée, adoptant de préférence le passage par les vallées.

Jésus préfère couper par les chemins de montagne, à chaque fois que faire se peut. Les sentiers sont cahoteux, parfois difficiles à suivre, adoptant les caprices des mulets et des troupeaux qui les ont tracés, mais ils sont aussi beaucoup moins fréquentés : pas de chars, pas de romains, pas de lourds charrois croulant sous le poids de leur charge. Ici, les lieux se partagent entre les forêts, les vignes, les champs, les oliviers et les eucalyptus. Bien que des bruits courent sur la présence de « brigands », ceux-ci sont plus intéressés à détrousser les riches marchands étrangers et à égorger des romains qu'à s'attaquer à de simples galiléens, donc les risques sont infimes de se faire agresser.

Il fait chaud en ce mois de juillet, mais il y a presque toujours de l'ombre et un vent frais qui permet de marcher sans trop souffrir du soleil. Les chemins sont difficiles car très escarpés, mais la paix qui y règne, la beauté des paysages, le chant des oiseaux, la musique du vent dans les branches sont autant de petits bonheurs qui récompensent d'avoir choisi la montagne plutôt que la vallée. A la tournée d'un chemin, Jésus et les jumeaux débouchent sur un champ couvert de fleurs.

-Regardez les garçons, comme c'est beau. Salomon dans toute sa splendeur n'a pas été aussi bien vêtu que le lys des champs. Regardez ces oiseaux, ils ne sèment ni ne récoltent mais ne manquent de rien. Je vous le dis, pas un passereau n'est indifférent aux yeux de Dieu. Quant à vous, même les cheveux sur votre tête vous sont comptés. Soyez sans crainte, vous valez plus que tous les moineaux du monde. Restez fidèles à la parole de Yahvé, gardez vos cœur purs et vous verrez Dieu, vous verrez sa face sans mourir, oui je vous le dis, vos yeux s'ouvriront et un bonheur infini comblera votre cœur, car vous avez en vous la vie éternelle. Aujourd'hui, nous sommes en chemin pour nous séparer, mais dans peu de temps, nous nous retrouverons et nous serons ensemble pour toujours.

Les deux enfants ne sont pas sûrs de tout comprendre, mais les paroles de Jésus apaisent l'inquiétude qui montait dans leur cœur au fur et à mesure qu'ils avançaient sur le chemin les emmenant vers l'inconnu. Ils se jettent à son cou.

-C'est vrai, on se retrouvera,

-On sera ensemble pour toujours,

Jésus les serre contre son cœur.

-La nuit ne va pas tarder à tomber. Un peu plus loin, il y a un ruisseau. Faisons étape à son côté.

Ils traversent le champ et gagnent l'autre versant de la colline. Les arbres sont nombreux et le chemin longe un petit cours d'eau. En descendant vers les berges, il y a de gros rochers pour se poser, mais surtout, beaucoup de pins qui forment d'épais tapis d'aiguilles où il fera bon étendre les manteaux pour dormir. Ils ont très peu parlé pendant la route car la marche était malaisée. Jacques est le premier à prendre la parole :

-C'est bizarre. Voilà des mois et des mois que je rêve d'aller rejoindre Jean et maintenant que je suis en route, j'ai peur. Pourquoi ?

-Moi aussi, j'ai peur, renchérit Thomas.

-C'est naturel. Vous venez de faire le premier vrai choix de votre vie et tout choix comporte une part de renoncement. Vous quittez votre enfance, ceux que vous aimez et qui vous aiment, le village que vous connaissez, la vie sans soucis où vous n'avez jamais eu peur de manquer de nourriture comme certains, ou d'avoir froid, comme d'autres. Vous avez entendu des histoires où il est question d'apprentis maltraités, réduits à l'esclavage par de mauvais maîtres, bien qu'ils soient des hommes libres. Hélas, c'est la vérité, car la cupidité et l'égoïsme poussent les hommes au pire. Thomas, tu as de la chance, je connais maître Jaïre et je sais que c'est un juste qui respecte ses engagements. Jacques, tu as choisi la route la plus ardue, car tu feras l'expérience du dénuement et de la pauvreté. Ce ne sera pas facile, mais tu vas apprendre à vivre en communauté, à comprendre l'importance des règles, du partage, du respect, de la confiance. Tout cela te sera très utile un jour et tu te souviendras de notre discussion de ce soir, alors tu sauras que Je SUIS.

Comme Jésus s'est tu, Jacques s'enquiert :
-Quoi ?
-Tu le sauras.

Les jumeaux se regardent, dubitatifs, mais n'osent pas pousser la question. Ils commencent à dîner. Jacques demande :

-Peux-tu nous raconter une histoire de notre Torah ?

-Laquelle voulez-vous ?

Sans s'être consultés, les deux garçons répondent d'une seule voix :

-Salomon

-Qu'aimez-vous donc dans l'histoire de Salomon ?

-Le bébé coupé en deux, répond Thomas

-Mais non, justement, il ne le coupe pas continue Jacques.

-Mais vous la connaissez par cœur cette histoire,

-Mais on aime bien quand tu la racontes !

Alors Jésus, avec un sourire, entame l'histoire du Roi Salomon, fils de David, comment à la demande de Dieu qui lui propose d'exaucer un vœu il demande un cœur juste pour gouverner son peuple, alors Yahvé lui accorde la Sagesse et de surcroît, lui donne richesse, santé et gloire.

-Que comprenez-vous de cette histoire ?

-Salomon est encore plus grand que notre Père David, le plus grand jusqu'au Messie.

-C'est Salomon qui a construit le Temple, il a su dire merci à Yahvé.

-Salomon a demandé une chose bonne, avec à l'esprit le bien de son peuple, alors, Yahvé le lui a accordé. En plus, il lui a donné tout le reste. Si tu demandes à ton père des cieux quelque chose de bon pour toi et les autres, il te l'accordera.

-Pas toujours…

-Tu crois ? Parfois, c'est simplement que sa réponse n'est pas exactement ce que tu attendais, mais c'est parce qu'il a eu une meilleure idée.

Les jumeaux rient à cette remarque. Soudain, le front de Jacques s'assombrit, il demande d'une voix presque tremblante :

-Par exemple, si mes parents sont morts, c'est parce que c'était une meilleure idée que nous soyons les enfants de Joseph et Marie ?

-Alors, pourquoi ne sommes-nous pas nés directement de Marie ? renchérit Thomas, lui aussi devenant vindicatif.

-« Qui oserait lui dire : tu as commis l'injustice ? songe plutôt à magnifier son œuvre que l'homme a célébré par des cantiques. ». Je comprends votre question, mais ne blâmez pas Dieu pour votre malheur, au contraire, louez-le d'y avoir trouvé un heureux remède. Bienheureux ceux qui pleurent, ils seront consolés. Yahvé s'est penché sur vous, Il a vu votre détresse, Il vous a secouru avec amour. Ne gardez pas de ressentiment, célébrez Dieu avec des chants de gloire et vous trouverez la paix des justes.

La nuit est tombée. L'odeur des pins est enivrante. Le chant du cours d'eau sur les rochers est cristallin. Jésus se lève, les trois frères se tiennent les mains et prient avec ferveur, puis les deux petits s'enroulent dans leurs manteaux pour dormir. Jésus reste pour les veiller en priant.

*

Tibériade

Le soleil se lève tôt et toute la nature semble chanter les louanges du créateur. L'eau du ruisseau est fraîche, autant bonne à boire qu'agréable pour les ablutions matinales. Après une rapide collation, le départ se fait dans la bonne humeur générale. Le plus dur de la route a été accompli hier et il reste principalement la descente vers la mer. Après une petite heure de marche, un spectacle grandiose s'offre aux voyageurs : La Mer de Galilée, illuminée par le soleil, dans un écrin de verdure semé de mille couleurs. La brume à l'est entoure les monts de la décapole, leur donnant une consistance irréelle ou le ciel et la mer se confondent.

-Que c'est beau ! Ce cri du cœur s'échappe de la poitrine des jumeaux.

-Plus nous allons approcher et plus se sera beau. D'ici, vous ne pouvez pas voir les voiles des bateaux de pêche. Dans la journée, la brume se lève et la mer devient bleu foncé.

-Comme tes yeux, remarque Jacques.

-Là, il est comme ceux de Marie, ajoute Thomas.

Un voile de regret passe dans leurs yeux noisette.

-Comme maman va nous manquer, disent-ils d'une seule voix, en poussant un énorme soupir.

-Nous ne sommes qu'à deux mois de Rosh Hashana, vous allez être surpris tant ça va passer vite. Allez, en route !

Au fur et à mesure de la descente vers la mer, ils découvrent avec étonnement les villages : autant à Nazareth tout est blanc, ici la roche est noire, juste légèrement striée de blanc, cela donne un relief complètement différent.

-C'est moche tout en noir, s'exclame Thomas

-Ça fait triste, renchérit Jacques

-Pas tant que ça : regardez les flamboyants, les palmiers, les lauriers roses, c'est différent mais c'est beau aussi. Ne soyez pas aussi catégoriques. Presque tout ce que vous allez découvrir va vous surprendre, ouvrez votre cœur autant que vos yeux. Vous allez rencontrer beaucoup d'étrangers, certains ne parlent pas notre langue et pourtant, tous ne sont pas des païens. Vous parlez araméen et vous avez appris suffisamment d'hébreu pour lire la Torah pour votre Bar Mitzva, ici, beaucoup de gens parlent grec.

-Et les romains, ils parlent quoi ?

-Certains parlent latin, la langue pratiquée à Rome, mais la grande majorité parle grec, tous les documents officiels sont rédigés en grec.

-Tout ça à cause de la tour de Babel, commente Jacques. Ils auraient mieux fait de rester tranquilles, se serait plus pratique si tout le monde parlait pareil.

-Mais alors, comment tu saurais qui sont tes ennemis ? demande Thomas.

-Hélas, même lorsqu'ils parlent la même langue, les hommes se font la guerre.

-Dieu a dit « *Tu ne tueras pas* », mais pourtant nos rois ont tué tous leurs ennemis ;

-Pas tous, il y en a encore plein ici !

-Les garçons, il ne faut pas penser ainsi. Le désir de Dieu est que les hommes vivent en frères. Ne dites pas « celui-ci est mon ennemi », juste parce qu'il est différent de vous. Ne jugez pas et vous ne serez pas jugés, ne condamnez pas et vous ne serez pas condamnés, l'aune que vous utilisez pour votre prochain, c'est celle-là qui servira pour vous au jour du jugement. Soyez bon et miséricordieux comme l'est votre Père Céleste.

-Ce n'est pas facile !

-C'est pourtant très simple : ne fais pas à autrui ce que tu ne voudrais pas qu'on te fasse ; c'est ce que signifient nos dix commandements. Aime Dieu de tout ton cœur, de toutes tes forces, de toute ton âme et aime ton prochain comme toi-même.

-Tu es savant, toi,

-Et quand tu expliques, c'est toujours plus clair que quand c'est Rabbi Daniel !

-Avec lui, on ne comprend pas toujours,

-Et puis, il parle trop en hébreu. Au moins, toi, tu nous dis les choses en araméen, alors, c'est plus facile pour nous de comprendre.

Les jumeaux ont cette habitude de parler ensemble comme s'ils n'avaient qu'une seule pensée, une phrase se déroulant de l'un à l'autre dans un parfait naturel. Jésus pose un bras sur l'épaule de chacun des garçons et tous trois continuent leur chemin. Ils doivent rejoindre la voie romaine pour gagner la ville. Après le court séjour à travers la montagne, le bruit les agresse. Ils se mettent à la file indienne pour éviter de se faire renverser. D'ici, on ne voit plus la mer, juste la cohue de la foule, les constructions en cours un peu partout. Jésus les entraine à travers les rues jusqu'en haut d'une colline d'où ils peuvent à nouveau admirer le spectacle et découvrir les bateaux dont les voiles de toutes les couleurs claquent au vent. La ville se dessine, avec ses remparts, son port, le palais d'Hérode est déjà bien avancé, l'architecture gréco-romaine se lit dans le tracé de la ville comme dans ces bâtiments. Un quartier se distingue au nord, par des maisons plus traditionnelles groupées autour de la synagogue.

Ils descendent la colline puis remontent vers le nord. Ils arrivent bientôt devant un haut portique. Ils font le tour et entrent par derrière, par la porte des serviteurs. Un grand esclave noir vient à leur rencontre, s'écrie en riant de toutes ses dents blanches et en roulant des yeux :

« Comme c'est étrange : deux tout pareils ! »

Les garçons sont terrorisés : c'est la première fois qu'ils voient un homme de couleur aussi noire et les histoires horribles que les enfants aiment se raconter reviennent immédiatement à leurs esprits.

Jésus gronde, en riant à son tour :

-Carpentras, ne fais pas peur à mes frères !

Il explique aux enfants :

-Carpentras est un esclave que Maître Jaïre a acheté. Il vient de Haute Égypte. C'est à la fois le chef cuisinier et le responsable de tout le personnel qui travaille à la villa. Il a toujours plein d'histoires incroyables à raconter.

Poussant Thomas vers le nubien :

-Voilà notre petit pâtissier. Tu en seras content, il a soif d'apprendre, il est très sérieux. Surtout, prends en bien soin et n'oublie jamais que c'est mon frère.

-Allons, tu sais que j'aime plaisanter Maître Jésus. Ne t'inquiète pas, je le traiterai comme mon propre frère. Jamais je n'oublierai que tu es le seul à me traiter comme un égal et non comme un esclave qui ne vaudrait pas plus qu'un animal.

-Les esclaves sont des hommes comme les autres. Lorsqu'il pleut, notre Père Céleste ne fait-il pas pleuvoir sur les esclaves comme sur les maîtres ? S'il ne fait pas de différence, pourquoi en ferai-je ?

-Ah, si tout le monde pensait comme toi ! Poursuit Carpentras, tu parles mieux que le rabbi. Allez, venez vous asseoir et prendre un verre de lait de chèvre et quelques dattes. Reposez-vous, je n'ai pas besoin de faire tout de suite travailler le petit.

-Merci, je te laisse les enfants, je vais trouver Maître Jaïre.

*

Jaïre

-Ah Jésus, te voilà ! je t'attendais. Tu m'as emmené ton frère ? J'espère qu'il est aussi bon cuisinier que tu es bon charpentier. Viens voir, j'ai besoin d'agrandir mon entrepôt, que peux-tu faire pour moi ?

Les deux hommes se dirigent vers l'entrepôt. Jésus examine l'état des lieux et Jaïre lui explique quels travaux il souhaite voir réalisés.

-Ce n'est pas trop compliqué. Si tu me trouves deux bons apprentis, nous pouvons faire le travail en deux semaines.

-Je sais où trouver deux bons garçons pour t'assister. Peux-tu commencer tout de suite ?

-Désolé Maître Jaïre, mais je dois d'abord accompagner mon frère Jacques à Sékoka. Il y a de longs jours de marche à l'aller et au retour.

-Humm, je suis pressé, mais justement, j'ai à faire à Sékoka, j'y pars demain en char, je vous emmènerai. Je dois également me rendre à Massada pour traiter une affaire et te prendrai à mon retour, comme cela tu pourras commencer les travaux plus tôt et nous aurons le plaisir de discuter en chemin. Mais dis-moi, pourquoi emmènes-tu ton frère à Sékoka, veux-tu en faire un essénien ? Il pourrait tout aussi bien étudier ici, à Tibériade, où nous avons d'excellents maîtres pharisiens.

-Jacques veut rejoindre notre cousin Jean,

Jaïre, l'interrompt :

-Le fils de Zacharie ! Je me souviens très bien de sa naissance. Nous attendons beaucoup de lui. J'ai été bien déçu lorsque j'ai appris qu'il était à Sékoka. Zacharie a-t-il perdu un peu de raison avec l'âge ?

-Non, Maître Jaïre. Zacharie nous a quittés il y a quelques années et il me semble qu'il avait encore toute sa tête les derniers jours de sa vie. Les esséniens travaillent à un grand projet : rassembler toutes nos écritures saintes et écrire la tradition orale. Ils prévoient également de les organiser et envisagent même, une fois cette immense tâche achevée, de les traduire en grec.

-Tu me stupéfait ! Traduire nos écritures en grec, quelle étrange idée !

-Le monde change. Voyez vous-même à Tibériade, combien de nos frères de la dispersion ne parlent ni l'hébreu, ni l'araméen, pourtant, eux aussi ont besoin d'étudier nos saintes écritures. A ce propos, Maître, je voulais vous demander un service.

-Parle, je t'écoute.

-Thomas sait lire et écrire. Puis-je compter sur vous pour qu'il continue à apprendre notre loi, nos prophètes, nos psaumes et à fréquenter la synagogue ?

-Voilà une demande qui me convient bien. Au moins, celui-là sera pharisien !

-L'important n'est-il pas de connaître la loi, d'aimer Dieu de tout son cœur, de toutes ses forces et d'aimer son prochain comme soi-même ?

-Encore faut-il savoir interpréter la loi ! Il y a des rabbis et des scribes pour ça, on ne peut pas laisser chacun décider le sens de nos écritures !

-*« Je bénis Yahvé qui s'est fait mon conseil, et même la nuit, mon cœur m'instruit. J'ai mis Yahvé devant moi sans relâche ; Puisqu'il est à ma droite,* je ne peux chanceler.» Le Seigneur sonde les reins et les cœurs, il reconnaît et instruit le juste.

-Tu m'étonneras toujours, Jésus, fils de Joseph, voilà que j'ai plus de plaisir à discuter avec un charpentier qu'avec les scribes de ma synagogue !

Il lui sourit et lui donne une tape amicale dans le dos.

-Allez, viens, tu dîneras à ma table ce soir. Maintenant, allons à la recherche des apprentis que je t'ai promis.

*

La mer Morte

Au matin, les adieux sont difficiles. C'est la première fois que les jumeaux se séparent et d'un seul coup, il semble que tous leurs rêves et désirs s'évanouissent face à cette réalité. Après avoir quitté leur village, leur famille, leurs amis à peine trois jours plus tôt, leur choix les paralyse. Ils restent soudés dans une accolade qui semble les rendre à jamais inséparables.

Jésus pose ses bras autour d'eux, leur embrasse le front, puis il plonge son regard tour à tour dans leurs yeux, les inondant de douceur et de sérénité. Tout doucement, il les sépare :

-Pensez au bonheur que vous aurez à vous retrouver bientôt. Vous aurez tant de choses à vous raconter. Carpentras, apprends donc quelque bonne recette de ton pays à mon frère, qu'il me surprenne à mon retour ! Allez, viens Thomas, ne faisons pas attendre maître Jaïre.

L'attelage du marchand a fière allure : une grande charrette remplie de ballots de tissus, tirée par deux magnifiques chevaux. Le siège du conducteur est suffisamment large pour que Jésus puisse l'y rejoindre, alors que Jacques s'installe à l'arrière.

La sortie de Tibériade est difficile, car il est malaisé de conduire au milieu des hommes et des bêtes, dans les rues étroites de la ville. Sitôt gagné la voie romaine, il faut encore se faufiler hors des cohortes de chars à bœufs, d'ânes et de chameaux, trouver sa place dans le flot des attelages à chevaux. Perchés au-dessus de la foule, on peut admirer le long cordon du Jourdain qui s'écoule entre son écrin d'arbres.

-Jésus, Jean t'a-t-il fait part de l'enseignement qu'il reçoit à Sékoka ?

-Il en existe de plusieurs sortes, selon les dispositions et désirs des disciples, certains se préparant au soin des malades, alors que d'autres se consacrent davantage à l'étude des textes sacrés ; mais tous doivent connaître les saintes écritures, savoir les lire, les écrire, les interpréter, et surtout, développer leur relation à Dieu.

-Cela n'est-il pas blasphématoire ? Comment oser parler de relation avec le Très-Haut, alors que l'on ne peut même pas en prononcer le nom, Lui, l'Ineffable, El, Elohim, Adonaï, YHWH, Ehyeh Asher, Ehyeh, Shaddaï, Tzevaot ? Lui que servent les anges et dont nul homme ne peut contempler la face sans mourir ?

-Tu as raison Maître Jaïre de dire que Dieu est au-delà de tout, au-delà même du nommable, tant Il EST, alors que l'homme, sa créature est poussière dans l'univers qu'Il a créé. Pourtant, lorsqu'Il parla à Éli, ce ne fut ni dans le tremblement de terre, ni dans la foudre, ni dans l'orage, mais bien dans la plus douce des brises.

-C'est exact, mais où veux-tu en venir ?

-Ne dit-on pas qu'il n'y a pas de plus grand amour que celui d'une mère pour son jeune enfant ? Or, ce petit être n'est-il pas insignifiant, incapable de tenir sur ses jambes, de se défendre et même de parler ? L'Amour de notre Père céleste est encore plus grand car il est écrit : *« même si une mère oubliait son enfant, moi je ne t'oublierai pas, Israël »*

-C'est en effet un très beau psaume de notre père David.

-Directement inspiré par le Très-Haut. Sans cesse les écritures nous parlent de son Amour, comme un bien-aimé pour sa belle, comme une mère pour son nouveau-né. Le Cantique des Cantiques, les Psaumes, et toute l'histoire d'Israël ne sont qu'une éternelle histoire de l'Amour infini de Dieu. Il se présente comme un amant, comme un père et comme une mère, Il est plein de miséricorde, prompt au pardon.

-Tes paroles sont un feu qui fait brûler mon cœur d'un éclairage nouveau, qui es-tu donc Jésus de Nazareth, fils de Joseph le charpentier, pour ébranler ainsi les idées rigides du vieux pharisien que je suis ?

Jaïre regarde Jésus, celui-ci se contente de lui sourire et de plonger en lui son regard bleu d'azur qui sonde les âmes et bouleverse les cœurs. Au bout d'un long moment de silence, Jaïre reprend :

-Puisque tu sembles si savant, dis-moi, comment développe-t-on sa relation avec le Très-Haut ?

-Tu connais bien la Loi, Moïse nous a donné dix commandements. Les cinq premiers concernent ce qu'il faut faire et ne pas faire vis-à-vis de notre Dieu, les cinq suivants comment nous comporter avec nos frères. As-tu réfléchi à ce que cela signifie ?

-Voilà de très longues années que j'étudie la Loi et les prophètes, mais aujourd'hui, c'est ton avis qui m'intéresse au plus haut point.

-*« Si le fils ne déshonore pas la femme de son prochain, s'il n'opprime personne, s'il ne prend point de gage, s'il ne commet pas de* *rapines, s'il donne son pain à celui qui a faim et couvre d'un vêtement celui qui est nu, s'il détourne sa main des iniquit*és, s'il n'exige ni intérêt ni usure, celui-là ne mourra pas... car je ne désire pas la mort de celui qui meurt, dit le Seigneur Yahvé, mais la vie. » Dieu a créé l'homme à son image et demande à l'homme de traiter les autres hommes comme Lui-même. Que sa loi soit écrite, non plus dans des tables de pierre, mais dans des cœurs de chair. Si l'on vit de cet amour-là, avec nos frères, alors, oui, on est en relation avec Celui qui les a créés et qui les aime. N'est-il pas écrit dans le Deutéronome « *Dieu fait ton éducation comme un homme fait celle de son fils* ». Oui, voilà la relation que nous devons développer avec notre créateur : Il est le Père Céleste, nous sommes ses enfants. Comme tu aimes, respectes, honores ton Père, comme tu te confies à lui et cherches ses conseils, comme tu partages avec lui tes joies et tes peines, à chaque instant de ta vie, voilà comment tu te comportes avec ton Père Céleste, alors, tu peux voir en chaque homme un frère, une sœur. La loi n'est pas un fardeau, mais le voile que porte la fiancée avec bonheur car c'est son bien-aimé qui le lui a offert.

A ce moment, ils sont dépassés par un groupe de soldats d'Hérode et de romains, galopant sans prêter attention à ceux qu'ils doublent ou croisent, fiers de leurs armes et de leur pouvoir, bousculant les uns, renversant les autres, laissant sur leur passage un chaos de roues enchevêtrées, de charrettes renversées, d'ânes échappés des mains de leurs propriétaires…

-Mais eux, demande Jaïre, révoltés par cet incident, ce ne sont pas des frères !

-N'est-il pas écrit dans le Lévitique : « *Si ton ennemi a faim, donne-lui à manger, s'il a soif, donne-lui à boire... Yahvé te le revaudra.* ». Je sais, c'est difficile, mais oui, même eux, il faut les aimer. Allez, viens, allons aider ces malheureux à redresser leur chargement.

Le reste du voyage se passe en silence. Jacques n'a pas perdu une parole de la discussion des deux hommes, il les médite en son cœur et se sent davantage prêt à démarrer le difficile apprentissage de Sékoka.

*

La Mer Morte est bien trompeuse, car rien à la voir de loin ne la distingue de celle de Galilée, si ce n'est l'absence de bateau. Le bleu du ciel se reflète dans l'eau, les rives semblent couvertes de sable blanc. Bientôt, la verdure disparait des collines, faisant place à un désert contrasté où les rochers blancs se détachent de la terre rouge.

Quelques heures plus tard, les cultures du monastère annoncent la proximité du but.

-Jacques, tu dormiras ce soir avec nous dans l'enceinte des voyageurs, Je t'accompagnerai demain matin auprès de Jean.

La soirée est agréable, après la longue route, les bains sont merveilleux. Le repas est copieux, bien qu'il n'y ait aucune viande, ni volaille, ni poisson, les esséniens étant végétariens.

-Quelle drôle d'idée de ne se nourrir que de plantes, lorsque le créateur nous a donné tant de délicieuses bêtes à manger !

-Au Jardin d'Éden, l'agneau dormait entre les pattes du lion. L'homme a rompu le charme. Je dois avouer apprécier moi-même la bonne chair, mais s'en priver est une façon de recréer l'équilibre initial et de se purifier.

-Je reconnais que ce dîner est excellent, mais je ne me sens pas prêt à changer mes habitudes. Jacques, je penserai à toi à chaque fois que je me régalerai de quelque rôti, dit maître Jaïre en souriant au jeune garçon.

Après la prière commune du soir, chacun va se coucher. Jésus part prier dans le désert. Il se retourne et sourit à son frère qui l'a suivi.

-Comment es-tu aussi savant ? Le serai-je un jour autant que toi ?

-Petit frère, toutes les questions et toutes les réponses sont en ton cœur. Quand tu en auras trouvé le chemin, l'univers n'aura plus de secret pour toi.

-Tu crois que c'est une bonne idée de venir ici ? Peut-être me suffirait-il d'être ton disciple.

-Jacques, fils de Simon, fils de Joseph, un jour tu seras appelé Jacques, frère du Seigneur et tu accompliras de grandes choses. Ce que tu vas apprendre ici te servira et t'aidera à poser les bases d'une nouvelle communauté qui ne sera pas de ce monde. Tu seras aimé des générations futures et ta place sera grande dans le Royaume des Cieux. Mais avant, tu devras suivre un long et difficile apprentissage, tu devras servir Jean, tu connaîtras des difficultés, des doutes et ton cœur sera mis à dure épreuve, mais tu sortiras vainqueur de tout cela.

Jacques se jette dans les bras de Jésus et se met à pleurer.

-Et Thomas ?

-Lui aussi a sa place préparée. Ne laisse pas le Tentateur te troubler. Sache que je serai toujours avec toi, même lorsque tu ne me verras pas.

-Comme Yahvé ?

-Oui, c'est ça, mais ne le dis à personne.

-Pas-même à Jean ?

-Non, pas même à lui, car chacun doit avancer sur le chemin de la connaissance à son propre rythme, et selon ses propres besoins.

Ils regardent ensemble au loin, le ciel scintillant d'étoiles se refléter dans cette mer, qui n'en est pas une, dans cette nuit où le souffle du vent semble murmurer les mots doux du créateur à ceux qui savent entendre le silence et dont le cœur s'ouvre à l'immensité du mystère de la vie, à la communion avec le Grand Tout, lorsque l'âme se détache du corps pour monter au travers des étoiles s'abreuver à l'Amour infini.

Les Vendanges

Le temps des vendanges est arrivé. Tout Nazareth se mobilise, les hommes arrêtent pour quelques jours leurs activités afin d'aider les femmes et les enfants. Bien que beaucoup de familles aient leur propre parcelle, les cueillettes sont conduites en commun. Le choix de l'ordre des parcelles est déterminé par l'avancement du raisin, selon son exposition.

Les femmes et les enfants cueillent le raisin qu'ils placent dans de grands paniers en osier que les hommes transportent à la presse commune. Le scribe de la synagogue compte les paniers, car c'est sur leur nombre que sera déterminé le partage du jus du raisin après le pressage.

Le pressoir est constitué d'une large cuvette creusée dans le rocher et recouverte de plâtre frais pour éviter la contamination du raisin. Il est entouré de piliers qui supportent des barres de bois auxquels tous viennent se tenir pour presser le raisin, pieds nus, en chantant des psaumes.

Du pressoir, un couloir, lui aussi taillé dans le roc, guide le jus fraîchement pressé dans un grand réservoir. Là, il est filtré et enfermé dans des outres en peau de chèvre. 10% de la récolte partira demain pour le temple, 10% est partagé entre les pauvres du village qui n'ont pas de vigne, le reste est redistribué entre les vignerons, chacun selon son apport en grappe. Le vin sera en partie vendu, mais la majorité restera vieillir dans les caves des nazaréens, et sera bu aux jours de fêtes et de Sabbat.

Comme chaque année, la fin des vendanges est marquée par une grande fête au village :

cérémonie à la synagogue et grand dîner pris en commun par tous.

-Jésus, toi qui as toujours de belles histoires à nous raconter, nous t'écoutons.

-Merci Rabbi Daniel, mais peut-être quelqu'un souhaite-t-il prendre la parole avant moi ?

-Non, raconte, raconte !

-Voici qu'un homme, maître d'un grand domaine, planta un cep de vigne excellent dans une bonne terre. La première année, cette vigne produisit beaucoup de feuilles mais pas la moindre grappe de raisin. L'homme la tailla et planta près d'elle un arbrisseau d'orme pour la protéger des vents de l'hiver. L'année suivante, la vigne grandit en sarment, mais ne portait toujours pas la moindre grappe. Il décida cette fois, de ne pas la tailler, mais de la laisser croître à sa guise, espérant ainsi lui donner une chance de porter des fruits. Hélas, l'année suivante, sa vigne se mourait.

Tous les auditeurs sont suspendus aux lèvres de Jésus. Chacun d'eux connaît le dur labeur que demande la vigne, les soins qu'il faut sans cesse lui prodiguer, et ses caprices, portant parfois de merveilleux fruits, et certaines années n'offrant qu'un maigre retour pour le dur labeur.

-L'homme se tourna vers le Seigneur. Yahvé : « J'ai toujours suivi tes commandements, j'ai donné aux pauvres au-delà de la dime, j'ai travaillé dur et prié de tout cœur, que dois-je faire de cette vigne à qui j'ai tant donné, mais qui ne me rend rien en retour ? »

-L'arracher, pour sûr, et consacrer son temps à une autre parcelle, répondent les auditeurs, pris par l'histoire.

Jésus continue. A ce moment, un étranger vint à passer près de la vigne et demanda à l'homme de lui offrir à boire. L'homme répliqua : « viens chez moi, étranger, je t'offrirai à boire et à manger, mais hélas, point de cette vigne, qui malgré la bonne terre et le bon cépage ne me donne aucun fruit en retour de tous mes soins. ». L'étranger lui dit : « Coupe cet orme et arrache toutes ses racines, car ce sont elles qui se mêlent à celles de ta vigne et l'empêchent de produire. Creuse bien le sol, arrache tout ce que tu peux. N'aie crainte pour les plus profondes, une fois le reste coupé, elles pourriront et donneront de la force à ta vigne ». Avec quoi protègerai-je ma vigne contre les vents mauvais ? demanda l'homme. « Avec ceci ». L'étranger lui remit un piquet de bois, tout à fait ordinaire en apparence, mais l'homme se dit. « J'ai tout essayé, pourquoi ne pas tenter ceci ? ». L'étranger partit, en promettant de revenir dans un an pour boire du jus de cette vigne.

-Et alors ? tous les souffles sont suspendus, car c'est là un sujet fort cher à leur cœur.

-Lorsque l'étranger revint, la vigne portait en abondance les plus beaux raisins de la contrée. « Qui es-tu, étranger ? », demanda l'homme, heureux de le revoir. « Je suis Raphaël, un ange du Très-Haut. Je suis celui qui porte tes prières devant son trône. Parce que tu m'as reçu avec bonté et que tu as suivi mes conseils, tes vœux ont été exaucés. » A ces mots, l'ange disparut. L'homme, interloqué, regarda de plus près le piquet apparemment ordinaire que l'ange lui avait remis. Pour la première fois, il y discerna ce qui était écrit : la Foi porte des fruits !

-Quelle belle histoire, s'exclame Rabbi Daniel ! Comme nous avons tous besoin que Raphaël nous aide et porte nos prières ! Mais dis-moi, que signifie l'orme dans ton histoire ?

-Il représente tous les parasites, ceux qui prennent abusivement la parole et attirent à eux des égards qui ne sont dus qu'au Père Céleste.

-Parles-tu de toi, fils de Joseph ?

C'est Jazouph qui a parlé. Depuis toujours, il jalouse Jésus, car il aurait aimé être choisi par Rabbi Daniel comme disciple, mais a été rejeté pour son cœur mauvais.

-Ne t'occupe pas de lui, Jésus. Nous, on aime tes histoires.

La grande majorité des hommes présents rabroue Jazouph qui se lève et s'en va, accompagné de ses amis Aaron et Judas. Nahum hésite, puis se rassoit. Jésus le regarde et lui sourit.

-Buvons au vin nouveau ! s'exclame Rabbi Daniel, pressé de faire oublier l'incident.

-Raconte-nous donc une autre histoire, Jésus, demande Josselin, prenant ouvertement parti contre son fils.

-Merci mes amis mais je pense que Rabbi Daniel se fera un plaisir de nous en compter une.

Celui-ci ne se fait pas prier, toujours heureux de prendre la parole. La fête reprend, avec ses chants, ses danses, et se poursuit tard dans la nuit. Lorsque la famille de Joseph rentre à la maison, elle est accueillie par des cris venant de l'enclos des volailles : un renard est en train d'y faire un carnage, mais à l'arrivée des humains, effrayés, il se sauve, sans même emporter une proie. Jésus regarde par où l'animal s'est enfui et découvre une ouverture dans l'enclos :

-Il n'est pas venu de lui-même ici, quelqu'un l'y a introduit.

-Jazouph ! le nom s'échappe de toutes les poitrines. Les enfants pleurent.

-J'irai le confronter demain, devant son père, déclare Joseph.

-Cela ne ferait que mettre de l'huile sur le feu. Je vous demande pardon, c'est après moi qu'il en a mais c'est toute la famille qui est touchée, répond Jésus.

-Il est aussi mauvais qu'un romain ! commente Simon.

-Élisabeth, peux-tu coucher les enfants, s'il te plaît ? Simon et Jésus, aidez-moi à nettoyer et voyons s'il reste quelques bêtes vivantes.

*

Lorsque toute la maisonnée est couchée, Jésus sort pour prier.

-Oh mon Père, Toi qui est si bon, si parfait, comment tes enfants peuvent-ils ainsi choisir de suivre le malin plutôt que Tes chemins ? Tu leur as donné Moïse et les prophètes, Tu leur as enseigné ton amour infini, mais ils ne Te connaissent toujours pas. Aide moi à guérir leurs cœurs de pierre, à les délivrer de l'emprise du tentateur, à les ramener à Toi. Depuis le ventre de ma mère je me prépare pour Te servir, quand l'heure viendra-t-elle où je pourrai me consacrer uniquement à Ton service, à ma mission ?

Malgré le froid de la nuit, le vent qui s'est levé, Jésus reste en prière jusqu'au petit matin.

*

Rosh Hashana : le jour du jugement

L'excitation des enfants est à son comble car les jumeaux sont attendus. Ils doivent venir pour les dix jours qui vont de Rosh-Hashana à Yom-Kippour. Myriam trompe la vigilance de Marie et grimpe dans le sycomore sur la place de la fontaine, afin de surveiller la route qui monte de la voie romaine. Il y a une telle foule, qu'il est bien difficile de reconnaître qui que ce soit, pourtant, elle distingue Thomas de loin, descend de l'arbre et se précipite vers lui, suivie aux talons de Marc et de Jean, tout le monde ayant adopté ce nouveau prénom pour José.

-Jacques est-il arrivé ?

-Non, tu es le premier.

Les enfants s'embrassent, se regardent, se jaugent, rient. Jésus avait raison, quel bonheur dans ces retrouvailles !

-Tu veux aller voir maman ?

-Papa, Jésus et Simon sont-ils là ?

-Non, pas encore.

-Alors, j'attends avec vous. Tenez, je vous donne un petit avant-goût de ce que je vous ramène.

Thomas leur remet à chacun des morceaux de pommes confits au miel, un délice. Heureusement, la fontaine est à côté, pour étancher leur soif.

-Raconte-nous, comment c'est à Tibériade ?

Alors Thomas parle du géant nommé Carpentras, si noir que la nuit l'on ne voit de lui que le blanc des yeux et les immenses dents blanches qui cherchent à te croquer. Ayant bien terrorisé les petits, il éclate de rire et leur raconte combien ce nubien est d'une gentillesse infinie, enseignant son jeune apprenti dans la bonne humeur, ayant toujours des histoires à raconter, pleines d'animaux fabuleux dans les contrées lointaines.

-Tu nous les diras ! Allez, racontes-en une !

Une voix s'échappe de l'arbre où Myriam est remontée à son poste d'observation :

-Voilà Jacques ! Voilà Jacques !

Comme une volée de moineaux, les quatre enfants courent à la rencontre de leur frère. En approchant, ils ralentissent, impressionnés par sa maigreur. Comme si les kilos que Thomas a gagnés dans les cuisines venaient directement de son jumeau.

-Vous en faites une tête, pas heureux de me voir ?

-Si, mais inquiets. On ne te donne pas à manger à Sékoka ? réplique Thomas, au bord des larmes.

Jacques le serre dans ses bras.

-Ne vous en faites pas, je vais bien, c'est juste que c'est très différent là bas, et j'ai fait une très longue route pour venir jusqu'ici.

Thomas lui donne un morceau de pomme confite.

-Tiens, prends ça, allons chez maman tout de suite, tu dois avoir besoin d'un bon bol de lait de chèvre.

-Les nourritures terrestres ne manquent pas à celui qui se nourrit de la parole de Dieu.

Comme les enfants se mettent en route, Myriam se retourne :

-Tu viens Jean ?

-Non, J'attends Jésus. Va avec eux, tu me raconteras ce soir.

Heureusement pour le petit garçon, l'attente n'est pas longue et quelques minutes plus tard, il entend la grosse voix de Joseph le réprimander :

-Que fais-tu ici, petit coquin ! Marie doit te chercher partout !

-Jacques et Thomas sont arrivés, je vous attendais.

Jésus se penche, attrape son petit frère et l'installe sur ses épaules.

-Alors, moi je le réprimande et tu le récompenses !

-Il est plein de joie et d'amour, c'est veille de fête, les jumeaux sont là, réjouissons-nous.

-Il a raison, continue Simon en souriant, pensant déjà au bonheur qu'il aura demain à passer un peu de temps avec Ruth.

-Je ne suis plus maître chez moi, bougonne Joseph, mais son large sourire trahit son bonheur d'être là, avec ses fils, en cette belle soirée d'automne.

Il y a effervescence à la maison, cris de joie, embrassades, expressions d'inquiétude à la vue de Jacques, flottant dans sa tunique. Jésus pose sa main sur l'épaule de Marie, qui, en bonne mère, se lamente à la vue de son fils décharné.

-Ne t'inquiète pas, il est en excellente santé. Crois-moi, tout est pour le mieux.

Il plonge son regard dans celui de sa mère et la soulage en un instant.

C'est une joyeuse cacophonie, chacun posant dix questions à la fois et les jumeaux tentant vainement d'y répondre.

-Un peu de calme, demande Joseph de sa voix grave qui apaise immédiatement son petit monde. Allez vous laver, faites vos ablutions, nous parlerons au repas, chacun à son tour.

Marie s'approche de lui et lui pose un baiser sur le front.

-Dix jours, nous les avons avec nous pour dix jours ! Je ne voudrais pas en perdre une minute.

Le soir, autour du repas, le rituel des questions relatives à la fête se doit de précéder celles qui brûlent les lèvres de chacun sur ces mois de séparations.

Joseph commence :

-Que fêtons-nous demain ?

-La Création de l'homme par Dieu, déclare Jean,

-Et de la femme ! précise Myriam, qui ne rate jamais une bonne occasion.

-C'est aussi le jour du Jugement de Dieu sur nos actes de l'an passé,

-Et la distribution des grâces en fonction des mérites de chacun pour l'année à venir, commentent les jumeaux.

-Nous avons dix jours pour nous faire pardonner nos fautes,

-Et ce sera Yom Kippour, le Grand Pardon.

-C'est pourquoi nous commençons la fête ce soir, avec un super repas : du poulet rôti au miel ! Du poisson, des grenades, des pois…

-Des fruits secs trempés dans le miel,

-Et, la pomme au miel !

Joseph bénit tous ces mets, le pain et le vin, puis le festin commence, joyeux. Les questions fusent maintenant de toutes parts et les jumeaux font de leur mieux pour rassurer les uns et les autres. Les petits sont désolés de voir Jacques se priver de viande et de poisson, mais son bon appétit pour tout le reste rassure Marie. Le repas fini, Joseph a bien du mal à envoyer les plus jeunes se coucher. Un peu de calme revenu, il se tourne vers Jacques :

-Mon fils, n'est-ce pas trop dur pour toi ? Tu peux rester avec nous, tu n'es pas obligé d'y retourner.

-Non Papa, il y a tant de choses passionnantes à apprendre. As-tu déjà remarqué les petits halos lumineux qui se dégagent des gens ?

-Les reflets du soleil dans un nuage de poussière ?

-Non. C'est difficile à expliquer car nous avons peu d'expérience et de mots. De même que le corps dégage une odeur, il émet des couleurs qui sont très subtiles à distinguer, mais lorsqu'on apprend à les lire, on peut savoir beaucoup de choses, comme par exemple le caractère dominant de la personne, mais surtout, on a des informations sur son état de santé.

-Je vois tout à fait ce dont tu parles, reconnaît Marie, les malades ont parfois comme des veloutes grisâtres qui nous aident à savoir quel organe est souffrant. Le médecin égyptien que je servais au Temple m'a expliqué qu'il y a dans l'air que l'on respire, dans la lumière que notre corps absorbe, une formidable énergie qui se propage dans notre corps. Elle entre en nous par des portes, qui sont comme des roues qui l'absorbent et la répartissent à nos organes pour les faire vivre, c'est pourquoi elle est appelée l'énergie vitale. Lorsque l'une des roues se bloque pour une raison ou une autre, tout le système est en déséquilibre et les maladies se précipitent à l'attaque du corps sans défense.

-Tu expliques mieux que le vénérable Osnia, s'extasie Jacques.

-Moi, je n'ai jamais rien vu. Là, je vous regarde et je ne vois rien ! constate Thomas, fort déçu.

-Ne t'inquiète pas, tu es le meilleur pâtissier d'ici aux quatre coins de l'empire ! laisse ces considérations savantes à ceux qui se consacrent à guérir. Chacun a des dons différents, l'essentiel est de cultiver ceux que le Père Céleste t'a donnés.

Le garçon regarde Jésus avec reconnaissance. Simon intervient :

-Moi non plus, je ne vois rien, ni Joseph, tu vois Thomas, ceci est une histoire de prêtres et de médecins.

-Oui, mais ça doit être pratique lorsque l'on rencontre quelqu'un de savoir tout de suite si son âme est noire ou pure !

-Pas besoin de petites veloutes de lumière pour ça. Tu sais bien reconnaître les mauvais : ils ont un uniforme romain !

-Allons Simon, il n'y a pas les bons juifs d'un côté et les méchants romains de l'autre, ce serait trop simple !

-Oui, il y a aussi les mauvais juifs qui se font les amis des romains, sans compter Jazouph !

-Arrêtez les enfants. Ne recommencez pas ces polémiques un soir de fête. Nous sommes si heureux de retrouver les jumeaux, ne gâchons pas la soirée, intervient Joseph. Demain, il faut se lever tôt pour aller à la synagogue, allons nous coucher maintenant.

Les deux jours qui suivent sont consacrés à la lecture de la Torah à la Synagogue et à la prière.

Jacques a bien intrigué ses frères et sœurs et tous se mettent à passer leur temps à essayer de distinguer les auras des uns et des autres, si bien qu'au troisième jour, Jésus intervient.

- Les enfants, ce n'est pas un jeu, et toi Jacques, tu n'es qu'un apprenti sorcier. Ta science n'est pas encore suffisante pour te permettre d'enseigner des phénomènes qui te dépassent. Garde ton cœur pur Jacques ! ne tire pas d'orgueil de tes connaissances qui doivent être mises au service des malades et non pas faire de toi un de ces charlatans qui se promènent dans le pays en racontant n'importe quoi pour abuser les pauvres.

-Jésus, ce n'est pas juste ! il veut nous apprendre pour que nous puissions nous aussi aider les malades, intervient Myriam, seule capable de tenir tête, alors que les garçons sont tous confus de la réprimande.

Jésus sourit à sa petite sœur.

-Ah Myriam, je te reconnais bien là ! un jour, je vous apprendrai, quand vous serez en âge de manier votre savoir sans prendre de risque.

-Quel risque ?

-Les puissances du mal redoublent à l'approche des fils de lumière et le serpent mord le talon de celui qui garde les yeux fixés au ciel.

-Que faut-il faire ?

-Jacques, as-tu appris les sons miraculeux ?

-Le « A », le « M » et le « N » propose le garçon.

-Venez tous les cinq sur la colline et je vais vous entraîner à les dire.

Ils montent sur la colline au-dessus de Nazareth et s'installent sous un eucalyptus.

-Asseyez-vous en tailleur, bien droits. Nous allons commencer par le A. Le son ne doit venir ni au moyen du nez, ni de la gorge, mais, s'il est bien placé, directement de votre cœur, au centre de votre poitrine, là où naît votre souffle. L'exercice consiste à faire résonner chaque son en vous, au plus près de ce point, de sorte que votre cage thoracique devient comme un tambour. Vous gardez les yeux fermés et petit à petit, tout votre être va vibrer. Inspirez…

-A……………………

La vibration les unit pendant quelques minutes qui leur semblent des heures.

-Apprenez, fils et fille de l'Unique, que lorsque vous saurez parfaitement maîtriser les trois sons et les chanter dans la continuité, toutes les cellules de votre corps vibreront à l'unisson et vous déclencherez une force capable de vaincre bien des maladies. N'oubliez pas, la plupart des maux viennent initialement de ceux de l'âme, c'est donc avec votre âme qu'il faut les vaincre. Ces trois sons forment le grand Amen, par lequel l'homme fond sa volonté dans celle du Très-Haut, devenant alors une courroie de transmission de la Très Sainte Volonté du Père Céleste par qui arrive tout le bien.

Ils restent un moment, chacun à son tour décrivant avec ses mots d'enfants, la paix intérieure et la joie ressentie.

-C'est maintenant un bon moment pour faire votre introspection en prévision de Yom-Kippour. C'est la journée la plus sainte et la plus solennelle des fêtes. C'est un jour redoutable, jour d'expiation et de jugement. Ce jour là, Dieu regarde les actes des hommes et décide qui doit mourir et qui doit vivre.

-Que faut-il faire pour être sûr que Dieu nous pardonne ?

-Trois choses simples : être conscient d'avoir fait du mal, le regretter sincèrement et s'engager à ne plus recommencer. Si possible, réparer le mal que l'on a fait. Pour cela, il faut jeûner, prier et faire l'aumône.

-Comment cela ?

-Si un voleur a pris une poule, il peut la rendre, toi, petite sœur, sais-tu ce que tu as à te reprocher ?

-De dire toujours que ce n'est pas juste ? s'inquiète Myriam.

-Non, ce n'est pas cela. Tu as le droit de critiquer ce qui ne te semble pas conforme à l'esprit de la Loi et à l'amour du Père.

-Alors quoi ?

-Chaque fois que l'on manque d'amour vis-à-vis de l'Eternel ou vis-à-vis d'une de ses créatures, on commet un péché grave.

-Si l'on mange des friandises avant le repas alors que Maman a dit de ne pas y toucher ? S'inquiète Marc.

-Est-ce que cela la contrarie ?

-Heu… oui, un peu, peut-être…

-Alors, c'est un manque d'amour.

-Mais je l'aime maman ! rétorque le petit enfant.

Jésus l'embrasse tendrement.

-Bon, c'est à chacun de vous d'explorer son cœur. Mais, à mon avis, je ne pense pas que notre Père Céleste hésite à vous accorder son Grand Pardon !

Yom Kippour

C'est la saison de la cueillette des olives. Toute la famille y consacre beaucoup de temps car c'est là un de ses biens les plus précieux, avec la vigne et le petit troupeau. Les grands paniers remplis de fruits sont portés au pressoir de Nazareth. De la première pression, sort une huile exquise qui est gardée dans des jarres neuves et servira pour la nourriture de la famille. La deuxième pression fournit l'huile pour les baumes et les onguents que fabriquent Marie et Élisabeth, enfin, de la troisième pression est récoltée l'huile qui remplira les lampes pour éclairer la famille tout au long de l'année. Comme pour la vigne, un dixième est offert au temple et un autre dixième réservé pour les pauvres.

Cette année encore, la récolte a été bonne et produit plus que le nécessaire pour les besoins de la famille. L'excédent pourra être vendu et c'est le signe d'une grande bénédiction de l'Éternel.

Deux jours avant la fête, Marie apprête un bon dîner avec des viandes, du poisson, des légumes et des fruits, afin de se préparer au jeûne de 25 heures. Là, on ne devra ni manger, ni boire, ni se laver. Il faudra attendre en prière que sonne le schofar pour annoncer la fin du jeûne et le début des réjouissances.

Une tradition consiste à prendre un poulet vivant et à le faire tourner au-dessus de sa tête en disant : « *Voici mon double, voici mon remplaçant, voici mon expiation. Puisse cette poule ou ce coq aller jusqu'à la mort pendant que je m'engagerai et continuerai une vie heureuse, longue et paisible."* Une fois la poule égorgée, on la donne aux pauvres.

-Je vous en supplie, ne nous conduisons pas comme ceux qui ne savent pas reconnaître le désespoir de la poule. Cette tradition est cruelle. Imaginez que vienne un géant et qu'il fasse la même chose avec vous, supplie Jacques.

-Un géant comme Carpentras ? demande Marc

-Alors, ce serait terrible, conclut Thomas !

-Eh bien, on ne le fera plus jamais, renchérit Myriam.

Tout de même un peu déçus d'être privés d'un amusement dont ils ne voyaient pas la cruauté jusqu'à présent, tous les enfants se rangent à son avis. Bien entendu, la distribution aux pauvres est maintenue et chacun va porter sa volaille à la famille identifiée auparavant, pour la recevoir.

Le repas est plus calme que d'habitude, comme le veut la tradition, chacun plongé dans ses pensées, réfléchissant à son niveau, aux conséquences de cette fête. Qui sera condamné cette année ? Qui ne sera pas là l'an prochain ? Pourquoi ? Pour quelle faute ignorée de tous ?

Le soir, chacun va se coucher car il faudra être en forme pour les jours de prières.

Enfin arrive le jour de Yom Kippour. La journée se passe en prière à la synagogue, rythmée par cinq cérémonies.

Tour à tour, les hommes de Nazareth se succèdent pour lire le livre de Jonas. A chaque intervention, on se frappe sur la poitrine pour dire que l'on regrette sincèrement les mauvaises choses que l'on a faites. La famille de Joseph est à l'honneur, car maintenant que les jumeaux ont fait leur Bar Mitzva, ils sont cinq hommes de la famille à se succéder pour la lecture. Les cérémonies alternent aux lectures le chant des psaumes joyeux et plein de l'espérance du peuple élu. Enfin, le soir, le schofar sonne le Grand Pardon de l'Éternel, réconcilié avec son peuple Israël.

C'est à nouveau fête et libation, danse et chants de joie.

Au matin du 11ème jour, les jumeaux repartent, escortés jusqu'à l'entrée du village par toute la famille, chacun retenant plus ou moins mal ses larmes. Hélas, ils ne peuvent rester jusqu'à la prochaine fête, Souccot. Il faudra attendre Hanoucca pour que la famille se retrouve à nouveau réunie.

Souccot : la fête des tentes

Malgré l'absence de Jacques et de Thomas, c'est avec des rires et des chants de joies que la famille construit la cabane qui va servir pour la fête. Il faut qu'elle puisse les contenir tous car ils vont y prendre leurs repas durant les huit jours que durent la fête.

Avec des branchages et des feuillages tressés, la cabane a fière allure et les enfants s'amusent comme des fous. Comme d'habitude, Joseph en profite pour enseigner l'histoire d'Israël et expliquer les traditions.

-Je ne crois pas que les huttes de nos ancêtres dans le désert étaient aussi belles que notre cabane, commente Myriam.

-C'est un symbole, c'est pour nous en rappeler, elles n'ont pas besoin d'être identiques.

-Est-ce que les hébreux dans le désert étaient aussi joyeux que nous ? demande Jean

-Pas tout à fait. Nous fêtons les récoltes et l'abondance que Yahvé nous donne. Dans le désert, il n'y avait pas de récolte.

-Est-ce que c'était bon la manne ? s'enquiert Marc, se demandant si la même chose ne risque pas de se reproduire.

-Sûrement, puisque c'était la nourriture de Dieu.

-Aussi bon que le pain de maman ?

-Je ne sais pas mon enfant. Il ne faut pas trop se préoccuper du pain que tu manges, c'est aussi un des sens de cette fête vois-tu. Nous vivons dans une cabane pour nous rappeler que la vie est précaire et que nous sommes entre les mains du Très-Haut. L'Éternel nous a comblé de biens matériels : une maison, une vigne, des champs, des bêtes, mais Il peut tout reprendre si telle est Sa volonté. Nous devons être comme les dignes fils d'Abraham, toujours prêts à tout quitter pour suivre le chemin que nous trace Yahvé. Nous devons vivre, dans sa main, en toute confiance.

-Heureux l'homme qui met sa confiance en Yahvé. Il est comme un arbre planté sur le bord d'un ruisseau !

-L'an prochain, est-ce que les jumeaux seront là ?

-Dieu seul sait qui de nous sera là mon enfant. Et tu ne dois pas t'en inquiéter, car *Ses chemins ne sont pas tes chemins.*

Marie et Élisabeth arrivent avec un plateau de gâteaux, du lait et du miel, pour l'inauguration de la cabane.

-Vous êtes formidables les enfants, d'année en année elle est plus belle !

-Oui, mais papa nous a un peu aidés.

-Un peu, oui, confirme Joseph avec un grand sourire.

Jésus et Simon arrivent à leur tour et font semblant de passer à côté. Les enfants les appellent.

-Oh, cette cabane est si belle, que nous l'avions prise pour une maison !

Et ce sont rires, chants, psaumes et prières qui montent tour à tour, ou parfois entremêlés, dans la nuit d'automne. Il fait froid, mais la chaleur du petit groupe serré les uns contre les autres combat facilement la gelée blanche qui commence à s'installer.

Au fil de la semaine, l'inconfort et le froid se font de plus en plus sentir, si bien que c'est avec autant de joie qu'ils ont eu à s'installer dans la cabane que la famille en éprouve à regagner la maison. La fête a atteint son but : chacun est conscient de la chance qu'il a de vivre dans cette famille unie, bénie par Yahvé. L'absence des jumeaux a également marqué les enfants qui touchent du doigt la fragilité de l'existence, les marques du passage du temps.

*

An XXI de notre ère

Le Mariage de Simon

Que de joie en ce mois de mai de l'an 21 ! Après un hiver particulièrement rude, les pluies ont été abondantes et les semailles précoces ont résisté aux frimas. Les récoltes s'annoncent bonnes et le village se prépare pour le mariage de Simon et de Ruth. Les jeunes mariés l'ignorent encore, mais leurs parents leur ont réservé une extraordinaire surprise. Il y a un peu plus d'un mois, Jésus a abordé Joseph alors qu'ils étaient seuls à l'atelier.

-Joseph, Simon va épouser Ruth dans peu de temps. Il est d'usage que les jeunes époux vivent chez les parents de l'épousée, sauf s'il y a un autre arrangement qui satisfasse les deux familles.

-A quoi penses-tu ?

-La maison de Simon le charretier. Personne n'a voulu l'acheter car elle est considérée maudite depuis la mort de Rachel. Nous pourrions l'acquérir pour presque rien. Avec de très menus travaux, nous pouvons en faire un petit havre de paix pour les nouveaux mariés.

-Mais, elle est maudite !

-Pas si Rabbi Daniel la bénit…

-Humm… Je vois, allons de ce pas en parler à Joachim.

Il n'est pas difficile de convaincre les parents de Ruth. Rabbi Daniel se range avec joie à l'idée de cette surprise à faire aux jeunes mariés. Les hommes entreprennent les petits travaux de charpente et de maçonnerie, les femmes nettoient les alentours. La maison est très petite, constituée d'une cour à demi couverte et d'une seule pièce, mais les possibilités sont bonnes pour l'agrandir le moment venu. La plupart des habitants de Nazareth sont dans la confidence, mais rien ne transperce pour les futurs époux, tous se préoccupant de garder le secret jusqu'au mariage.

Enfin, la maison est prête, le banquet aussi et le grand jour approche. Quelques jours avant le grand évènement, Jésus va trouver Joseph.

-Il faut que tu parles à Simon.

-De quoi ?

-Tu le sais bien. Ce qu'un père enseigne à son fils avant son mariage.

-Mais, Jésus, je ne saurai jamais quoi dire !

-Écoute, c'est important. Tout leur bonheur peut être gâché par une maladresse. Combien de femmes deviennent tristes, aigries et rendent la vie de leurs maris impossible, alors que tout aurait pu être merveilleux.

-Comment sais-tu ces choses là ?

-Joseph, écoute-moi,

Lorsque Jésus parle ainsi, Joseph oublie qu'il est son père et l'écoute comme un maître.

-Tu vas aller parler à Simon. Ne t'inquiète pas de savoir ce que tu diras, car ce n'est pas toi qui parlera, mais l'Esprit Saint te donnera les paroles à prononcer. Tout ce que tu auras à faire sera de te laisser guider.

-Pourquoi ne lui parles-tu pas ?

-C'est ton rôle, pas le mien.

Sur ce, Jésus s'en va, laissant Joseph fort dubitatif.

-Joseph, tu sembles bien songeur !

-Ah, c'est toi Simon. Oui, en effet, je pensais à toi.

-De bonnes pensées ?

-Heu, heu… Joseph s'éclaircit la gorge. Mon garçon, tu vas te marier, et il y a des choses dont un père doit discuter avec son fils.

-Tu crois que je ne sais pas comment on fait un enfant !

Joseph rougit et se racle la gorge

-Ne sois pas embarrassé ! Que voulais-tu me dire ?

Joseph soudain inspiré par l'Esprit Saint, les paroles viennent d'elles-mêmes :

-Oui, tu as vu le bélier et la brebis, l'âne et l'ânesse, mais tu es un homme, Simon, chez les humains, c'est un peu différent. Dieu a créé l'homme à son image, il l'a créé « homme et femme », afin que les deux ne fassent qu'un. Il est écrit : « *l'homme quittera son père et sa mère, il s'unira à sa femme, et tous deux ne feront qu'une seule chair. Non pas deux, mais une seule chair.*» Dieu invite l'homme à s'unir à son œuvre de création, car de l'union de l'homme et de la femme, naissent les enfants.

-Je sais cela.

-Oui, mais ce n'est pas aussi simple. As-tu déjà remarqué combien les jeunes brebis essaient d'échapper à la saillie du bélier ? C'est encore plus difficile avec les jeunes filles. Pour nous les hommes, tout semble simple, le désir nous prend et il est toujours assouvi, mais quelle différence entre accouplement et amour !

-Je t'écoute.

Simon retient son souffle, étonné par le discours de Joseph, avide de connaitre les réponses aux mille questions qu'il n'a jamais osé poser.

-Souvent, une jeune fille a peur de l'homme. Il faut l'apprivoiser comme un oiseau. Retenir tes ardeurs et lui donner le temps de te découvrir. Elles ne sont pas comme les garçons qui guettent les accouplements dans les champs, parfois, elles ne savent même pas à quoi s'attendre. La première fois que tu la pénètres, tu brises son hymen. Le sang n'est pas seulement un signe de réjouissance que l'on utilise pour montrer que le mariage est consommé : il est le signe d'une souffrance.

-Une souffrance ? Murmure Simon, médusé.

-Bien sûr, une blessure, une mort. C'est son état de vierge qu'elle t'offre, et ce n'est pas sans douleur physique et psychique. C'est un magnifique cadeau, que tu dois comprendre comme tel.

-Je ne veux pas faire de mal à Ruth !

-Tu dois la blesser pour consommer le mariage, mais tu peux diminuer considérablement sa douleur.

-Comment ?

-Je suis heureux de voir que tu l'aimes. Tu devras te contrôler. L'embrasser, la caresser, lui parler tendrement. Il faut t'armer de patience jusqu'à ce que ce soit elle qui t'invite.

Et là encore, il faudra te retenir, ne pas laisser ta nature impétueuse te commander, mais veiller à trouver un rythme commun, à aligner vos souffles et vos âmes.

-Et sera-t-elle heureuse ?

-Oh, il y a différentes façons pour les femmes d'être heureuses. Lorsqu'elles aiment leur mari, son bonheur leur suffit, mais si tu sais t'y prendre, alors, tu parviendras à l'union telle que nous le dit la genèse, où vraiment, vous ne faites plus qu'un.

Simon tremble. Il prend Joseph dans ses bras. Il le sert fort contre son cœur :

-Merci papa.

C'est la première fois que Simon appelle Joseph papa, et celui-ci se met à pleurer de bonheur.

-J'aime Ruth et j'espère la rendre aussi heureuse que tu rends Marie. Vous êtes un modèle pour moi. Tu verras, tu seras fier, je te ferai plein de petits enfants.

Là-dessus, ne pouvant contrôler davantage son émotion, Simon part marcher afin de ne pas être vu le visage ruisselant de larmes de joie. Marie est entrée et a entendu la dernière phrase de Simon. Elle s'approche de Joseph.

- Dieu a fait de toi un Père. Tous les âges chanteront tes louanges et te donneront en exemple. Ce n'est pas par cent mais par mille que Yahvé te comblera de ses grâces. C'est si facile d'être un géniteur, il suffit à l'homme de quelques minutes de plaisir, mais il faut des années d'amour, de patience, d'abnégation pour faire un père. Allez, viens mon bon ami, nous avons encore beaucoup de choses à préparer.

Joseph se recompose un visage et lui sourit. Il se lève :

-Tu as raison, nous avons toute une petite tribu qui nous attend.

Ils remontent, main dans la main, le chemin de l'atelier à la maison.

*

Pour l'occasion, Thomas a obtenu une semaine de congé et a fait le chemin de Tibériade. Jacques aussi a pu se libérer. Les jumeaux ne se quittent plus, reprenant instantanément leur mode de communication unique, ne sachant ce qui les rend le plus heureux : le bonheur de Simon ou leurs retrouvailles. Marie resplendit de bonheur d'avoir à nouveau tous ses enfants autour d'elle. Élisabeth est déçue que son fils Jean n'ait pas fait le voyage et se console en bombardant Jacques de questions sur leur vie à Sékoka.

Les plus jeunes sont tout excités : c'est le premier mariage dans la famille ! Une grande partie du village est là. Il y a aussi des invités venus des villages alentour : de la famille, des amis, des clients. La foule se compte par centaines.

La cérémonie à la synagogue est émouvante : lecture de la Torah par Simon, commentaire par Joseph, puis lecture et commentaires par Rabbi Daniel, enfin l'échange des vœux, les mains des mariés sont liées ensemble afin de symboliser leur unité. Puis, les mariés sont portés en cortège par leurs frères et leurs amis.

Des tentes ont été dressées dans un grand champ pour garder les convives à l'abri du soleil. Le buffet croule sous l'abondance des mets : nombreuses salades de céréales et crudités, toutes sortes de pains, de pâtisseries. Des agneaux, des poulets, des pigeons cuisent sur de grandes broches, tournées à la main, par les hommes volontaires qui se relayent. Le vin coule des amphores dans les brocs de terre cuite. Les femmes s'affairent et servent. Les convives parlent, chantent, rient. Les musiciens jouent de tout cœur et bientôt les danses suivent, enivrantes.

-Jean, qui est le garçon qui a dansé à côté de toi ?

-Myriam ! Il est trop vieux pour toi !

-Il danse comme un dieu, dis moi son nom, s'il te plaît !

-Il s'appelle Mathias.

-Merci, tu es vraiment gentil.

L'après-midi s'écoule dans la joie. Il fait un temps radieux, le vent de Galilée sèche les perles de transpiration des danseurs, les enfants jouent, les femmes discutent et regardent leurs maris et leurs fils danser à s'en tourner la tête, dans les chants et les rires.

Le soleil commence sa descente derrière les collines de Nazareth, il est temps de porter les mariés à leur demeure. Ils sont élevés dans des chaises à porteurs. Le cortège s'ébranle. Simon est surpris de passer devant la maison de Joachim et d'Esther sans s'arrêter. Il fait de grands signes à Ruth, elle aussi, tout étonnée. Ils passent la maison de Joseph et Marie et continuent à descendre. Lorsque Simon aperçoit la maison de son enfance, toute retapée et aux abords couverts de fleurs, son cœur fait de grands bonds dans sa poitrine.

Rabbi Daniel s'approche de la porte :

-Yahvé, bénis cette maison et les jeunes époux qui vont y pénétrer et y vivre. Efface tout souvenir des douleurs passées et apporte la fécondité à ce jeune couple afin que leurs enfants à venir effacent par leurs cri de joie le souvenir de tous malheurs.

Tout le village entonne des psaumes. L'émotion est à son comble. Les mariés sont posés à terre. Simon porte son épouse et entre dans la maison. Les lampes à huile ont été allumées, la maison embaume les fleurs fraîches, le lit est couvert de peaux de moutons et d'une tenture que Marie a tissée, toute d'étoffe blanche. Ruth et Simon se regardent : tous deux ont des larmes qui coulent sur leurs joues devant ce magnifique cadeau qui leur est donné : une maison pour eux, l'intimité préservée, un privilège si rare qu'ils ont du mal à réaliser qu'ils ne rêvent pas.

-Je jure par Yahvé que je ferai tout ce que je peux pour te rendre heureuse. Je t'aime Ruth !

Elle se serre dans les bras de Simon. Elle n'arrive pas à parler tant est grande son émotion. Il l'aide à s'asseoir sur le lit et remarque la cruche de vin et celle d'eau qui ont été posées, ainsi que quelques pâtisseries, fruits secs et pommes, sur la petite table qu'il reconnaît comme l'œuvre de Joseph. Il sert une coupe de vin et la lui porte, puis il s'assied par terre et pose la tête sur ses genoux.

A l'extérieur, après avoir entonné quelques psaumes, le cortège repart vers le lieu de la fête, laissant les jeunes époux face à leur bonheur. De retour sur le plateau des noces, la fête bat son plein. Les hommes et les jeunes garçons dansent. Soudain, Mathias s'écroule : son voisin, Jazouph, lui a fait un croche-pied. Myriam se précipite et aide le garçon à quitter le cercle.

-Tu as mal ?

-Oui, très mal. ça m'est déjà arrivé. J'en ai pour plusieurs jours avant de pouvoir marcher et je ne suis pas près de danser…

Il a du mal à ravaler ses larmes.

-C'est ce que tu crois.

C'est Jésus qui vient de parler.

-Mathias, je peux te faire très mal, mais ensuite, tu pourras retourner danser. Qu'en penses-tu ?

Mathias regarde Myriam, circonspect.

-Fait-lui confiance, c'est mon frère.

-Vas-y.

Jésus lui sourit. Il prend la cheville foulée du jeune garçon dans ses mains et tire très fort pour la remettre en place. Mathias pousse un cri. Puis, rapidement, il sent la chaleur envahir sa cheville. Jésus le lâche :

-C'est bon, va danser.

Mathias hésite. Marche quelques pas, saute…

-Oui ! Merci, incroyable, je marche et je n'ai plus mal ! Puis, se tournant vers Myriam :

-Comment t'appelles-tu ?

-Myriam

-Je ne t'oublierai jamais.

-Parce que mon frère t'a guéri ?

-Non, parce que tu ne t'es pas moqué de moi lorsque je suis tombé, que tu m'as secouru, que tu m'as tenu la main…

Il s'éloigne et ajoute :

-Et parce que tu es une très jolie fille !

Myriam, toute rose de plaisir se tourne vers Jésus.

-Merci. Tu sais qui c'est ?

-Mathias, fils de Mathias, le vigneron de Cana.

Jean et Marc qui ont regardé la scène se mettent à tourner autour de leur sœur en riant :

-Myriam est amoureuse, Myriam est amoureuse…

-Arrêtez les garçons ! On ne plaisante pas avec cela. L'amour, ça se respecte !

-Mais, n'est-elle pas un peu trop jeune ? S'enquièrent en cœur Jacques et Thomas qui arrivent pour s'asseoir, épuisés d'avoir trop dansé.

-Il n'y a pas d'âge pour aimer.

Myriam regarde Jésus de ses grands yeux noisettes striés d'or où brille une immense reconnaissance de se sentir comprise. Elle lui saute au cou, ses boucles auburn volant au vent.

-Il n'a que toi au monde qui me comprenne !

-Tu vas me rendre jalouse, plaisante Marie, rejoignant sa famille.

-Toi, ce n'est pas pareil, tu es une femme !

Joseph et Élisabeth arrivent à leur tour auprès du petit groupe. Joseph pose ses bras sur les épaules des jumeaux.

-Je retrouve deux de mes garçons et j'en perds un ce soir.

-Non, il n'est pas perdu, tu gagnes une fille ce soir, lui rétorque Marie.

Élisabeth s'éloigne pour cacher les larmes qui ont envahi ses yeux… Comme son fils lui manque ! Jésus s'est levé, échappant difficilement à l'étreinte de sa petite sœur. Il s'approche et pose une main sur l'épaule de sa cousine. Il n'a pas besoin de parler, ce simple contact la réconforte au plus profond de son âme.

Les fleurs et les herbes exhalent leurs parfums puissants, portés par le vent qui joue à faire trembler les feuilles argentées des oliviers. Les invités commencent à s'en aller, la nuit est tombée. Le ciel pur affiche ses milliers d'étoiles, la pleine lune éclaire les petits chemins qui redescendent vers le village… La paix envahit les cœurs.

*

Hillel

Le temps est venu pour Rabbi Daniel de conduire Jésus à Hillel. La réputation du Grand Rabbin s'étend dans toute la Palestine, de la Judée à la Galilée, en passant par la Samarie, dans la décapole et dans la dispersion. Les deux hommes préparent leur voyage et se mettent en route au petit matin.

Durant les deux jours de marche qui séparent Nazareth d' Eretz, Rabbi Daniel parle, parle, parle… Jésus écoute en sage disciple, mais se permet de temps en temps de poser une question, rendant à chaque fois son maître songeur.

- Chammay prône que les nécessités de la guerre l'emportent sur le respect du Sabbat, et peut citer de nombreux exemples où ce fut le cas, mais la nécessité de faire le bien n'est-elle pas plus importante que celle de faire la guerre ? Ne doit-elle pas l'emporter sur le respect du Sabbat ? Quel est l'enseignement de Rabbi Hillel sur ce sujet ?

-Mon fils, je suis bien heureux de te conduire à plus savant que moi, car plus tu grandis, plus tes questions me laissent sans réponses et parfois sans voix.

-Mais que te dit ton cœur Rabbi Daniel ? Si ton âne est tombé dans le puits le jour du Sabbat, ne vas-tu pas l'en sortir ? Si un pauvre frappe à ta porte, ne lui donneras-tu pas l'œuf pondu du jour ?

Et c'est en discutant de la sorte qu'ils traversent les merveilleux paysages de Galilée, franchissant les collines couvertes d'oliviers, de vignes, d'eucalyptus, de champs fertiles, décorés des flamboyantes couleurs de l'automne. Passant les villages accrochés aux rochers, ils coupent par les sentiers des muletiers pour éviter les bruits et les risques de la voie romaine. Soudain, au détour d'un sentier, le paysage change et la mer de Galilée s'étend à leurs yeux, éclatant d'un bleu plus foncé que le ciel, avec ses barques de pêcheurs, de marchands et de transporteurs claquant leurs grandes voiles dans le vent.

-Arrêtons-nous un instant, mon fils. A chaque fois que j'arrive ici, je ne peux m'empêcher de remercier l'Eternel pour tant de beauté !

-« *Les cieux racontent la gloire de Dieu, et l'œuvre de ses mains, le firmament l'annonce ; le jour au jour en publie le récit et la nuit à la nuit transmet la connaissance...* »

Les deux hommes prient à l'unisson, heureux d'être ensemble en ce lieu, d'admirer ce paysage, de réciter les psaumes éternels du Roi David, en communion avec la nature, sereins, loin des bruits de la ville et des envahisseurs païens. Après avoir ainsi prié longuement, ils s'installent à l'ombre d'un grand eucalyptus dont les feuilles dansent dans le vent, dégageant une odeur forte et agréable. Les rochers alentours offrent sièges et table de fortune pour le dîner frugal. En quelques instants, le soleil se couche. Les deux hommes s'enroulent dans leurs manteaux. Rabbi Daniel s'endort rapidement du sommeil du juste, fatigué par la longue marche dans des chemins escarpés. Jésus se lève, va un peu à l'écart et prie :

- Mon père, montre-moi ton chemin. Dis-moi quelle est Ta sainte volonté. Parle, Seigneur, j'écoute. Je sais que Tu es en moi comme je suis en Toi, parle pour moi demain, lorsque je rencontrerai Rabbi Hillel. Guide-moi, soutiens-moi…

Jésus prie pendant de longues heures, puis, à son tour, se couche et s'endort.

*

C'est le soleil levant qui réveille les deux hommes. Le spectacle est grandiose, l'astre semble sortir de la mer, puis, en quelques minutes, il monte au ciel. Le chant des oiseaux salue cet exploit quotidien et sonne le temps du départ. Une source proche procure l'eau des ablutions. Après les prières matinales et un déjeuner des restes du panier préparé avec amour par Marie, Rabbi Daniel et Jésus descendent vers Eretz. La première chose qui frappe un nazaréen en arrivant, c'est la couleur noire des pierres. Malgré cela, rien de sinistre dans ce petit village de Galilée, croulant sous les fleurs, niché au bas d'une colline, juste au bord de la mer qui apporte vie et activités.

La maison de Rabbi Hillel ne se distinguerait en rien des autres, si ce n'était la foule de jeunes gens qui s'y pressent. Ils s'écartent respectueusement devant Rabbi Daniel et regardent Jésus avec curiosité, car le Maître est très difficile dans le choix de ses disciples.

Rabbi Hillel a été grand, mais il commence à se voûter tant il a consacré d'heures à la lecture des Saintes écritures et à la prière. Il a un air sévère, derrière une barbe grise bien fournie, mais ses yeux brillent d'intelligence et de bonté. Après les salutations d'usage, il demande à rester seul avec Jésus afin de procéder à l'examen de ses connaissances.

-Jésus, connais-tu l'alphabet ?

-Alef, Beth, Guimel... Jésus se met à réciter l'alphabet dans un sens, puis en sens contraire, et ensuite, il explique le sens symbolique de chaque lettre.

-Je vois que Rabbi Daniel t'a amplement enseigné les bases. Voyons maintenant, que connais-tu de la loi et des prophètes ?

Alors Jésus, partant de la loi et des prophètes, illustrant ses propos de passages des psaumes, lui ouvre l'esprit à la venue d'un messie souffrant.

-Tu es très savant, mais que comprends-tu de tout cet enseignement ?

-Tu aimeras le Seigneur ton Dieu de toute ton âme, de tout ton cœur, de tout ton esprit, et tu aimeras ton prochain comme toi-même. Ainsi se résume toute la loi.

-Comment aimeras-tu ton prochain ?

-Ne fais pas à autrui ce que tu ne voudrais pas que l'on te fasse, mais comporte toi envers autrui, comme tu souhaiterais que l'on se comporte envers toi. Voici ce que nous dit la Torah.

-Attends-moi un instant.

Rabbi Hillel appelle Rabbi Daniel. Celui-ci se précipite, anxieux de connaître l'opinion du Maître, car la discussion a duré du matin jusque tard dans la nuit, sans même une interruption pour un repas, alors qu'en général, une heure, maximum deux suffisent pour être admis ou rejeté.

-Je ne peux pas prendre Jésus comme disciple,

Rabbi Hillel lève la main pour empêcher Rabbi Daniel d'intervenir. Celui-ci est devenu tout blanc.

- Daniel mon ami, il n'est pas bon qu'un disciple soit plus savant que son maître. Je n'ai pu prendre ton élève en défaut sur aucun point. Non seulement, Il connaît notre Torah, mais comme le souhaitait le prophète Ézéchiel, elle est écrite dans son cœur. Je ne sais pas ce que tu lui as enseigné, ce qu'il a appris seul, mais sa place n'est pas ici. Tiens, écoute, Puis, se tournant vers Jésus, il lui demande :

-Vaut-il la peine d'être né ou non ?

-Dieu est le créateur de toute chose, s'il a jugé bon que l'homme soit né, alors celui-ci ne doit pas se poser cette question, mais examiner sa conduite afin de faire la volonté de son créateur.

-Ah Jésus, que tu es cher à mon cœur ! Ne va jamais à Jérusalem, Chammay et les siens n'auraient de cesse de t'attaquer de toute part. Je n'ai jamais rencontré un cœur plus pur que le tiens, un esprit plus droit. Reste en Galilée ! Devant Rabbi Daniel ici présent, je te donne aujourd'hui le titre de Rabbi. Mais tu es encore trop jeune pour prétendre enseigner dans une synagogue. S'il te reste des choses à apprendre, vois comment joindre la guérison des corps à celle des âmes. Viens me voir quand tu veux, ce sera toujours un honneur et une joie. Restez avec moi quelques jours, rencontrez mes disciples et mes amis, j'aimerais que nous célébrions Sabbat tous ensemble avant de vous laisser repartir.

Rabbi Hillel donne l'accolade à Rabbi Daniel, ensemble ils entonnent :

-« *Je t'aime Yahvé, ma force, mon sauveur qui m'a sauvé de la violence, Yahvé est mon roc et ma forteresse, mon libérateur, c'est mon Dieu...* »

Les trois hommes prient avec ferveur, d'un seul et même cœur. Les disciples qui sont restés dans l'attente de la décision de leur maître entendent le psaume et se joignent à leurs voix.

Á cet instant, il règne une telle paix, qu'il est difficile d'imaginer, qu'à quelques kilomètres de là, Hérode fait construire Tibériade où des soldats ivres molestent des jeunes filles et se battent avec des jeunes gens qui leur tranchent la gorge d'un coup de poignard, avant de disparaître dans la même nuit, au bord du même lac, sous le même ciel inondé d'étoiles…

Barrabas

Rabbi Daniel et Jésus marchent sur la route romaine et s'apprêtent à prendre un chemin qui coupe la montagne lorsqu'ils sont soudain encerclés par un groupe de soldats romains.

-Allez, embarquez-moi ces suspects.

Sans ménagement, les romains les ligotent et les attachent à la selle de leur cheval. Ils sont traînés jusqu'au camp où une dizaine d'hommes sont en piteux état, visiblement ayant été abondamment battus. Les romains les détachent et ils tombent aux pieds de leurs compatriotes. Un décurion romain les interpelle en grec. Apparemment, les paysans n'entendent pas cette langue et ne peuvent répondre. Rabbi Daniel interprète les éructations du soldat en minimisant les insultes qui pleuvent :

-Il veut savoir si nous savons où se cachent les rebelles qui ont tué deux soldats romains hier à Tibériade. Si on ne leur livre pas les suspects, nous seront tous exécutés.

-Soldat, votre colère est compréhensible si des soldats ont été tués, mais vous avez arrêté ces paysans dans leurs champs, à des miles de Tibériade, comment pourraient-ils savoir ce qui s'y est passé ? Mon Maître, Rabbi Daniel et moi-même venons d'Eretz où nous suivions l'enseignement de notre grand Maître Hillel et nous n'avons rien entendu de ce drame. Comment pourrions-nous vous aider à trouver et châtier les coupables ?

Surpris de s'entendre dire dans un grec parfait que leur fureur est légitime et entendant la mention du nom du grand rabbin, le décurion s'empresse d'aller trouver son centurion, inquiet d'avoir peut être arrêté des notables protégés par Rome.

-Emmène-moi donc le beau parleur. Je souffre trop pour me lever de ma couche. Je verrai à qui j'ai affaire.

Le décurion conduit Jésus sous la tente où les odeurs infectes attestent de l'état de son occupant.

-Approche.

-Romain, je vois que tu es en proie à de très grands maux. Il n'est pas aisé de prendre des décisions lorsque l'on souffre comme c'est ton cas. Permets-moi de te soigner et tu seras plus à même de juger de la situation que te décrit ton subordonné.

-Es-tu un de ces fameux guérisseurs juifs ?

-Je suis Rabbin, et je peux te soigner, si tu le désires. Mais nous devons rester seuls.

-Fouillez cet homme !

-Il n'a pas d'arme.

-Que veux-tu ?

-Que l'on m'apporte de l'eau chaude et un couteau tranchant.

-Tu veux ma mort ?

-Non, je te propose de te rendre la santé, en échange de quoi, tu libèreras les otages qui n'ont rien à voir avec le crime de Tibériade.

-Pourquoi te ferais-je confiance, à toi, un juif, encore si jeune que j'ai du mal à te croire rabbin !

-Ta blessure s'est infectée. Tu es atteint de gangrène et tu le sais. Ta vie s'en va en pourriture et moi, je t'offre de te la rendre, qu'astu à perdre ?

-Faites ce qu'il dit !

Á l'extérieur, les juifs sont inquiets. Qui est ce jeune rabbin ? Qu'a-t-il dit au soldat ? Pourquoi est-il sous la tente du centurion ? Rabbi Daniel tente tant bien que mal de répondre aux questions, essayant de ne pas montrer que lui-même est fort perplexe. Où Jésus a-t-il appris le grec ? Que fait-il ? Décidément, ce disciple est bien plus que le fils de Joseph et Nicodème avait vu juste. Hillel lui-même a compris que la science de Jésus ne lui venait pas du simple enseignement de Rabbi Daniel, mais directement des anges du Très-Haut. Seul un prophète peut savoir tant de choses et parler avec autant d'autorité que même les romains lui obéissent. Pour la première fois, il ose se poser réellement la question : serait-ce possible ? Jésus pourrait-il être le prophète qui vient préparer la venue du Messie ? Pourrait-il être Élie, lui-même ?

Il essaie de cacher son trouble, de combler les minutes qui s'écoulent. Depuis que Jésus est dans la tente, les romains leur ont détaché les liens. Rabbi Daniel soigne comme il peut les blessures de ses compatriotes. Á sa demande, les soldats lui donnent de l'eau et des linges propres pour panser les plaies. Les agresseurs et les agressés se regardent et peu à peu, la tension, la haine se dissipent. Ce ne sont plus des ennemis face à face, mais des hommes.

Soudain, le centurion sort de sa tente. A la stupéfaction de ses troupes, il marche fièrement, seul, sans aide, sans trace de sa vilaine blessure.

-Libérez ces hommes et dédommagez-les pour la perte de leur journée de travail. Mettez un char à bœufs à leur disposition pour rentrer chez eux. Avant, offrez-leur du vin et des fruits. Qu'il ne soit pas dit que Rome est un juge aveugle.

Après les coups et la peur de la mort, ce revirement des romains déstabilise les prisonniers qui ne savent qui remercier.

-Louez le Très-Haut, car c'est l'Éternel qui vous a libérés. Il a entendu vos prières, rentrez chez vous et sacrifiez les offrandes prescrites par Moïse, car justice vous a été rendue, leur dit Jésus.

Les hommes repartent, louant Dieu, et fort intrigués par ce jeune Rabbi de Nazareth. Rabbi Daniel et Jésus reprennent leur chemin.

-Qu'as-tu fait au centurion romain pour sauver ces malheureux ? Tu es entré dans sa tente, tu as touché un blessé, tu es impur, il faut trouver un ruisseau pour les ablutions... et moi aussi, je suis impur…

Rabbi Daniel est si troublé qu'il se raccroche aux vieux préceptes de la loi pour essayer de ne pas penser à ce qui s'est vraiment passé.

-Ne t'inquiète pas, Yahvé ne regarde pas les mains mais le cœur des hommes. Viens, il y a un ruisseau ici.

Comme ils se lavent, un groupe de quatre hommes armés les rejoint.

-C'est vous les amis des romains ?

-Est-ce ainsi que tu remercies ceux qui ont fait libérer les otages qui allaient être massacrés pour vos crimes ?

-Quels crimes ! Tuer des romains est un devoir de tout bon juif !

-Il est écrit : tu ne tueras pas.

-Cela ne concerne pas les ennemis !

-Quel est ton nom ? Qui te met au-dessus de la loi ?

-Je suis Barrabas. Tant que je vivrai, je tuerai tous les romains possibles et leurs amis !

-Nous ne sommes pas des amis des romains, mais des hommes. Nous avons fait libérer les prisonniers, par la grâce et l'intervention du Dieu Très-Haut.

-Qui es-tu pour n'avoir peur ni des romains, ni des zélotes ?

-Je suis Jésus de Nazareth.

-Eh bien, Jésus, nous vous laissons la vie, à toi et à ton Maître, pour cette fois. Mais nous t'aurons à l'œil jeune rabbin. Si tu nous as menti, tu connaîtras le châtiment des traîtres.

-Barrabas, pour chaque romain que tu tues, dix innocents sont exécutés. Tu portes leur sang sur tes mains. Ce n'est pas ce que veut le Seigneur. Je vois que ton cœur est plein du zèle pour le Dieu d'Israël, mais ta colère te cache la voie. Rappelle-toi Elie, après avoir exécuté les 400 prêtres de Baal, il dut s'enfuir au désert, comme tu y seras toi-même contraint bientôt pour te cacher. Dieu n'a pas apprécié son holocauste…

Barrabas lui coupe la parole :

-Assez de sermon rabbin. J'espère ne jamais te revoir !

Sur ces mots, lui et ses compagnons disparaissent dans les bois.

Rabbi Daniel ne sait quelle contenance prendre.

-Finissons nos ablutions, prions, puis dormons ici pour la nuit, tu as eu assez d'émotions pour ce jour.

Comme cela s'est passé avec Joseph, simplement, Jésus prend l'ascendant sur son Maître de toujours et ce dernier s'abandonne, en se fiant à son cœur.

La Fièvre du Sourire

Cet hiver de l'an 21 est terriblement rigoureux. Les premières gelées nocturnes ont commencé dès le mois d'octobre. Heureusement, les anciens ont compris à ces signes qu'il est nécessaire d'avancer les semailles, car dès la mi-novembre, il s'est mis à neiger. Les tempêtes se sont succédées, couvrant les collines d'un épais manteau blanc et coupant Nazareth du reste du monde. Plus question d'aller à Séphoris, car le risque d'y rester bloqué de longues semaines est trop grand et la route trop dangereuse. Pourtant, en ce début d'après-midi, une charrette tirée par un mulet arrive à gravir le chemin et s'arrête chez Moché et Déborah. Peu après, on entend une longue plainte qui résonne étonnamment dans le silence ambiant. Une heure plus tard, les hommes de Nazareth entourent Moché et sa famille. C'est sa belle-sœur qui vient d'arriver de Séphoris où une terrible fièvre a déjà fait de nombreux morts. Parmi eux, son mari, ses deux fils aînés, sa fille cadette et son bébé. Il ne lui reste plus qu'une fille et elle vient chercher refuge dans sa famille de Nazareth. Les nouvelles sont alarmantes, car il semble que la fièvre se répande dans tout le pays, emportant avec elle hommes, femmes et enfants.

Rabbi Daniel convoque tous les hommes à la synagogue afin de prier et de chercher dans les écritures quels sacrifices pourraient écarter la colère divine. Mais les prières ne sont guère efficaces, car en trois jours, la fièvre a déjà touché la moitié du village.

Joseph va trouver Rabbi Daniel :

-Rabbi, lorsque Marie servait au Temple, elle a travaillé avec l'apothicaire qui soignait les prêtres, un égyptien qu'ils avaient fait venir d'Alexandrie pour son grand savoir. Il faisait préparer ses potions par Marie : les tisanes, les onguents, les baumes, les enveloppements. Elle l'accompagnait parfois dans ses visites, si bien qu'elle a pu apprendre quelques-unes de ses recettes. En particulier, elle l'a aidé lors d'une épidémie de fièvre à Jérusalem.

-Que proposes-tu, Joseph ?

-Marie a préparé de grandes quantités de tisanes, d'herbes et aussi des emplâtres afin de porter secours aux malades, si tu lui en donnes l'autorisation bien sûr, car il est important que l'on sache que c'est au nom de Yahvé qu'elle apporte une petite contribution aux prières que nous disons tous.

-Tu as raison de m'en parler Joseph, car combien d'ignares ont persécuté de pauvres femmes qui cherchaient à soulager leurs semblables en les accusant d'adorer Belzébuth !

-Élisabeth peut également distribuer ces remèdes, comme cela, elles iront deux fois plus vite pour porter secours aux villageois.

-D'accord, mais il faut que toi et Jésus les accompagnez afin de représenter la synagogue. Vous direz les prières, qu'il n'y ait point de doute que seul Yahvé décide qui guérit et qui meure.

-La mère de Moché est déjà décédée, c'est la première victime du village. Bien sûr, elle était âgée, mais la fièvre l'a soufflée comme une bougie.

-Va, ne perdons pas de temps.

Marie a organisé la maison. Elle et Élisabeth se sont voilé la face et demandé à toute la famille de faire de même. Des herbes aromatiques sont en train de bouillir dans un grand bol dans la pièce principale, dégageant les fortes senteurs des feuilles d'eucalyptus, du romarin et de la lavande. Des emplâtres à base de graine de moutarde, des baumes à l'eucalyptus et autres herbes, des sachets de tisanes, des linges propres sont organisés pour être rapidement distribués.

Joseph prend le panier de Marie et ils se dirigent vers le haut du village, alors que Jésus et Élisabeth prennent le chemin qui descend vers les bains.

A chaque maison, ce sont les mêmes palabres. Expliquer la démarche, laver les malades, leur appliquer les emplâtres et chanter les hymnes pour étouffer les cris et les pleurs. Lorsqu'on enlève le cataplasme, la chair est rouge, brûlée comme par le soleil. Les huiles calment un peu la douleur, le sirop de miel calme la toux, les tisanes aident à faire tomber la fièvre. Il faut convaincre d'isoler les malades, de voiler les faces, de faire brûler les herbes, de brûler les vêtements et paillasses gorgées des sueurs de la fièvre. … Mais dès le premier jour, quelques signes indiquent que les malades vont mieux, alors, le lendemain, c'est plus facile de recommencer.

Marie et Élisabeth se dépensent sans compter : visitant les malades, préparant les remèdes. Anna, la femme de Rabbi Daniel vient les aider et s'occupe de la maison et des enfants, car elles n'ont guère le temps de penser à leur famille. Joseph discute de son mieux avec les quelques hommes réfractaires à laisser des femmes apporter le moindre secours à eux-mêmes ou aux leurs.

Jésus visite tous les malades. Il pose sa main sur les fronts brûlants, sur les poitrines secouées des spasmes de la toux, sur les ventres endoloris. Il prie, il parle, il conte des histoires selon l'âge et l'état de chacun.

En dix jours, la mort emporte dix autres personnes, mais la fièvre a cessé de se propager. De plus en plus de malades commencent à aller mieux…

Peu à peu, des alités se lèvent, affaiblis, mais bien vivants et prêts à reprendre leur place et à aider à leur tour. Il semble que cette lutte contre la mauvaise fièvre a encore un peu plus soudé ces villageois autour de leur Rabbi et augmenté l'excellente réputation de Joseph et de ses fils, car bien sûr, nul homme ne consentirait en public à reconnaître l'importance primordiale du rôle de Marie dans la lutte contre ce fléau envoyé par Dieu. C'est alors que la fièvre semble vaincue qu'Élisabeth tombe malade. Marie l'installe sur des peaux de moutons dans la pièce principale, celle qui est la moins froide, et en interdit l'accès aux enfants, désolés de ne pouvoir secourir celle qui est pour eux comme une grand-mère depuis des années.

-Marie, tu as été pour moi comme la meilleure des filles, je veux te remercier de tout ce que tu m'as apporté. Grâce à toi, j'ai connu le bonheur de vivre dans une grande famille. Je te bénis ma petite cousine. Je n'ai pas peur, mais j'ai des regrets : ne pas avoir revu mon fils Jean, ne pas avoir vu nos fils reprendre le trône de David. Je suis déjà si vieille ! Yahvé m'a donné beaucoup plus d'années que n'en connaissent la plupart d'entre nous, alors pourquoi m'appelle-t-il à lui maintenant ?

Marie pleure doucement. Jésus est entré. Il se penche vers la malade.

-C'est toi, Jésus ? Avec la fièvre mes yeux se brouillent.

-Je Suis.

-Que dis-tu ?

-Te rappelles-tu tes paroles lorsque ma mère est venue te trouver alors que tu attendais encore Jean ?

-Comment oublierai-je, même en ce moment où mon esprit s'apprête à quitter mon corps, je m'en souviens mot pour mot : « *Tu es bénie entre toutes les femmes et le fruit de tes entrailles est béni. Comment ai-je ce bon-*

heur que la mère de mon Seigneur vienne jusqu'à moi ? Car lorsque j'ai entendu ta salutation, l'enfant a tressailli d'allégresse au-dedans de moi. Heureuse celle qui a cru à l'accomplissement des paroles qui lui furent dites de la part du Seigneur. »

Jésus a posé sa main sur le front d'Élisabeth.

-Tu as bien servi sur cette terre, tu pars en ayant échangé ta vie contre celles que tu as sauvées. Il est bon pour toi de partir maintenant. Tu as vu ce que ton cœur voulait voir. Pars en paix.

Élisabeth ouvre les yeux. Jésus est resplendissant de lumière :

-Jésus ! Mon Seigneur et mon Dieu !

Elle rend l'âme dans un immense élan de joie. Jésus sort de la pièce.

Presque tout le village vient rendre hommage à Élisabeth. C'est la douzième et dernière victime dans cette bourgade qui compte environ 1600 âmes. On en dénombrera plus de mille à Séphoris, ville de 35000 habitants.

*

Le vendredi suivant, Rabbi Daniel retrouve Joseph aux bains publics.

-Vois-tu Joseph, il y a quelque chose d'un peu mystérieux dans ce fléau qui est passé sur nous. As-tu remarqué que seuls douze anciens nous ont quittés ? Pas un enfant, pas une femme, pas un homme en âge de travailler ! Comme si l'ange de la mort avait été écarté et qu'on ne lui avait donné en pâture que ceux, qui de toute façon, n'avaient plus beaucoup de lunes à compter.

-Nous avons été touchés cent fois moins que Séphoris, où là, les pauvres petites victimes se comptent par centaines et où personne n'a été épargné.

-Il y a autre chose qui m'a frappé. As-tu remarqué le visage des défunts ? Ils semblaient tous en paix, heureux. Oui, heureux, avec un immense sourire qui illuminait leur visage. Je n'avais jamais rien vu de pareil. On pourrait appeler cela « la fièvre du sourire » !

Jésus vient de s'approcher et il s'assied à côté des deux hommes.

-N'est-il pas normal d'être heureux au moment de partir retrouver notre créateur ?

-Oh, cela est paraît-il l'apanage des grands sages, qui ont consacré toute leur vie à l'étude et au service du Très-Haut ! Les humbles mortels, eux, ont tous peur du Schéol !

-Sauf s'ils se savent sauvés.

-Comment le sauraient-ils, puisque seul Yahvé peut remettre les péchés et nul ne sait quel sera son jugement ?

-Peut-être l'ont-ils vu avant de fermer les yeux pour toujours.

Rabbi Daniel secoue la tête et lisse sa barbe, ce qui chez lui est signe de questionnement.

-Prétendrais-tu savoir quelque chose que je ne sais pas, Jésus, fils de Joseph !

Le ton est inquiet, les questions qu'il s'est posées après l'arrestation par les romains le laisse mal à l'aise. La tournure de phrase est sans appel. Rabbi Daniel a mille qualités, mais un défaut : il ne supporte pas être contredit.

-« *Il campe l'ange de Yahvé, autour de ceux qui le craignent, et il les dégage. Goûtez et voyez comme Yahvé est bon : heureux qui s'abrite en lui.* »

-*Heureux qui s'endort dans les bras du Seigneur,* conclut Joseph.

Les trois hommes restent un instant silencieux. Rabbi Daniel déclare :

-Demain, à la synagogue, je proposerai aux hommes que nous organisions un sacrifice pour remercier les anges du Seigneur qui ont si bien traité notre petite ville de Nazareth. Nous choisirons un agneau parmi les premiers nés au printemps prochain, et nous donnerons sa chair à manger aux pauvres.

-Voilà qui ne peut qu'être accepté de tous.

-« *Goûtez et voyez comme est bon le Seigneur* » !

*

Quelques moments plus tard, Joseph arrive à la maison. Il a un petit air malin en s'approchant de Marie.

-Qu'est-ce qui te donne ce demi-sourire Joseph ?

-Vois-tu Marie, Rabbi Daniel va organiser une fête pour remercier les anges du Seigneur, mais moi, je crois surtout que c'est grâce à toi, à tes remèdes, à ton dévouement, à ta décision d'agir avant qu'il ne soit trop tard, que nous devons d'avoir évité le pire. Les agneaux de l'année ne sont pas encore nés, alors moi, je t'ai fait ceci :

Il sort des plis de son manteau une magnifique sculpture d'un agneau dans les bras d'un ange.

-Je sais, ça ne sert à rien, ça ne se mange pas…

Marie se jette à son cou :

-C'est magnifique ! Tu es un artiste Joseph !

Simon entre à cet instant.

-Que se passe-t-il ici ?

-Regarde ce que Joseph m'a fabriqué !

Simon prend l'objet dans ses mains. Il siffle, admirateur. Il tourne la sculpture, la lisse, la regarde, l'élève à la lumière :

-Oh Joseph, tu m'apprendras à en faire une aussi belle pour Ruth ?

-Ce modèle est unique, mais je t'apprendrai à faire encore mieux, à toi de deviner ce qui pourrait lui plaire et je te montrerai comment le réaliser.

C'est l'heure du repas, toute la famille arrive, chacun admirant tour à tour le cadeau de Joseph.

-Cette statue nous rappellera toujours cousine Élisabeth, déclare Marie.

-Elle me manque, dit Marc.

-Á nous aussi, poursuivent Jean et Myriam.

-Il va vous falloir grandir plus vite maintenant qu'elle n'est plus là, leur dit doucement Joseph.

-Mais ne soyez pas tristes, comme les sans foi, vous savez que vous la reverrez. Lorsque vous mettez le grain en terre, vous ne pleurez pas, vous attendez qu'il pousse et qu'il donne un épi de blé ou une fleur selon ce que vous avez planté. Alors de même, faites confiance au maître de la moisson.

-Dis maman, toi, tu ne vas pas mourir ? s'inquiète Marc.

-Tout le monde meurt un jour mon chéri, seul Dieu connait le jour et l'heure.

-Mais moi, je ne veux pas te perdre, s'écrie l'enfant en pleurant.

Jésus le prend sur ses genoux et lui essuie ses larmes.

-Allons, ça ne sert à rien de pleurer maintenant. Regarde, maman est en bonne santé, elle est jeune. Élisabeth était âgée et malade.

-Mais ma première maman aussi était jeune ! interrompt Myriam, au bord des larmes.

-Il est très mauvais de s'inquiéter de ce qui peut arriver un jour ou jamais. Bénissez Dieu chaque jour pour ce que vous avez, chantez ses louanges, remerciez-le sans cesse. Regardez les animaux autour de vous, sont-ils inquiets ? Votre père Céleste vous aime et veut votre bonheur. Lorsqu'un être aimé nous quitte, nous avons de la peine, nous avons le droit de pleurer car sa présence physique va nous manquer, mais cela ne doit pas nous empêcher de reconnaître tout ce qui nous a été donné.

-Comme dans le livre de Job ? Dieu nous a donné cousine Élisabeth, maintenant il l'a rappelée à lui, et il faut lui dire merci ? demande Jean.

-Oui, c'est cela, tu as bien compris.

*

An XXII de notre ère

Les Jumeaux de Simon

Depuis la fameuse « fièvre du sourire », les femmes de Nazareth ont pris l'habitude de passer voir Marie lorsqu'elles, ou l'un des leurs, ont des problèmes de santé. Elle leur prodigue soins et conseils. Myriam, toujours d'esprit curieux, apprend à son tour à confectionner des baumes et des tisanes, se passionne à reconnaître les fleurs qui soignent.

Les hommes, eux, préfèrent se rendre à l'atelier de Joseph. Comme celui-ci est peu bavard, c'est en général avec Jésus que se font tout naturellement les échanges. Des mille maux physiques dont souffrent ces durs travailleurs, les discussions dérivent vers d'autres soucis : les problèmes de récoltes, les difficultés entre parents ou voisins, le poids des impôts, la présence de Rome, la montée des attentats des zélotes et la peur des représailles…

Tout en rabotant une porte ou en ciselant un coffre, Jésus les aide à réfléchir. Aujourd'hui, Ouziel, l'un d'eux lui confie :

-Mon frère est parti en ville lorsqu'il a eu ses 13 ans et ne nous a pas donné signe de vie pendant des dizaines d'années. Moi, je suis resté à Nazareth, j'ai travaillé la terre de mes pères. Je l'ai fait fructifier. J'ai acquis de nouvelles parcelles et pris soin du troupeau. Je me suis occupé de mes parents dans leur grand âge, lorsqu'ils ne pouvaient plus rien faire. Ma femme, mes enfants et moi, nous les avons entourés, soignés. Tu le sais bien, toi, qui les as accompagnés lorsqu'ils nous ont quittés l'hiver dernier lors de cette drôle de fièvre. eh bien, voici que mon frère revient et me réclame la moitié des terres. Que dois-je faire ?

-Un père avait deux fils, le plus jeune dit à son père : « donne-moi maintenant la part qui me revient ». Son père la lui donna, et il partit en ville gaspiller son argent dans le jeu, la débauche et les femmes de mauvaise vie. Bientôt, de son bel héritage, il ne lui resta rien et ses créanciers le battirent, le laissant pour mort. Il réussit à se trainer jusqu'au chemin et trouva un homme avec un âne qui accepta, par pure pitié, de le raccompagner chez son père. En chemin il se disait, je vais demander pardon à mon père et lui proposer d'entrer à son service comme le dernier des valets, car c'est un homme bon et j'aurai ainsi un toit et de quoi manger. Son père était sur le pas de sa porte à guetter la route. Lorsqu'il vit l'équipage avancer, son cœur fit un bond dans sa poitrine et il se précipita au devant d'eux. Il appela ses serviteurs et fit transporter son fils dans la meilleure chambre. Il le fit laver, soigner et parer de sa plus belle tunique. Il fit saigner l'agneau nouveau-né et le fit mettre à rôtir. Lorsque son second fils rentra des champs, il demanda aux serviteurs pour qui était prévue cette fête en dehors du calendrier. Lorsqu'il sut que c'était pour son frère, il entra dans une grande colère. Son père alla au devant de lui et lui dit : « Ne te mets pas dans un tel état. Au nom de Dieu le miséricordieux, rends grâce avec moi, car ton frère que voici était perdu, et il est retrouvé, il était mort, et il est revenu parmi nous... »

Tous se taisent un instant, perplexes, essayant d'imaginer la scène, puis l'homme qui a posé la question sourit.

-Oui, tu connaissais bien la bonté de mon père. Tu as raison, s'il était vivant, c'est ce qu'il ferait. Mais, je ne suis pas lui et il m'en coûte de devoir partager le fruit de mes labeurs.

A nouveau, il y a un long silence. Les hommes hochent la tête. Les paysans qui sont là comprennent parfaitement ce sentiment qui les raccroche si fort à la terre qu'ils ont abreuvée de leur sueur et parfois de leurs larmes. Pas un ne voudrait être à la place d'Ouziel. Enfin, celui-ci se met à parler.

-Voilà ce que je vais faire. Je vais proposer à mon frère de lui donner la moitié des terres de notre père au jour de son départ. Je le laisserai choisir celles qu'ils désirent et ferai de même pour le troupeau. Comme il est venu seul, sans femme ni descendance, je lui proposerai asile dans ma maison et nous travaillerons, mes serviteurs et moi-même, avec lui, comme aujourd'hui, afin que pas un pied de vigne, ni un olivier ne puisse souffrir de manque de soin.

-Tu es un Juste, Ouziel, ton père, qui te voit du haut du ciel, te bénira mille fois pour ta décision de ce jour.

Tous les hommes se mirent à complimenter Ouziel pour sa générosité et sa sagesse, redoublant de respect pour cet homme qui, certainement, allait maintenant être béni de Dieu.

Jésus profite de ce moment de joie pour annoncer :

-Mon frère Simon, que voilà, est lui-aussi béni, car les femmes nous ont appris que ce n'est pas simplement un enfant que Ruth s'apprête à lui donner, mais des jumeaux !

-N'est-il pas dangereux d'annoncer pareille nouvelle avant la naissance ? s'inquiète Simon.

Jésus lui sourit et lui pose son bras sur l'épaule :

-Si j'en juge par les cris qui nous parviennent, il est grand temps de nous mettre en route pour ta maison.

Jésus et Simon quittent l'atelier. Les uns et les autres regagnent en hâte leur foyer, dans l'attente de la confirmation de l'heureux évènement.

Lorsque les frères arrivent à la maison de Simon, Myriam, toute excitée, court vers eux :

-Il y en a deux, il y en a deux !

-Garçons ou filles ? demande immédiatement Simon.

-Pour l'instant, c'est une petite fille, mais le deuxième bébé est en train d'arriver !

Simon tremble. Il n'ose plus avancer. Il entend les cris de Ruth et ne pense qu'à une chose : « Mon Dieu, qu'elle ne meure pas en couche, mon Dieu, je t'en supplie, ne me prends pas Ruth… »

Jésus l'entraine doucement :

-Aie confiance.

Á ce moment, une grande clameur joyeuse monte de la maison. Myriam s'y précipite et ressort en criant :

-C'est un garçon, c'est un garçon !

Des larmes de joie submergent Simon. Sans la poigne ferme de son frère, il s'effondrerait sur place tant l'émotion est intense.

Ils entrent dans le préau au moment où Marie sort de la pièce, un bébé en lange dans chaque bras.

-Assieds-toi et reçois tes enfants. Ils sont tous les deux en excellente santé.

-Et Ruth ?

-Elle va bien. Elle est très fatiguée, mais ça va, ne t'inquiète pas. Voici ton fils.

Simon prend dans ses bras le petit être. Il ose à peine le tenir, de peur de le casser. Il défait le lange et l'élève au-dessus de sa tête. « Un fils, j'ai un fils ! » Il redonne maladroitement le nouveau-né à Myriam, qui l'enveloppe à nouveau et le berce avec délice. Puis, c'est le tour de la petite fille. Marie arrive à ce moment là.

Simon prend le nouveau-né qui le regarde.

-Oh, mon Dieu, elle a les yeux bleus !

Les larmes coulent à nouveau sur les joues du papa, bouleversé devant ce petit miracle.

-J'ai prié pour avoir une petite fille aux yeux bleus, comme les tiens Marie, mais je n'osais pas croire que le Très-Haut exaucerait cette prière.

-L'Éternel sonde les reins des hommes et les anges lui portent les prières qu'ils jugent bonnes.

-Comme il me tarde de pouvoir serrer Ruth contre mon cœur et la remercier de ce merveilleux cadeau ! Nous allons préparer une très grande fête. J'invite tout le village à la circoncision. Se tournant vers Jésus, il lui demande : à quelle tribu dois-je désigner mes enfants ?

Quelques jours plus tard, à la Synagogue, tout le monde attend avec impatience que Simon révèle les noms de ses enfants. Il s'avance et portant Très-Haut son fils, déclare :

-Il s'appelle : Simon-Joseph, fils de Simon, fils de Joseph, de la tribu de David.

Tout Nazareth applaudit. Puis Simon prend la petite fille et l'élève à son tour :

-Elle s'appelle : Marie-Rachel, fille de Ruth, petite fille de Marie, de Rachel et d'Esther.

Esther se penche vers Marie :

-Comme je suis heureuse d'avoir pu convaincre Joachim de considérer Simon comme un fils légitime de Joseph ! Le Seigneur nous a donné raison et comblé tous nos vœux.

-Mon âme exalte le Seigneur, car éternel est son amour ! Qui aurait cru que tant de félicité pouvait encore nous être donnée en ces temps troublés.

Toutes deux entourent Ruth qui regarde de la travée des femmes, la cérémonie au cœur de la synagogue.

-Ce n'est pas juste que tu ne sois pas avec Simon, à côté de Rabbi Daniel, récrimine Myriam.

-Arrête de critiquer nos coutumes. C'est ainsi, les hommes sont au centre du service, et nous avons le privilège de pouvoir les regarder.

-Tu parles d'un privilège ! Jésus a dit que Dieu nous a créé égaux !

-Ah, il finira par s'attirer des ennuis avec ce genre de discours, surtout colporté par une petite révoltée comme toi. Fais attention, tu vas lui porter tord.

-Oh non, je l'aime trop !

-Alors, arrête tes sottises et va plutôt aider à préparer le banquet. Allez, file !

-Myriam est un sacré bout de femme, mais avouons qu'elle dit souvent tout haut ce que nous pensons tout bas, avance Ruth en souriant, alors que la jeune fille s'en va.

-Elle aura du mal à trouver un mari, avec ce caractère soupire Marie.

-Oh que non ! Regarde comme elle est belle !

-Oui, mais si rebelle…

-Certains hommes aiment bien cela.

-Chez les courtisanes, mais pas chez leur épouse.

Esther vient renforcer les dires de Ruth :

-Elle apprend vite à soigner. Regarde comme elle t'aide déjà. Allez, je suis prête à parier qu'elle aura bientôt plus de prétendants que la plupart des filles de Nazareth.

Alors que la cérémonie se termine, les femmes partent en discutant et en riant préparer le service du banquet.

Simon dépose Simon-Joseph dans les bras de sa maman. Le petit pleure encore de la douleur de la coupure de son prépuce, bien que Rabbi Daniel soit réputé pour sa précision et son habileté. Ruth va à l'écart et le met au sein. Tout de suite, le petit se met à téter. Elle le berce et chante doucement. Myriam vient s'asseoir à côté d'elle en portant Marie-Rachel. Bien qu'âgée que de quelques jours, ses grands yeux bleus regardent déjà le monde autour d'elle.

-Ruth, c'est beaucoup de travail deux bébés. J'aimerais venir m'installer avec vous, pour pouvoir t'aider.

-Mais Marie a encore besoin de toi, et tes frères aussi.

-J'ai tant envie de m'occuper des bébés !

Marie s'approche. Elle a entendu l'échange.

-Si tu n'es pas inquiète de l'intrusion de mademoiselle « ce n'est pas juste » dans ton intimité, c'est avec joie que je la laisserai venir t'aider. Elle a raison, vous ne serez pas trop de deux à vous occuper de ces trésors.

-Merci Marie, merci Myriam. C'est avec bonheur que j'accepte, si Simon est d'accord.

-Moi, je dis oui à tout ce que tu demandes. De quoi s'agit-il ? s'enquiert l'intéressé qui vient d'arriver près des femmes.

-Je vais venir aider Ruth à s'occuper des jumeaux ! s'exclame Myriam, folle de joie.

-Bonne idée, petite sœur, mais avec moi, tu vas filer doux et tu ne vas pas bourrer la tête de Ruth de tes idées de garçon manqué, grogne Simon d'une voix rude, mais avec un tel sourire que tout le monde éclate de rire.

Simon ouvre les plis de son manteau et en sort une merveilleuse sculpture d'une mère allaitant deux enfants. Le mouvement est harmonieux, le bois merveilleusement lisse, les traits de la mère rappellent de façon frappante ceux de Ruth.

-Oh Simon, que c'est beau !

Toutes les femmes admirent la sculpture, se surprennent à la douceur du toucher, aux visages des nouveau-nés. Personne n'a jamais rien vu de pareil. Marie la prend et la regarde, elle sourit à Simon :

-Elle est encore plus belle que celle que Joseph m'a offerte !

-Comment est-ce possible ? demande Joseph, approchant à son tour. Il regarde l'œuvre et s'extasie en vrai connaisseur :

-Simon, je te l'avais dit, lorsque ton cœur commande à tes mains, ce sont les anges qui travaillent pour toi.

Le jeune papa resplendit de joie et de fierté. Il a passé tant d'heures sur ce cadeau, content que les femmes aient deviné à temps qu'il y aurait deux bébés. Il y a mis tant d'amour et d'espoir, il souhaitait tant égaler Joseph, et voilà que c'est fait. Le monde ne lui a jamais paru aussi beau.

-Tu es le roi de la fête aujourd'hui, viens servir le vin et démarrer les danses.

-Est-ce que Matthias de Cana est là ? demande Myriam.

Joseph lui sourit sans répondre à sa question. Les hommes s'éloignent. La jeune fille donne Marie-Rachel à Esther :

-Je vois bien que tu meures d'envie de t'en occuper. Je vais regarder les danseurs.

Sur ces mots, elle part en courant. Esther serre sa petite fille sur son cœur et dit en riant :

-Ce n'est pas un mari qui la trouvera, c'est elle qui le choisira.

-Puisse-t-elle être aussi heureuse que moi avec Simon !

-Je n'ai pas choisi Joseph, et pourtant, aujourd'hui je peux dire qu'aucun autre homme n'aurait pu m'apporter ce qu'il m'a donné. Chaque jour, je remercie le Très-Haut de son choix.

-Moi aussi, j'ai eu de la chance avec Joachim, mais nous connaissons toutes tant de femmes malheureuses, tant de jeunes vendues à de vieux concupiscents ou livrées à des époux buveurs, violents, courant les femmes de mauvaises vies. La vie d'une femme est peu de chose en ce monde.

-Ce sont pourtant elles que le Seigneur a choisies pour transmettre la vie.

Une fois de plus, Jésus les surprend, arrivant au milieu d'elles sans qu'elles l'aient vu venir, et parlant de sujet tabou chez les hommes.

-Dieu créa l'homme à son image, homme et femme il les créa. Vous aussi, vous êtes à l'image de Dieu, et il vous donne la responsabilité de transmettre la vie. Un jour viendra, et il est proche, où les hommes reconnaitrons que nous sommes tous égaux aux yeux du Père Céleste. L'homme et son épouse ne font qu'un. Quel insensé se déchirerait le flanc gauche en le disant inférieur au droit ? Ne traiterait-on pas de fou un homme qui ne vêtirait qu'un côté de son corps ? Et ce serait justice, or il en est de même de la femme. Ceux qui ne prennent pas grand soin de leur épouse auront à en répondre à Yahvé et n'auront pas assez de l'éternité pour regretter leur mauvaise conduite.

-As-tu parlé de cela avec tes maîtres, Rabbi Daniel et Rabbi Hillel ? demande Ruth.

-Tout juste sait que si les écritures représentent le Très-Haut comme l'époux et Israël comme l'épouse, alors, très grand cas doit être fait de celle-ci.

-Tu as sans doute raison mon fils, mais les justes sont peu nombreux et les loups à l'affut. J'ai bien peur que tes paroles ne te soient un jour reprochées par tes ennemis.

-Quels ennemis ? Qui pourrait ne pas aimer Jésus, le sage entre les sages, le juste entre les justes ! s'exclame Esther.

-Pour le fou, l'homme sensé représente un grand danger. Mais l'heure n'est pas à l'inquiétude. Je vous ai apporté un peu de bon vin. Allez, je retourne auprès de mes frères.

Après avoir déposé un baiser sur chacun de leur front, sans oublier les jumeaux, il rejoint les danseurs.

Esther berce sa petite fille, émerveillée de la voir si belle, avec ses yeux si grands ouverts malgré son tout jeune âge.

-Marie, si j'osais, je poserais la question à Jésus, mais en attendant, je me confie à toi. Je ne sais pas si tu te souviens de ma sœur Rebecca. Elle donna naissance à une petite fille aux yeux verts, or s'il est dit que les yeux bleus sont ceux des anges, il est aussi dit que les yeux verts sont ceux du démon. Heureusement, son mari l'aimait et refusa que l'enfant soit tuée, comme le demandait les anciens. Ils partirent s'installer à Magdala et appelèrent la petite fille Marie. Ils n'en eurent pas d'autres, comme s'ils étaient punis d'avoir gardé l'enfant. Pourtant, celle-ci grandit en sagesse et en beauté. Elle resta auprès de sa mère qui la cachait, car dès qu'elle essayait de se mêler aux autres enfants, ils la molestaient, l'injuriaient et lui jetaient des pierres.

-Quelle tristesse ! que les hommes peuvent être méchants et stupides, soupirent Marie. Si tu veux, j'en parlerai à Jésus, mais je suis sûre qu'il pense comme nous. Qu'est elle devenue ?

-J'ai reçu de bonnes nouvelles de ma sœur. Le fils d'un rabbin, de la tribu de Lévi, est tombé amoureux de Marie et souhaite l'épouser. Sa famille n'a pas donné son accord, mais lui se défend et demande qu'on lui présente un texte, non pas écrit par un homme, mais par Dieu, qui justifierait un tel anathème contre sa bien-aimée, sinon, il l'épousera au printemps prochain.

-Je prierai pour ta sœur et ta nièce, ne t'inquiète pas.

-Merci Marie.

*

La fête est magnifique et dure loin dans la nuit. Lorsque chacun est rentré chez lui, Jésus s'éloigne pour prier.

-Merci Père d'avoir exaucé ce simple vœu et offert à Simon un fils et une fille, une petite fille aux yeux bleus, comme ceux de Marie. Que ce signe d'appartenance le libère de ses rancœurs. Que son épouse et ses enfants le protègent de ses élans de haine contre les romains. Que le chant des zélotes ne gagne pas Nazareth. Oh Père très bon, Père très Saint, étends ta paix au cœur des hommes. Aide-moi à leur apprendre à aimer comme Tu aimes et comme je t'aime. Mets en moi Ton Esprit. Que je sois en Toi et Toi en moi. Prépare-moi à ma mission, me voici, me voici pour faire Ta

Très Sainte Volonté… Je suis si impatient de Te servir.

Dans le calme du soir, Jésus reste prier jusqu'au matin.

*

Jean quitte Sékoka

Osnia marche de long en large. Il est grand, très maigre, il semble flotter dans sa tunique, sous sa longue barbe blanche, dans cette cavité bourrée de parchemins et de jarres.

-Jean, es-tu sûr que c'est Yahvé qui t'a fait cette demande ? Satan sait se travestir et tromper les justes. N'est-ce pas lui qui se cache sous les traits de ta mère et te poursuit en rêves ? J'hésite à te laisser partir…

-Mon cœur est troublé. Tu as raison de m'inciter à la méfiance mais le message de ma mère est clair : « Au nom de Yahvé, le Très-Haut, l'Indicible, quitte Sékoka, va dans le désert et attend Ses ordres.» Quel mal y aurait-il si je me fais ermite en attendant que le Très-Haut me manifeste sa volonté ?

-Mon fils, si Satan te tente, comment résisteras-tu ?

-Comme je l'ai appris, par le jeûne et la prière.

-Comment te purifieras-tu ?

-Je compte gagner la grotte de David, à Ein-Geidi.

-Qu'emporteras-tu ?

-Rien.

-Je te l'ordonne, tu prendras ta tunique et ton manteau. Tu emporteras du pain et de l'eau pour la route et je demanderai au trésorier de te donner une pièce d'argent afin que tu puisses sauver ta vie si les brigands t'attaquent. Tu emporteras également un couteau pour trouver les racines dont tu auras besoin pour survivre. Veux-tu emporter du matériel pour écrire ?

-Non, merci maître, je n'en aurai pas besoin.

-Toutes les trois lunes, j'enverrai un frère te voir afin de connaître la volonté du Très-Haut et m'assurer que tu es toujours vivant. Maintenant, va te préparer, nous annoncerons ton départ au dîner des frères, ce soir.

*

Jacques est très affecté par le départ de Jean :

-s'il te plaît, emmène-moi ! Je suis venu pour être avec toi. Jésus m'a demandé de ne pas te quitter !

-Non, Jacques, tu ne peux pas venir maintenant. Reste ici, je te ferai savoir quand me rejoindre.

-Je ne sais pas si je peux rester ici sans toi. Jésus me manque, ainsi que mon frère Thomas. Je ne veux pas être nazir et je ne pense pas que Yahvé ne sauve qu'un si petit nombre d'élus. Même si certains pharisiens sont hypocrites, même si les sadducéens sont vendus aux romains, je ne peux pas croire que tous soient des fils des ténèbres.

-Tais-toi malheureux ! Si quelqu'un t'entend, tu risques le pire !

-Alors, toi aussi, tu penses comme moi ? C'est pour cela que tu pars ? Emmène-moi !

-Je ne peux pas ! Cela suffit. Ne te comporte pas comme un enfant ! Il y a beaucoup de bon dans les enseignements que nous avons reçus. Apprends à prier.

-Mais, je prie tout le temps !

-Vraiment ? Tu le crois ? Qu'est-ce qu'une prière ? Un psaume que tu répètes comme un perroquet ? Un proverbe que tu médites ? Des textes préparés par des maîtres auxquels tu ne comprends pas tout ?

-Alors, c'est quoi, prier ?

-C'est un élan de l'âme, c'est un cœur à cœur avec Dieu, c'est le silence absolu que l'on fait en son âme pour se mettre à l'écoute. C'est un chant qui chavire les entrailles, c'est un cri qui nous réveille dans la nuit, c'est une joie indicible qui nous élève devant la beauté de la création, c'est une louange qui nous brûle les lèvres, un parfum qui nous grise, une douleur qui nous déchire lorsque l'on prend conscience de notre infinie petitesse, de notre bassesse face à l'Indicible, au Parfait, au Très-Haut ! C'est l'anéantissement devant Sa Face et l'élévation au cœur de Son Amour.

-Jean, apprends moi à prier !

-Jacques, mon cousin, mon ami, seul Dieu lui-même peut t'apprendre cela.

Jacques se tait. Il regarde devant lui, au loin, la mer morte. Cette immense étendue d'eau salée où nul poisson ne peut vivre. Pourtant, d'ici, des hauteurs de Sékoka, elle ressemble à toutes les mers…

-Quand pars-tu ?

-Demain, à l'aube.

-Bénis-moi, s'il te plaît.

-Béni sois-tu Jacques, fils de Simon, fils de Joseph. Que les anges du Seigneur t'aident à reconnaître le vrai du faux et préparent ton cœur pour la venue du Messie. Que le Tout-Puissant te bénisse et te garde. Amen.

-Tu crois que le Messie va venir bientôt ?

-Je crois qu'il est déjà parmi nous, mais nul ne le sait encore.

-Sauf toi ?

-Non. Si j'étais sûr, je n'aurais pas besoin de partir au désert pour y attendre les ordres de l'Éternel.

Les deux hommes se donnent l'accolade et vont rejoindre la communauté pour le dîner du soir.

*

Le soleil se lève sur la mer morte lorsque Jean entreprend sa descente vers la vallée. Le chemin le plus simple et le moins dangereux consiste à gagner la voie romaine qui joint Tibériade à Massada, de la suivre jusqu'à l'embranchement d'Ein-Geidi et de remonter le ruisseau jusqu'à sa source.

Les cultures de la communauté couvrent les collines. Les palmiers dattiers se dessinent sur le bleu du ciel, dans un alignement presque parfait. Le chemin est bien entretenu par les frères, afin d'accueillir les très nombreux voyageurs, mais aussi les adeptes en provenance des autres communautés, les élèves, les aspirants moines.

La descente est raide, Jean sent son cœur s'alléger à chaque pas. Bientôt, le bruit de la voie romaine se fait entendre avant même d'être en vue. Cet axe est très fréquenté : c'est la route des caravanes qui apportent leurs richesses de l'Orient, des marchands qui approvisionnent Massada, des troupes du roi Hérode qui vont et viennent entre les grandes cités, des romains, dont nul ne peut oublier la présence dès que l'on sort des sentiers battus. Des chars, des troupes à cheval, des dromadaires lourdement chargés, des charriots tirés par des mulets, des ânes bâtés tirés de mains de maître… Tout ce monde se côtoie, se bouscule, se croise, s'admire, s'envie, se déteste…

Après le calme de Sékoka, le bruit agresse les oreilles de Jean. Les odeurs de poussière et de sueur heurtent ses narines. Le soleil de plomb n'est plus filtré par les branches des arbres et brûle sans merci tout ce qui se trouve à portée de ses rayons. Un instant, il s'apprête à faire demi-tour, mais il est bousculé, entrainé par le flot du trafic humain et animalier… Petit à petit, il trouve son rythme, sa place dans ce tourbillon insensé…

Après cinq heures de marche, il arrive près d'Ein-Geidi ; Des esclaves sont en train de travailler sur la route sous le joug nerveux des romains. Jean s'approche pour leur offrir à boire. Un des hommes s'adresse à lui en araméen :

-Saint homme, je ne suis pas digne que tu me serves à boire. J'ai péché contre le Seigneur notre Dieu et contre mes frères. Je mérite d'avoir été réduit en esclavage. Yahvé n'écoute pas mes appels…

A cet instant, le joug d'un romain s'abat sur lui, striant son dos de sang.

-Qui t'a permis de parler. Et toi, de quel droit troubles-tu l'ordre romain ?

-Quel est le prix de cet esclave ? demande Jean.

Le romain éclate de rire !

-Alors, Monsieur le pieu veut s'offrir un esclave ? Un jeune et joli minois ! Y'a pas d'femme chez vous, faut bien trouver à se soulager !

D'autres romains l'ont rejoint et rient à gorge déployée devant l'absurde ignominie proférée par leur décurion. Jean cache sa colère et garde son sang-froid. Il tend son manteau.

-Ouais, c'est vrai qu'il est beau ce manteau ! Dis-donc, le moinillon, on s'n'en fait pas, ça c'est de la belle laine…

Jean a le malheur de sourire.

-Espèce de fils de chienne ! Tu ne crois tout de même pas que tu vas t'en tirer pour si peu ! Il te plaît le gamin, non ?

En disant cela, le romain s'amuse avec son joug, soulevant la tête de l'esclave. Jean ne l'avait pas encore regardé et découvre que c'est presque un enfant. Sans doute treize ou quatorze ans. Ce qui le frappe, c'est que son regard n'exprime aucune peur sous la menace du romain, mais une immense reconnaissance pour Jean qui s'est penché sur son sort. Le romain hésite un instant, puis lance :

-Ton manteau plus une pièce d'argent et il est à toi !

Á la stupéfaction de tous, Jean sort la pièce que lui a remise l'économe de la communauté pour sauver sa vie. Ma foi, il s'avère que les romains utilisent les mêmes modes de fonctionnement que les bandits de grands chemins. Le décurion est déçu, s'il avait su, il aurait demandé plus, mais maintenant, il ne peut pas perdre la face devant ses compagnons. Il donne un grand coup de pied à l'esclave qui s'étale devant Jean.

-Allez, prends-le !

Jean se baisse pour le détacher. Le romain le frappe violemment. Jean se retourne.

-Pourquoi ce coup ? Les romains n'ont-ils pas de parole ?

-C'était pour rire ! Et tous les soldats s'esclaffent.

Jean réussit à détacher l'esclave et ils s'éloignent sous les injures obscènes de la soldatesque. Dès qu'ils sont hors de vue des romains, les deux hommes s'arrêtent. Le jeune homme se jette aux pieds de Jean.

-Je suis ton esclave, je ferai tout ce que tu voudras !

-Relève-toi et ôte ton vêtement.

Jean prend la peau de chameau informe de l'esclave et lui tend sa tunique blanche.

-Enfile cette tunique : désormais, tu n'es plus un esclave, tu es un homme libre. Comment t'appelles-tu ?

-Philippe.

-Gagne Sékoka. Tu demanderas Jacques. Dis-lui que c'est Jean qui t'envoie. Raconte-lui ce qui s'est passé et va te purifier. Ensuite, ce sera ton choix.

-Maître, vous ne pouvez porter ce vêtement d'esclave !

-Ne t'inquiète pas pour moi, là où je vais, cela n'a aucune importance.

-Je vous dois la vie, je vous dois tout, je veux vous servir !

-Alors, reviens à Dieu, renonce à Satan et au péché et sers le Très-Haut de toute ton âme.

-C'est promis.

-Viens te purifier.

Ils s'approchent du ruisseau. Jean et Philippe entrent dans l'eau pour les ablutions rituelles. Comme à Sékoka pour les nouveaux arrivants, Jean plonge Philippe sous l'eau et le bénit. Ils s'assoient sur un rocher et parlent longtemps.

-Il faut nous séparer, car la route est longue et tu dois arriver avant la nuit. Si tu as de la chance, un sympathisant te fera peut-être monter dans son char.

Les deux hommes se donnent l'accolade et se séparent.

Jean entreprend la longue montée dans le désert caillouteux. Il n'est pas possible de marcher dans le ruisseau. Il faut grimper sur les falaises et suivre le lit tracé entre les énormes blocs de rocher. Les arbres le long du cours d'eau dressent leurs cimes vertes qui permettent de repérer son tracé, mais le chemin est très mal aisé. Enfin, après de longues heures de marche et d'escalade, les rochers semblent descendre vers la source. Le soleil commence à se coucher, éclairant l'entrée d'une grotte. Jean est arrivé à l'endroit où David se cacha. Là, il ne lui reste plus qu'à prier et attendre l'appel de Dieu.

Il prend un morceau de caillou crayeux et écrit sur le mur de la grotte : Jean, fils de Zacharie, Mois de Nissan, an 9 du règne de Tibère (Juin de l'an 22).

Puis, se mettant en prière, il reprend les paroles du prophète Samuel : « *Parle Seigneur, ton serviteur écoute* »

*

An XXIII de notre ère

Matthias

Joseph, Marie, Jésus sont réunis sous le préau avec les enfants, en cette belle soirée de mai de l'an 10 du règne de Tibère (an 23). L'heure du dîner approche et la bonne odeur de pain chatouille les narines. Les jumeaux de Ruth et Simon vont avoir un an et les discussions vont bon train sur la manière de célébrer cet évènement. C'est alors que se présente Naomi, la marieuse du village.

-Heureuse de vous trouver à la maison Joseph. Bonjour et paix à vous tous.

-Béni sois-tu Naomi, la paix soit avec toi. Que nous vaut l'honneur de ta visite ?

-Vous connaissez bien Matthias de Cana, le riche négociant en vin. Je crois qu'il est de vos clients ?

-Je le compte pour un ami, confirme Joseph.

-Il est veuf depuis de nombreuses années et il semblait à tous qu'il le resterait, mais il en a désormais décidé autrement. Je viens de sa part négocier avec vous son mariage avec Myriam.

-Myriam !

Toute la famille a poussé la même exclamation, d'un seul cœur.

-eh bien, heureusement qu'elle n'est pas là, je l'entends hurler d'ici ! commente Jean.

Joseph se lisse la barbe. Marie le regarde, inquiète.

-Quelle drôle d'idée prend mon ami Matthias, je reconnais l'honneur qu'il me fait, mais Myriam n'est encore qu'une enfant !

-Elle est pubère depuis prés de dix lunes, c'est un âge normal pour des fiançailles, répond Naomi.

Jésus qui n'a rien dit jusqu'à présent se lève.

-Naomi, reste dîner avec mes parents. Je dois m'absenter. Ne décidez rien avant mon retour.

-Joseph, c'est toi le père ! S'indigne la marieuse, peu habituée à rencontrer d'obstacle, surtout lorsqu'elle représente un si beau parti. L'homme est certes d'âge mûr, mais encore capable de procréer, il est surtout l'homme le plus riche et le plus influent de la région.

Un silence gêné s'installe, mais se dissipe vite au fur et à mesure que Marie pose les plats sur la table. Joseph va chercher un peu de vin et l'atmosphère se détend peu à peu.

*

Jésus coupe à travers champs pour gagner Cana. En une demi-heure, il parcourt les trois km qui séparent les deux villages. En arrivant près des vignes de Matthias, il aperçoit son fils, mais celui-ci le voyant aussi, part en courant dans la direction opposée.

Jésus le rattrape dans une grange.

-Tu es venu voir mon père, pourquoi me cherches-tu ?

-Avant, je voulais avoir une confirmation de ce que je pense, et je l'ai, répond Jésus en souriant.

-eh bien, va-t-en maintenant !

-Ah Matthias, tu aimes Myriam et elle t'aime. Crois-tu que dans ces conditions je vais laisser faire ce mariage avec ton père ? Tu ne me connais donc pas.

-Mais, comment pourrais-tu l'en empêcher. Tu n'es pas son père, tu n'as aucun droit… Et tu ne connais pas mon père on dirait, plus têtu qu'une bourrique. Il a décidé qu'il voulait Myriam et rien au monde ne pourra le faire changer d'avis.

-Matthias, Matthias, je te le dis, ce soir même, on annoncera tes fiançailles avec Myriam.

-Si tu es capable d'un tel miracle, je suis prêt à croire que tu es le Messie !

-Prie le Très-Haut Matthias, et crois. Rien n'est plus fort que l'amour.

Jésus quitte le jeune homme et se dirige vers la maison du maître du domaine.

Matthias père l'accueille à bras ouverts :

-Ah Jésus, bienvenue. Mais ce n'était pas la peine de te déplacer, je paye largement Naomi pour son travail.

Jésus sourit et plonge son regard dans celui de Matthias. Comme chaque fois, l'homme se sent mis à nu et se dépêche de détourner les yeux. Il appelle ses serviteurs.

-Apportez-nous le meilleur vin, ce soir est jour de fête. Alors, parle-moi de ta charmante petite sœur.

-Tu es un homme juste Matthias, tu connais les écritures ; te souviens-tu de ce passage où Salomon désire la femme d'un de ses proches et envoie celui-ci à la guerre afin qu'il soit tué et que le roi puisse profiter de sa proie.

-Quel rapport avec moi ?

-Regarde-toi Matthias. Tu es un homme dans la force de l'âge, encore fort beau et désirable pour une femme. Qu'attends-tu du mariage sinon les joies que procurent la chair et la présence d'une compagne qui t'admire et qui t'aime ? Préfères-tu encore mater une jeune pouliche et risquer de te briser le cou ou n'est-il pas plus grisant de galoper une jument bien dressée aux quatre coins de ton domaine ? Tu ne mets pas le vin vieux dans des outres neuves car elles le gâteraient ; et celui qui a bu du vin vieux ne veut plus du vin nouveau, car il sait que le meilleur vin est le plus vieux.

-Tes paroles me troublent, où veux-tu en venir ?

-Je viens en ami. Nous nous connaissons suffisamment pour que je te parle d'homme à homme. Tu as embauché Naomi, mais as-tu pris le temps de la regarder ? C'est la veuve la plus désirée de toute la région. Elle est encore jeune, elle est riche, elle n'a pas d'enfant. Elle bouillonne de vie. C'est le genre de femme à rendre un homme comme toi heureux, tu me comprends.

Matthias boit d'un trait sa coupe de vin, les yeux fermés. Il sourit.

-Oui, tu as raison, je n'y ai pas pensé.

-Ne serais-tu pas plus heureux avec une femme qui n'aurait de cesse de te plaire et de faire tes volontés plutôt qu'une adolescente rebelle qui ne sera pas même capable d'apprécier l'honneur que tu lui fais.

-C'est ma foi vrai. Mais, tu parles de ta sœur.

-Notre amitié est importante Matthias et je suis aussi un peu intéressé. Un homme heureux en ménage achète plus qu'un homme malheureux.

- Jésus, fils de Joseph, jamais je n'aurais pensé que tu avais ainsi la compréhension du commerce. Mais diantre, tu as bien raison. Hélas, que faire maintenant ? Naomi est chez tes parents ? Je ne peux leur faire l'affront de retirer ma demande ?

-Tu as raison. Voilà un vrai problème auquel je n'avais pas pensé…

Jésus fait mine de réfléchir.

-Matthias !

-Oui ?

-Mon fils Matthias : si je le propose pour Myriam, je ne perds pas la face, et je suis libre pour Naomi.

-Quelle idée géniale ! Mais que dira-t-il ?

-Je suis son père, je le lui ordonne ! Serviteur : allez sur l'heure quérir mon fils Matthias.

Il se ressert une large coupe de vin et la boit. Il est de plus en plus détendu.

-Naomi. Quel sot je faisais ! Comment ai-je pu ne pas y penser plus tôt ! Et je n'aurai pas à attendre trois longues années de fiançailles, trois mois tout au plus suffiront. Ah Jésus, comment te remercier ! Mais, es-tu sûr qu'elle acceptera ?

-J'en fais mon affaire. Ne t'inquiète pas.

-Tu es un vrai ami.

Le jeune Matthias arrive, inquiet, il regarde son père, puis Jésus qui lui fait un petit signe.

-Matthias, c'est décidé avec Jésus que voilà, tu épouseras sa sœur Myriam et tu n'as pas ton mot à dire. Si tu veux garder l'héritage, tu m'obéis.

-Père, je ferai ce que tu voudras.

-Pour moi, je vais épouser Naomi, la marieuse, et tu lui feras bonne figure !

-Pour ça père, tu peux compter sur moi !
-eh bien, voilà deux bonnes décisions de prises. Trinquons !

*

Jésus regagne Nazareth. Il entre dans la maison. Tout le monde se tait, suspendu à ce qu'il va dire.
-Naomi, j'ai le plaisir de représenter Maître Matthias et de te demander pour lui en mariage. Père, au nom de Maître Matthias, je te demande Myriam comme épouse pour son fils Matthias.

Naomi fond en larmes de joie :
-Jésus, oh mon Dieu, comment as-tu fait ? Comment as-tu su que j'aime cet homme depuis si longtemps ? Dis-moi que c'est vrai, dis-moi que je ne rêve pas !
-Matthias le jeune, Matthias le jeune ! Alléluia, je cours le dire à Myriam ! Jean s'élance, suivi de son frère Marc.

Quelques minutes plus tard, Simon, Ruth avec les jumeaux et Myriam arrivent à la maison pour vérifier les dires de Jean. Au même moment, Matthias le jeune arrive aussi et tombe dans les bras de Myriam.

Tout le monde rit, parle, s'embrasse... Marie se coule près de Jésus et le serre dans ses bras. Joseph est soulagé, tout se termine bien, dans trois ans, on mariera mademoiselle « ce n'est pas juste ». La vie est si belle en ce soir de printemps que son cœur exulte de joie.

*

Joseph

Depuis que Jésus a été nommé Rabbi par Maître Hillel, une légère fracture s'est peu à peu installée entre les habitants de Nazareth. Il y a ceux qui lui reconnaissent son ascendant, sa capacité à expliquer les textes de façon simple, s'assurant que tout le monde comprend. Ceux qui aiment sa façon d'aborder les problèmes en aidant les gens à voir et à prendre eux-mêmes leur décision, sans jamais rien imposer. Ils reconnaissent ses dons pour soigner et sa gentillesse infatigable.

Mais bien sûr, il y a les autres, qui le trouvent trop jeune et n'admettent pas qu'un fils de charpentier, encore charpentier, puisse prétendre au titre de Rabbi. Les meneurs de la bande sont Jazouph et Aaron, un des gendres de Rabbi Daniel, jaloux de se voir supplanté dans la maisonnée de son épouse. Il ne perd jamais une occasion de semer le doute sur la valeur de la nomination de Hillel alors que Jésus n'a pas suivi les sept années comme disciple attitré. Il laisse entendre que le grand rabbin aurait un peu perdu la tête sur ses vieux jours, ou que Rabbi Daniel aurait pactisé avec Jésus pour prétendre au titre. Á chaque occasion possible, il insinue que Jésus n'est qu'un usurpateur et que son enseignement n'est pas fondé sur la loi.

En ce jour de Sabbat, les hommes sont à la synagogue et Aaron attend avec impatience l'occasion d'attaquer Jésus, lorsque tout à coup, un bruit de galop et des cris envahissent le Lieu Saint. Rabbi Daniel, suivi de ses disciples et des hommes, sort voir ce qui se passe. Un bataillon de romains a envahi le village. Dans des tourbillons de poussière, les cavaliers malmènent quelques pauvres femmes, vieillards et enfants, qu'ils ont trouvés dans les maisons.

-Que se passe-t-il ? Que faites-vous dans notre village en ce jour de Sabbat, jour Saint de notre Seigneur le Très-Haut ? demande Rabbi Daniel au décurion qui lui fait face, traînant une vieille femme par les cheveux.

-Il y a eu une émeute à Séphoris. Nous cherchons des rebelles.

-Lâche cette femme !

Jésus a parlé avec autorité et regardé le soldat dans les yeux. Surpris, il la laisse aller. Aussitôt, Anna, Marie et Esther prennent soin de la pauvre vieille.

-Depuis quand les soldats romains se battent-ils contre de pauvres vieilles et des enfants ?

-Qui es-tu, toi qui oses défier Rome ?

-C'est le Rabbi Jésus de Nazareth.

Le centurion qui vient d'arriver sur les lieux est celui que Jésus a guéri en revenant de chez Hillel. Il se fait un grand silence. Les nazaréens sont surpris de voir qu'un centurion Romain, l'ennemi, l'impur, connaît Jésus. Qu'est-ce que cela signifie ?

-Rabbi, si les rebelles sont dans la synagogue, livrez-les nous, car nous avons ordre de brûler les villages de ces ennemis de Rome.

-Romain, il n'y a ici aucun rebelle, mais s'il y en avait, nous ne pourrions point te les livrer car c'est ici un Lieu Saint, la Maison du Très-Haut, un Lieu d'Asile.

-Rabbi, tu sais que j'ai en mon pouvoir de détruire ce village et tous ses habitants, ou de vous laisser vivre. Que me diras-tu pour votre défense ?

-Yahvé est mon berger, passerai-je un ravin de ténèbres, je ne crains aucun mal car Tu es près de moi, ton bâton, ta houlette sont là qui me consolent.

Tous les hommes récitent avec Jésus le psaume du bon pasteur.

-Centurion, que faisons-nous ? On met le feu ?

-Non, partons, vous voyez bien qu'il n'y a ici que de pacifiques adorateurs de leur Dieu. Ne perdons pas plus de temps.

Sur ce, il tourne bride et les romains quittent Nazareth. Jésus se penche et parle à l'oreille de Rabbi Daniel, qui, sous le choc, ne bougeait plus :

-Rentrons et prions, car le Très-Haut nous a délivré des mains des impies !

*

Un peu plus tard, Simon vient voir Jésus. La famille est sous le préau, discutant des évènements du matin.

-Jésus, d'où ce centurion romain te connaît-il ? Aaron fait des gorges chaudes et répand dans tout le village que tu es un ami des romains. Nous n'avions pas besoin de cela !

-Encore moins d'avoir le village brûlé et d'être tous tués ! intervient Joseph.

Jésus leur raconte, en abrégeant, l'épisode de la prise d'otages, mais omet de parler de la guérison miraculeuse du centurion, octroyant à Yahvé seul, la raison de leur libération.

-Certains romains reconnaissent que Notre Dieu est le plus grand. Il paraît que beaucoup d'entre eux veulent se convertir et adorer le seul vrai dieu. Peut-être ce centurion est-il de ceux-là ? Propose Joseph, soucieux d'éviter un affrontement entre ses deux fils, toujours divisés sur l'attitude à adopter face aux romains.

- Un jour viendra où tous, Juifs et Gentils, adoreront Yahvé en justice et en vérité.

-Jésus mon frère, j'ai peur pour toi. Fais attention à ce que tu dis, même moi parfois, tu me mets en colère contre toi !

-Simon, toi aussi, fais attention à toi. Tu as une femme et deux adorables enfants. Ne t'engage pas sur une voie qui ne conduit qu'à la désolation et la mort.

-Que veux-tu dire ?

-Je sais que deux rebelles étaient cachés chez toi. Si les romains les avaient trouvés, ce sont des centaines d'innocents qui baigneraient dans leur sang à cette heure.

-C'est vrai, Simon, s'inquiète Joseph ?

-Comment le sais-tu ? C'est Myriam qui espionne pour toi ?

-Non, laisse cette enfant hors de cela. Réfléchis bien Simon. Nous avons eu beaucoup de chance aujourd'hui, mais nous n'en aurons pas toujours.

Il y a un silence. Joseph se lève.

-Excusez-moi, j'ai besoin d'aller marcher.

Il sort. Quelques minutes plus tard, Jésus se lève d'un bond.

-Simon, viens vite.

A deux pas de sa maison, Joseph gît sur le sol, sans connaissance.

-Papa, papa…

Jésus et Simon le portent jusqu'au préau. Marie se précipite.

-Jean, va prévenir Myriam et Ruth

Le garçon part en courant. Joseph ouvre les yeux. Il tend les mains, prend celles de Marie dans l'une, celles de Jésus et Simon dans l'autre. Il sourit, comme envahi d'un infini bonheur :

-Marie, Jésus, les enfants, Merci Yahvé.

Et il s'éteint, dans un dernier soupir.

-Non, non, Joseph, oh Joseph ! Jésus, fais quelque chose, mon Dieu, non, non… se désole Marie en larmes.

Lorsque le reste de la famille approche de la maison, les cris et les pleurs de Marie ne leur laissent aucun doute sur l'issue fatale. Aussitôt, leurs pleurs se joignent aux siens, déchirants.

Simon prend Jésus à l'écart.

-Toi qui soignes tant de malades, ne pouvais-tu pas voir que papa allait mal ? Ne pouvais-tu pas le soigner, le guérir, l'empêcher de mourir !

-Simon, lorsque le Très-Haut rappelle à lui un juste, il ne faut pas intervenir. Joseph est parti à temps, il ne verra pas le déferlement du mal.

Simon repense à l'épisode du matin et se dit simplement que Jésus se réfère aux crimes des romains et aux risques de plus en plus grands d'insurrection et de guerre civile.

Les habitants de Nazareth, alertés par les cris, arrivent peu à peu pour savoir ce qui s'est passé et témoigner leur sympathie. C'est Sabbat, Aaron ne manque pas de faire constater que Jésus a enfreint la loi en portant son père sous le préau, et non en le laissant là où il était, mais heureusement, la sympathie de tous les hommes pour Joseph l'emporte sur le fiel qui, pour cette fois, n'atteint pas son but.

*

Le lendemain, les rites peuvent être assurés. Tout Nazareth rend hommage à Joseph qui était apprécié de tous pour sa gentillesse, sa bonne humeur, ses grandes qualités de charpentier, de constructeur, sa générosité. Il est déposé dans une tombe creusée au creux du rocher, la dalle de pierre est refermée.

Les jumeaux ne sont pas là, les distances ne le permettent pas… Les longs jours de deuil réunissent le clan familial, Simon, Ruth, Myriam et les petits. Marie est effondrée mais fait face à ses obligations avec courage. Jésus ayant donné son droit d'aînesse à Simon, en acceptant de devenir le fils adoptif de Rabbi Daniel, c'est celui-ci qui se retrouve chef de famille. Il n'a que 21 ans.

*

Une semaine après le temps du deuil, Jésus prend Simon à l'écart.

-Ta place est à la maison maintenant.

-Nous étions heureux, dans notre petite demeure. Je ne sais pas comment je vais faire face à l'atelier avec tout le travail et à la maison avec les enfants.

-Je vais t'aider encore un peu. Jean peut commencer à travailler avec toi, Marc aide déjà bien aux champs.

-Nous n'avons plus assez de bras. Élisabeth, les jumeaux, maintenant Joseph... Je crois qu'il faut vendre la vigne, l'oliveraie et le troupeau. Ne garder que quelques arpents pour les légumes, quelques volailles. Nous ne pouvons pas payer des ouvriers. Tu es de plus en plus sollicité pour ta charge de Rabbi, je ne sais pas comment faire face aux commandes.

-Tu as toujours été bien meilleur que moi pour les questions de commerce, je te fais confiance, fais comme tu le sens.

-Ruth a pris l'habitude d'être la maîtresse de maison, cela va lui être difficile de venir sous la coupe de Marie.

-Ne t'inquiète pas pour les traditions. Ne connais-tu pas maman ? elle sauvera les apparences mais ne contrariera jamais Ruth.

-Oui, tu as raison, au moins, elles s'entendent bien et elles s'aiment. Mais, que de changements soudains ! Je n'arrive pas à me faire à l'idée que papa ne soit plus là. C'était un roc ! Je l'ai tant aimé, et je lui ai causé bien du souci.

-Tu lui as apporté beaucoup de fierté et de bonheur. Il est mort en remerciant l'Éternel.

-J'espère que Simon-Joseph lui ressemblera !

-Au moins, la présence de nos deux petits trésors va nous aider tous à traverser ce chagrin.

Marie de Magdala

-Marie, te rappelles-tu de ce que je t'ai confié au sujet de ma sœur Rebecca et de sa fille Marie ?

-Bien sûr Esther, comme promis, nous avons prié pour elles.

-Je viens de recevoir d'excellentes nouvelles ! Marie a épousé Lévi, ils ont eu un petit garçon le mois dernier. Depuis, ma sœur et son mari n'ont plus peur et toute leur famille va venir pour le mariage de Jonas !

-Quel bonheur pour toi et les tiens. Le mariage du plus jeune de tes fils va nous apporter un peu de gaité. J'avoue que nous en avons bien besoin car nous avons tous du mal à nous remettre du départ de Joseph.

-Comme je te comprends Marie, vous étiez un couple si uni, il était dans la pleine force de l'âge, personne ne le voyait malade. Quelle tragédie. Je n'ose imaginer comment je réagirai si l'Éternel rappelait à lui Joachim.

-Nous avons eu tant de bonheur… mais je n'ai pas le droit de me plaindre, grâce à Ruth et Simon, nous avons deux petits êtres qui nous apportent beaucoup de joie. Ceux que l'on aime nous quittent, certains rappelés par l'Éternel, les enfants grandissent et partent parfois au loin, mais le Seigneur donne en abondance, quel que soit notre peine ou nos malheurs, la vie nous réserve toujours d'autres joies, de nouvelles raisons de continuer le chemin en remerciant pour la profusion des grâces qui nous sont offertes.

-Je t'admire Marie,

-Oh, il n'y a vraiment pas de quoi.

*

Les deux femmes sont devenues très proches au fil des années ; avec Anna, l'épouse de Rabbi Daniel, elles partagent souvent les soins auprès des plus pauvres, des malades, des isolés. Elles se font confiance, s'entraident, prient ensemble. Marie, qui n'a pas eu de sœur, chérit particulièrement leur amitié.

*

Le mariage de Jonas et de Daphné réunit le village. Au grand soulagement d'Esther, Rebecca et sa famille sont accueillis par tous sans réserve, le mariage de Marie avec Lévi et la naissance de leur fils ayant fait taire les préjugés d'autrefois.

Jésus est en train de danser avec les jeunes hommes lorsque son regard croise celui de Marie. Il est saisi par un de ses flashs qui le projettent dans l'avenir. Troublé au plus profond de son âme, il quitte la danse et va trouver sa mère. A sa vue, elle sait tout de suite que quelque chose le bouleverse.

-Mère, il faut que tu passes un message à Marie de Magdala.
-Qu'y a-t-il ?
-D'effroyables épreuves l'attendent. Il faut qu'elle sache que quoi qu'il arrive, quoi qu'elle soit amenée à faire, quelles que soient les apparences, Dieu l'aime. Elle pourra toujours se tourner vers Lui, Il ne la rejettera pas.
-Tu me fais peur. Je ne sais que dire…
-Moi, je crois que je peux, déclare Myriam, qui a tout entendu.

Sans plus attendre, elle va trouver la jeune mère qui s'est cachée pour donner le sein à son fils.
-Bonjour Marie, je suis Myriam, la sœur de Jésus, le plus grand Rabbi de tous les temps !
-Tu parles de ce très jeune rabbi nommé par Hillel ? Il ne fait pas l'unanimité si j'ai bien compris, mais ma famille semble penser comme toi, répond Marie en souriant.

-Eh bien, si un jour tu as des ennuis, quels qu'ils soient, viens me trouver, je te conduirais à lui, et il te guérira si tu es malade.

-Pourquoi me dis-tu cela ?

-Je n'ai pas tout compris, mais il se fait du souci pour toi, il veut que tu saches que Dieu t'aime.

-C'est fort aimable de sa part, mais je le sais, puisque le Très-Haut m'a donné un mari et un fils.

-Alors, tout va bien, à plus tard.

Myriam s'éloigne, laissant Marie légèrement médusée.

*

Deux jours après les fêtes, Rebecca et sa famille repartent pour Magdala. La route est longue, les deux femmes et le bébé s'endorment dans la charrette tirée par un mulet conduit par les deux maris. Des membres de la famille de Lévi les ont accompagnés, la petite troupe se compose de cinq hommes, cinq femmes et douze enfants. Ils quittent la voie romaine et coupent par les sentiers de montagne. Alors qu'ils débouchent sur une clairière, ils sont soudain entourés de soldats romains menaçants.

-Décurion, ils sont armés !

-Nous avons simplement de quoi nous défendre contre les bandits de grands che…

Le père de Lévi n'a pas le temps de finir sa phrase, un soldat lui plonge l'épée en plein cœur.

-Arrêtez, c'est moi qui donne les ordres. Videz le charriot, fouillez les tous.

-Décurion, pourquoi prendre des gants avec ces rebelles, les hommes ont soif de vengeance !

-Le centurion veut des prisonniers, il veut les juger pour l'exemple !

-Bon, on embarque les hommes et on passe les femmes et les enfants par l'épée, ça fera du bien à la troupe.

-Les soldats rient. Marie s'interpose.

-Romains, ne tuez pas les enfants, comment justifier d'une telle barbarie ! Ils n'ont rien fait, pourquoi les accuser ?

-Eh, elle est belle la garce ! On pourrait peut-être s'amuser un peu avant de la tuer, commente un romain.

-Attends ! bas les pattes ! ce n'est pas de la marchandise pour soldat ça, on nous en donnerait cher pour un lupanar de Césarée, remarque le décurion.

-Alors, plutôt mourir, mais épargnez les enfants ! Quels Dieux les romains adorent-ils pour ne pas en craindre les foudres ?

Les hommes sont tenus à l'écart, une épée placée sur chaque gorge. Les soldats s'amusent, ils retirent les voiles des femmes, commentent leur âge et leur beauté respective. Ils sont de plus en plus grivois, la lubricité l'emportant petit à petit sur les envies meurtrières. Les enfants terrorisés, sont groupés et attachés.

Le décurion observe sa troupe et sait qu'il doit lui laisser un peu de lest. Les soldats ont été harcelés par les zélotes ces derniers temps, plusieurs des leurs ont été tués dans des guets-apens, ils sont de plus en plus difficiles à mener tant la violence bouillonne en eux.

-Prenez la vieille pour vous amuser, quand vous aurez fini, achevez là.

-Non ! Hurle Marie en les voyant saisir sa mère. Son cri est si strident que les soldats, interloqués s'arrêtent.

-Décidément, cette garce a du caractère, celui qui la domptera fera fortune ! Alors, écoute-moi bien, je te mets un marché en main : je te laisse la vie sauve ainsi qu'à cette vieille, et tu me laisses te vendre à Césarée, sinon, je la livre aux soldats.

En un éclair, Marie comprend qu'il ne lui reste plus d'espoir.

-Tu libères cette femme et tous les enfants, et j'accepterai l'esclavage sans me donner la mort.

-Marie, non ! supplient les hommes et les femmes de sa famille.

-Obione, mets ces deux femmes et les enfants dans la charrette, emmène-les et attends-moi à l'entrée de la voie de Césarée.

-Rebecca, en état de choc, est incapable de parler. Les enfants tremblants montent à ses côté. Marie serre son bébé contre son cœur. Elle a le courage de se tourner vers ceux qui restent, connaissant le supplice qui les attend.

-Que Dieu te pardonne ! lui lance Lévi, alors qu'un romain plonge son épée dans sa gorge.

-Le bruit des corps des hommes qui tombent n'est rien à côté des hurlements des femmes… Marie berce son fils, l'âme transpercée. En cet instant terrible, elle est morte plus que tous ceux qui ne reverront jamais le jour.

*

-Ce ne sont que de longues semaines plus tard qu'on apprendra à Nazareth que la famille de Rebecca n'est jamais arrivée à Magdala. Personne ne sait ce qui s'est passé : des brigands ? Des romains ? Des zélotes ?

-Les yeux verts de Marie : Satan les a tous emportés, ricane un jour Jazouph en passant près d'Esther.

-Celle-ci, effrayée, va se confier à Marie.

-N'écoute pas ce malfaisant. Cela n'a rien à voir avec les yeux de ta nièce ! Les temps sont vraiment trop difficiles !

-C'est de ma faute. S'ils n'étaient pas venus au mariage de Jonas, ils seraient encore à Magdala, sains et saufs.

-Nous ne savons pas, peut-être sont-ils vivants ? Tu n'y es pour rien.

-Marie se souvient du pressentiment de Jésus sur les épreuves qui attendaient Marie de Magdala, mais ne veut pas en parler à son amie.

-Garde l'espoir, prions…

Elle berce Esther, en larmes, dans ses bras.

*

An XXIV de notre ère

Rabbi Daniel

Jésus et Simon sont à l'atelier lorsqu'Anna arrive en courant :

-Jésus, viens vite. Daniel a été pris d'une douleur soudaine à la poitrine, il a du mal à respirer, il est couché.

Quelques minutes plus tard, Jésus entre dans la pièce où repose le rabbi. Celui-ci lui tend les mains et l'invite à venir auprès de lui.

-Jésus, je veux te demander pardon. J'ai été un âne,

-Maître

-Ne m'interromps pas, je sais que mon temps est compté. Lorsque Joseph est venu me trouver il y a de cela 25 ans, pour me dire que sa fiancée Marie était grosse, mais pas de ses œuvres, et qu'il souhaitait la répudier en secret pour lui éviter la lapidation, j'ai pensé qu'il était généreux. J'aimais beaucoup Marie, j'ai cru qu'un soldat avait abusé d'elle. Puis, quand Joseph est revenu me dire qu'un ange lui était apparu en songe, lui avait demandé d'épouser la mère et d'élever l'enfant, j'ai cru qu'il inventait cette histoire, car l'amour de son cœur était si grand qu'il ne pouvait laisser partir sa bien-aimée et préférait élever le bâtard plutôt que de la perdre. Parce que je les appréciais tous les deux, j'ai accepté de ne rien dire et je les ai mariés. Aussitôt après, ils sont partis pour Bethléem. C'était une bonne idée d'utiliser ce recensement pour s'éloigner, ainsi, personne ne pourrait calculer le nombre de lunes entre leur mariage et ta naissance.

Rabbi Daniel respire très fort, comme s'il cherchait de l'air et fait signe qu'il veut continuer :

-Lorsqu'ils sont revenus à Nazareth, tu étais un petit garçon de 7 ans. Oh, bien sûr, tu étais si grand que les mauvaises langues ont jasé, mais Marie était si douce, si adorable et Joseph si serviable, que peu à peu, la rumeur s'est tue. Quand pendant des années, ils n'ont pas eu d'autre enfant, j'ai cru que l'Éternel les punissait, que peut-être ils avaient fauté, et moi qui n'avais pas de fils, je pensais que c'était juste peine pour les avoir mariés en connaissant leur péché. Tu as grandi, tu étais si intelligent, si brillant que je me disais que le châtiment de l'Éternel n'était pas bien méchant. Lorsque Joseph a adopté tous les orphelins de Simon et Rachel, là encore, je n'ai pas compris. Tu as cru en sagesse, en bonté, en savoir, et je ne t'ai pas reconnu. Lorsque Nicodème m'a dit que tu serais sans doute un grand prophète, je n'ai rien compris, je croyais te connaitre si bien, moi qui étais aveugle en présence de la lumière. Quand Hillel t'a nommé Rabbi, j'ai été fier de moi, comme si mon enseignement y était pour quelque chose, et là encore, je n'ai pas su te reconnaître. Je vivais près de toi, je te parlais, je te voyais, je t'aimais comme un fils, et j'étais incapable de comprendre qui tu étais. Moi, petit rabbin de Nazareth, sans passé ni sans gloire, j'ai eu le privilège de côtoyer le Messie d'Israël et je n'ai pas su l'adorer. Me pardonneras-tu jamais ?

-Mon bon Maître, ton nom est inscrit au Livre des Justes. Les générations te diront Bienheureux.

-Mes yeux ont vu le Sauveur d'Israël, Béni soit l'Éternel à jamais.

Anna pousse un grand cri et se précipite sur son époux qui vient de rendre son dernier souffle.

Jésus lui pose le bras sur les épaules. Elle se tourne vers lui.

-Seigneur, emmène-moi dans ta maison, lorsque le temps de deuil sera passé.

-Tu viendras vivre avec nous Anna, mais ne m'appelle-pas Seigneur.

-Pourtant, tu l'Es !

-Ne dis à personne ce que tu as entendu, promets-le moi.

-Je ferai ce que tu diras.

-Courage. Maintenant, je vais prévenir tes enfants.

*

La mort de Rabbi Daniel dévaste la petite communauté, si proche de son rabbin, dont le dévouement sans faille et la bonté les a accompagnés pour beaucoup tout au long de leur vie.

Aaron fait courir le bruit que Jésus est la cause de tous les malheurs, que ses relations avec les païens ont entrainé la colère de Yahvé. Ces paroles de haine glissent sur les cœurs purs, mais en pénètrent d'autres. Les ronces poussent…

*

La veille du Sabbat qui suit la fin du deuil de Rabbi Daniel, Anna vient s'installer chez Simon. Le soir, les parents de Ruth sont invités, ainsi que Matthias, son fils et Naomi. Simon laisse à Jésus la direction de la bénédiction. Après avoir béni et partagé le pain et le vin, il leur annonce :

-Mes amis, le temps est venu pour moi de quitter Nazareth.

-Pourquoi ? Rabbi Daniel t'a désigné comme son successeur !

-Vous savez très bien que beaucoup ne sont pas prêts à m'accepter. Prendre la place de Rabbi Daniel provoquerait un scandale, et malheur à celui par qui le scandale arrive.

-Que feras-tu ?

-Je vais rendre visite à Maître Hillel et à Maître Jaïre, puis me retirer un temps au désert pour prier. Il se peut que j'aille rejoindre Jean. J'attendrai la parole du Père. Mais vous, que votre cœur ne soit pas triste, car je serai avec vous, même si vous ne me voyez pas.

Jean et Marc pleurent. Myriam demande, retenant elle aussi ses larmes :

-Tu seras de retour pour mes noces ?

-Bien sûr petite sœur, je te le promets.

*

Plus tard, Simon entraîne Jésus à l'écart.

-Je comprends que tu partes, mais comment vais-je faire pour nourrir une si grande famille ! En plus, tu as rajouté Anna !

-Simon, Simon, quand vous êtes arrivés, toi, tes frères et Myriam, c'est ce que m'a dit Joseph. Or, avez-vous jamais manqué de quoi que ce soit ? de nourriture, de chaleur, de lumière, de vêtements ? te rappelles-tu ce que j'avais dit à Joseph ce soir là ?

-Comment pourrai-je jamais oublier tous les détails de ce jour. Tu lui as dit « Dieu y pourvoira. »

-Alors Simon, ne doute plus, et crois.

Simon sourit et répète :

-Dieu y pourvoira.

*

Les chemins de solitude

-Il est encore très tôt, Marie s'affaire à préparer le pain avant que son petit monde ne se réveille lorsque Jésus s'apprête à partir.

-Tu ne les attends pas ?

-Non mère, le départ serait encore plus déchirant pour eux. Sois bénie et veille sur eux.

Le soleil se lève à peine sur Nazareth lorsque Jésus s'éloigne sur la route qui conduit à la voie romaine. Comme trois ans auparavant, il gagne les chemins de traverse et se dirige vers Eretz. Il se souvient de son précédent voyage, des longs discours de son Maître, de tous ces moments partagés… Un grand élan d'affection porte son cœur vers ceux qui l'ont accompagné dans cette vie terrestre et dont l'affection voilait les yeux sur sa vraie nature. Aujourd'hui, auprès du Père Céleste, ils découvrent la mission de celui qu'ils ont aimé sans le reconnaître, ils comprennent que le disciple était le Maître qui les a conduits et que leur départ de cette terre les préserve des déchirements à venir. Mère, oh ma douce mère… elle ne sera pas épargnée… Jésus la voit au pied de la croix, associée à l'œuvre salvatrice, écrasée de douleur. Il s'arrête, troublé comme à chaque fois que le poids de sa mission se révèle à lui. « Oh Père, est-ce l'unique chemin ? Aide-moi, donne-moi la force de combattre les forces du mal, accorde-moi de semer de la joie sur mon chemin, de guérir les hommes de tous leurs maux, de les ramener à Toi, que pas un de ces petits que tu m'as confiés ne soit perdu… »

Plongé dans la prière, il passe ainsi trois jours et trois nuits sans manger ni dormir.

*

La mort d'Hillel

Lorsqu'il reprend son chemin, il se sent à la fois porté et angoissé. Il n'est pas encore arrivé à Eretz que la terrible nouvelle lui parvient à travers les cris et les pleurs qui montent de la ville : il arrive trop tard, la veille les romains ont tué Maître Hillel. La confusion est grande, certains disciples ont eux aussi été battus à morts, d'autres ont disparu sans que l'on sache s'ils se cachent ou s'ils sont prisonniers. L'incompréhension, la stupeur, la colère se disputent les cœurs des habitants de la petite bourgade de Galilée. C'est la première fois que les romains s'en prennent à un grand rabbi, un Maître aimé et admiré de tous. Quelques jeunes disciples prient sous le figuier du jardin, les yeux noyés de larmes. Jésus s'approche d'eux, personne ne reconnaît en lui le jeune homme venu il y a trois ans pour devenir disciple et reparti avec un titre de rabbi sans avoir effectué les sept années d'études requises. Jésus a pitié d'eux, le berger a été frappé, les agneaux sont sans protection. Il s'adresse à eux :

-Ne laissez pas votre cœur se troubler, confiez votre peine à l'Éternel, Il fera grandir en vous la compassion et la compréhension. Écrivez l'enseignement que vous avez reçu de Maître Hillel, ses pensées, ses maximes, ses commentaires des écritures, afin que tout cela puisse être transmis aux générations futures. Le grand rabbi était un juste, il reçoit à présent sa récompense auprès du Très-Haut, son nom sera connu et vénéré dans les siècles à venir, jusqu'aux confins de la terre.

Pendant des heures, Jésus parle, apportant une paix infinie aux cœurs meurtris des disciples, leur redonnant courage, leur fixant des consignes, leur ouvrant l'esprit. A la nuit venue, il souffle sur eux, les regarde s'endormir le sourire aux lèvres, puis s'en va.

Quelques heures plus tard, à leur réveil, les jeunes gens le cherchent. Qui est-il ? Qui est venu leur parler ? Qui a transformé de grands enfants perdus en jeunes gens confiants et fiers ? Que s'est-il passé ? Ont-ils partagé le même rêve ? Était-ce une vision ? Un ange ?

- Et si c'était le Messie ? Propose l'un d'eux.

- Nathanaël, si c'est lui, pourquoi a-t-il disparu ?

- Mon cœur me brûle, je n'aurai de cesse de le retrouver.

*

Chez Jaïre

Jésus arrive à Capharnaüm chez Jaïre. Thomas, fou de joie se jette à son cou.

-Quel bonheur de te voir ! Quelles nouvelles nous apportes-tu ?

Quelques minutes plus tard, ce sont des larmes qui coulent sur les joues du jeune homme.

-Avec ce que tu me dis, je n'ai plus envie de retourner à Nazareth. J'ai fini mes années d'apprentissage, Maître Jaïre m'a proposé de me garder à son service comme pâtissier, j'hésitais encore, mais je crois que je vais dire oui. Ce serait bien que notre famille vienne s'installer ici. Qu'en penses-tu ?

-Simon restera sans doute là-bas, auprès de la famille de Ruth. Myriam ira vivre à Cana après son mariage ; pour les autres, je ne sais pas encore.

-Je vais avoir de bons gages, je pourrai m'occuper de maman et de Marc, cela aidera Simon.

-Tu es un bon garçon, ta proposition t'honore. Nous en reparlerons.

-Et toi, qu'as-tu décidé ?

-Je vais passer quelques jours ici, puis je vais me rendre à Sékoka. Ensuite, j'irai au désert pour prier afin de connaître la volonté du Père Céleste.

-Ah Jésus, on m'a dit que tu étais là et je viens d'entendre ce que tu as dit. Reste ici aussi longtemps que tu le désires. Je suis bien content de te voir car justement, j'ai à te parler.

-Merci Maître Jaïre, je vous écoute.

-Viens, allons marcher dans le jardin. A plus tard Thomas, surpasse- toi pour ce soir, nous avons un invité de marque !

Une brise légère venant de la Mer de Galilée fait danser les feuilles des oliviers. Le jardin embaume les plantes aromatiques, la température est idéale, les bruits de la ville sont suffisamment lointains pour que la paix inonde la soirée naissante.

-La ville de Capharnaüm se développe considérablement, le commerce avec les villes de la décapole est fleurissant, la mer regorge de poissons, la synagogue a triplé ses membres en trois ans. On vient de me proposer de prendre le poste de grand rabbin. Mes fils ne demandent pas mieux que te prendre ma suite pour gérer mes différents commerces, afin que je puisse me consacrer complètement à ma charge. Qu'en penses-tu ?

-C'est un grand honneur que vous méritez, Maître Jaïre. Vous êtes un sage, vous savez écouter, votre cœur est ouvert à tous, votre esprit curieux ne se contente pas des vieux préceptes mais cherche sans cesse à comprendre ce que l'Éternel attend de ses enfants. Vous ferez un excellent grand rabbin et je m'en réjouis.

-Je ne te demandais pas de me flatter !

-Vous savez bien que je ne dis que ce que je pense.

-Cela te vaut d'ailleurs souvent des ennuis. Ah Jésus, quelle joie de partager cette décision avec toi. Je vais donc la confirmer dès ce soir et tu seras mon hôte d'honneur.

-A quel titre ?

-Je vais avoir besoin d'aide. Tu as beau être encore très jeune, ton jugement est sûr, le grand Maître Hillel ne s'est pas trompé. S'il te juge apte à être rabbi, j'emboite son pas.

-Savez-vous ce qui s'est passé à Eretz ? La nouvelle est-elle arrivée jusqu'ici ?

-Laquelle ?

Jésus raconte la tragédie survenue quelques jours plus tôt. Maître Jaïre est effondré.

-Allons à la synagogue, prévenons tous les hommes. Hélas, ma prise de responsabilité ne se fera pas sous le signe de la joie mais sous celui du deuil.

*

Le désespoir est grand parmi la communauté juive de la ville. Des émissaires venant d'Éretz sont également arrivés. La diffusion de l'information s'organise pour porter la nouvelle au travers de la Galilée, de la décapole et jusqu'en Judée, car la renommée d'Hillel allait jusqu'à Jérusalem. Il faut agir avec prudence, car le risque d'une insurrection menée par les zélotes ne pourrait que se solder en un terrible bain de sang, les forces d'Hérode et des romains étant plus nombreuses, mieux armées, mieux organisées.

*

Jésus reste trois mois auprès de Jaïre, puis il se met en route pour Sékoka.

-Tu auras toujours une place ici, Jésus de Nazareth.

-Merci maître Jaïre, je reviendrai.

-Embrasse bien Jacques de ma part et revenez tous les deux !

-Ne t'inquiète pas petit frère, à bientôt.

*

Jésus à Sékoka

Lorsque Jésus arrive à Sékoka, il demande à rencontrer Osnia. A sa vue, celui-ci tombe face contre terre.

-Béni sois-tu Seigneur, toi qui viens rendre visite à tes enfants.

Jésus le relève et l'entraîne à l'écart dans le jardin.

-Ne fais pas cela, on ne se prosterne que devant Dieu.

- Ce matin, l'Ange du Très-Haut m'est apparu et m'a annoncé la visite du Messie d'Israël.

-Béni sois-tu Osnia, toi à qui le Père Céleste a révélé la face de son fils. Reste avec moi et tu verras le fils de l'homme monter et descendre des cieux. Mais aujourd'hui, je te l'ordonne, ne dis à personne qui JE SUIS, ne m'appelle plus Seigneur, mais Rabbi.

-Toute notre communauté attend le berger d'Israël.

-Un jour viendra où le berger sera cerné par les loups et toutes les brebis s'échapperont, ce jour-là il y aura grande désolation et grand doute, même parmi les plus purs, mais trois jours après, le berger aura triomphé des loups. Il rappellera à lui toutes ses brebis et pas une ne sera perdue. Je ne suis pas venu pour les justes, mais pour les brebis perdues d'Israël. Cesse de juger selon tes enseignements mais ouvre ton cœur. Je t'apprendrai à lire dans les âmes et à discerner le loup déguisé en brebis et la brebis maquillée en loup.

-Je suis prêt à faire tout ce que tu me diras et avide d'apprendre tout ce que tu m'enseigneras.

-Alors, commence par regarder tes frères et tes sœurs. Tu n'as ni à baisser les yeux, ni à détourner le regard, ce qui fait supposer que tu leur es supérieur et qu'ils sont dans le péché, car le Père Céleste aime tous ses enfants. Il sonde le cœur et les reins et cherche leur amour. Là où Il le trouve, Il déverse ses flots de miséricorde, c'est pourquoi je te le dis, des prostitués et des publicains précèderont beaucoup qui se croient juste dans le Royaume de Dieu.

-Je suis prêt à te suivre.

-Reste ici, tu échapperas au triste spectacle du déchaînement de haine qui déferlera contre moi.

-Seigneur, même si tu as des ennemis, regarde l'immense amour de ton peuple qui s'exprimera avec force lorsqu'il comprendra que tu Es parmi nous !

-En vérité, je te le dis, Israël me donnera plus de haine que d'amour. Les forces des ténèbres se déclencheront et tenteront de tout dévaster sur leur passage. Ce n'est que dans les derniers temps que les Fils de Lumière guideront toutes mes brebis en un seul peuple, de l'orient à l'occident et que le nom du Fils de l'Homme sera invoqué et loué par la postérité d'Abraham.

-Seigneur, si tes ennemis osent un jour t'attaquer, le peuple prendra les armes pour protéger l'oint du Seigneur !

-Ce n'est pas par les armes, mais par l'Amour que les fils des ténèbres seront vaincus. Ce n'est pas la mort qui m'attriste, mais les péchés des hommes. Pas ceux qui se repentent, mais ceux qui préfèrent écouter la voix du mauvais, du grand menteur et demeurer dans ses ténèbres car ils ont peur de marcher vers la lumière. C'est pourquoi, je te le dis, vous serez tous scandalisés de voir l'Agneau marcher seul vers l'abattoir comme l'a prophétisé Isaïe : « *Yahvé a fait retomber sur lui nos fautes à tous. Maltraité, Il s'humiliait, il n'ouvrait pas la bouche. Comme un agneau qui se laisse mener à l'abattoir, comme devant les tondeurs une brebis muette, il n'ouvrait pas la bouche...*

-Yahvé a voulu l'écraser par la souffrance. S'il offre sa vie en sacrifice expiatoire, il verra une postérité, il prolongera ses jours et par lui la volonté de Yahvé s'accomplira. Il s'est livré lui-même à la mort et il a été compté au nombre des criminels, alors qu'il portait le péché des multitudes et qu'il intercédait pour les criminels.»

-Je vois que tu as compris, Osnia. Je vais rester quelque temps parmi vous. Malgré votre foi et votre désir sincère d'adorer le Père en Esprit et en Vérité, le Malin a trompé un certain nombre d'entre vous. Je viens vous éclairer avant de commencer ma mission de salut.

-Tu es ici chez toi, nous ne demandons qu'à être éclairés et à vivre selon les préceptes du Très-Haut. Jean est parti prêcher un baptême de repentance sur les bords du Jourdain. Jacques et Philippe l'ont rejoint. D'autres frères souhaitent également s'y rendre. Qu'en penses-tu ?

-*« Il est la voix qui crie dans le désert préparez les chemins du Seigneur. »*

-Élie ?

-Tu l'as dit.

*

Le soir, Osnia s'adresse à l'assemblée :

- Fils de lumière, voici que le plus grand d'entre nous est descendu parmi nous. Il va nous accompagner quelques temps afin que nous puissions progresser sur les chemins de lumière. Voici : Jésus, celui que tous les cœurs purs attendent.

- Mes amis, qu'il m'est doux d'être parmi vous ce soir. Je viens afin de me préparer à ma mission et de vous éclairer quant à la vôtre. Ce que vous faites est agréable au Père Céleste, chacun de vos noms est inscrit sur le grand livre des justes et vos places sont préparées dans le Royaume. Cependant, il vous reste encore beaucoup à apprendre. Voyez le sel que l'on recueille de la Mer Morte : il est filtré, préparé, écrasé, puis distribué aux quatre coins du Royaume. Il suffit juste de quelques grains de ce sel pour donner aux plats leur saveur. Vous êtes le Sel de la Terre. Vous allez être broyés, écrasés, éparpillés… Mais lorsque cette heure viendra, ne désespérez pas, car ce sera la main de l'Éternel qui vous saisira. Á quoi serviraient les montagnes blanches qui bordent la mer si elles y restaient ? Elles se solidifieraient comme la statue de la femme de Loth !

Vous avez raison de vous réjouir d'avoir été choisis dès le sein de votre mère pour être ainsi mis à part, pour vous consacrer entièrement à servir et louer le Seul et Unique Dieu. Mais si vous ne le faites que pour vous-mêmes, si tous vos renoncements, tous vos sacrifices n'ont pour but que de sauver votre âme, alors, mes amis, vous êtes perdus, vous n'êtes plus qu'airain qui sonne ou cymbale qui retentit ! Car ce n'est pas pour vous que Yahvé vous a ainsi prodigué tant de dons et de sagesse, mais pour le Salut du Monde. Vous vous dîtes « fils de lumière », et c'est vrai, vous l'êtes, mais quel en est votre mérite ? Ne fanfaronnez-pas, ne vous gonflez-pas d'orgueil. Ne jugez pas, et vous ne serez pas jugés. Ne condamnez pas, et vous ne serez pas condamnés.

L'homme utilise la force du bœuf pour tirer la lourde charrue, le pas sûr du mulet pour porter de lourdes charges dans les sentiers périlleux de la montagne, la vitesse du cheval pour livrer les nouvelles importantes. Mais qui peut dire quel est le plus grand de ces trois animaux. Chacun a sa charge, sa raison d'être.

Oui, il y a des fils des ténèbres qui se sont détournés du Père Céleste. Est-ce leur faute ou celle du Tentateur ? Lorsqu'un enfant se perd sur un chemin difficile, n'allez-vous pas à sa recherche ? S'il est tombé dans un ravin, n'allez-vous pas le chercher et le soigner ? Le chassez-vous pour son erreur ?

Le Père vous a choisi pour le servir. Vous porterez beaucoup de fruits. Un jour, il y aura des monastères aux quatre coins de la terre où des hommes, comme vous, consacreront leur vie à prier, à recopier les Livres Saints. Comme vous, ils mettront tout en commun et formeront des communautés unies. Comme vous, certains se consacreront à soigner leurs semblables, d'autres à enseigner, d'autres à étudier les Saintes Écritures. Comme vous, ils seront UN. Mais pour que l'arbre porte des fruits, c'est au nom de la Charité Sainte, de l'Amour de Dieu et de tous les hommes : fils de Lumières et Fils des Ténèbres, Juifs et Païens que ces hommes, comme vous, se sépareront du monde, non pour le condamner, mais pour le sauver.

Il règne dans l'assemblée un silence palpable. Chacun médite en son cœur les paroles nouvelles qu'ils viennent d'entendre. Beaucoup sont profondément troublés : ils ne peuvent mettre en doute les paroles de Jésus qui résonnent dans tout leur être avec une vibration jusque là inconnue, mais leur croyance ancrée sur la séparation « des bons et des méchants » est si forte qu'ils ont beaucoup de mal à imaginer comment prier et faire des sacrifices, non seulement pour les leurs, les Fils de Lumière, mais pour leurs ennemis, les Fils des Ténèbres. Jésus perçoit leur inquiétude, alors il propose :

-Ensemble mes frères, offrons notre souffle uni au Très-Haut, à l'ineffable, à celui dont le nom même ne peut être prononcé et dont on ne peut parler que par ses attributs : Père Céleste, le Très-Haut, l'Éternel, le Dieu de nos Pères, Yahvé, offrons lui le Grand Amen, celui par lequel l'homme se fond en Dieu :

-

A...

Il semble que les monts alentour vibrent à la force de ce son prononcé du centre vital de chacun des membres de l'assemblée,

M..

Ils ne sont qu'un seul son, un seul souffle, une puissance extraordinaire capable de les transporter hors du temps et de l'espace,

N..
.....

Mille Anges et Séraphins répercutent cette vibration aux quatre coins de la terre. Une brise légère se lève, des milliers d'hommes et de femmes soupirent d'aise, appréciant un moment de paix, sans avoir d'où vient ce doux sentiment qui soudain, remplit leur âme.

NAZARETH

Fin de la première partie

NAZARETH

Suite :

Les Quatre Evangiles
par

Mathieu, Marc, Luc et Jean

NAZARETH

Un mot de Myriam

Jésus, vous pensez peut-être le connaître. On vous a appris qu'il est né à Bethléem en Judée ; qu'il a été élevé à Nazareth, en Galilée ; qu'il a prêché dans les provinces de Galilée, de Judée, de Samarie et de Décapole ; qu'il a été trahi par Judas Iscariote, un de ses proches ; qu'il a été condamné à mort, crucifié sous Ponce Pilate, Gouverneur de Judée ; qu'il est mort, qu'il a été déposé au tombeau ; qu'il est ressuscité le troisième jour ; qu'il a mangé et bu avec ses disciples et qu'il a été vu par plus de 500 d'entre eux avant de s'élever au ciel…

Peut-être que vous y croyez, peut-être que vous doutez un peu, ou beaucoup…

Moi, Jésus, je le connais. Il m'a fait sauter sur ses genoux et porté sur ses épaules lorsque j'étais enfant. Je l'ai vu rire, et je l'ai vu pleurer. Je l'ai vu faire la fête avec ses amis, et je l'ai vu prier. Je l'ai écouté, je l'ai suivi sur les chemins… J'étais là, avec notre mère Marie, lorsqu'il a été cloué au bois du supplice. J'étais là, avec Marie Madeleine, lorsque nous avons découvert le tombeau vide. J'étais là, lorsqu'il est apparu après sa résurrection, lorsqu'il a été élevé au ciel…

Moi, simple jeune fille, la « petite Myriam », je l'ai connu, je l'ai aimé, j'ai essayé de le comprendre, de le suivre… Lui qui était totalement homme et qui Est totalement Dieu.

Alors, peut-être, en lisant l'histoire telle que je l'ai vécue, vous aussi, vous apprendrez à mieux Le connaître, mieux L'Aimer. Vous aussi, vous aurez envie de Le suivre, de Le comprendre, de mettre son enseignement en pratique, et vous aussi, vous aurez envie de dire ces paroles : « Mon Frère Jésus, mon Seigneur, et mon Dieu. »

La « petite Myriam »

Note de l'auteur PS : *Un commentaire important et un peu "insolite". Avant mon voyage en Israël, je n'avais pas de position précise sur la virginité de Marie et, ayant vécu de longues années dans des pays à dominance protestante, je trouvais la polémique stérile. Or, en me trouvant dans l'abbaye de la dormition, j'ai eu "une révélation» : d'un seul coup, il m'est apparu « évident et essentiel » que Marie soit vierge. Je suis incapable de dire pourquoi, mais c'est une « vérité qui s'impose à moi ».*

J'ai eu beaucoup de discussions sur ce sujet avec de nombreux membres de mon comité de relecture, qui tous avaient d'excellents arguments contre cette position qui leur semble, aux yeux de notre civilisation actuelle, une aberration. Malgré cela, et même si je sais que je risque de perdre des lecteurs à cause de cette orientation, je n'ai pas changé tant ma conviction est aujourd'hui profonde.

Une de mes relectrices a consulté une amie psychiatre et sexologue, car ma position la troublait. Ce médecin lui a confirmé qu'il existe de très nombreux couples qui vivent de façon fusionnelle sans qu'il y ait, pour une raison ou une autre (impuissance suite à une maladie, homosexualité de l'un des membres du couple...) de relation sexuelle entre eux.

Je suis toutefois convaincue de l'importance de l'aspect physique dans la relation de couple. C'est pourquoi, j'ai reporté sur Simon et Ruth l'éloge de la beauté de l'union totale de l'homme et de la femme.

Remerciements

Merci à mon comité de relecture :

Nelly Waysbaum, Sylvie Lafont, Dr. Erwan Cherruel, Maryse et Christian Terras, Dr Guedj, Pascal et Marie-Michèle de Sloover, Florence Abelard, Dominique et Jean-Christophe Turlan, Alain Bridenne, Marie-Christine Lefebvre, Mireille Tempez, Jean-François Bonnet, Marie-Andrée Tétat, Fanny Gérard, Pascale et Antonio Mérida, Père Emmanuel Gougaud, Jean-François Pioffret, Sœur Marie-Ange.

Et Merci à l'équipe de contrôle qualité : Anne-Marie Visse, Marie-Astrid Lemercier, Sylvie Lafont, Pascal de Sloover, Didier Ribeiro.

Bibliographie :

La Bible de Jérusalem : Editions du Cerf

Le Nouveau Testament : Editions Fleurus

Evangile selon Saint Jean : Texte intégral commenté, Nicole de Monts, Dominique Clénet, P. Eric Morin, Edition le Sénevé, CERP

Jésus, Conduite Accompagnée : Alain Patin, Evangile de Luc, les Editions de l'atelier

Israel: Pictorial Guide, Editions Phalpot

The Nazareth Jesus Knew: First Century Nazareth Village foundation

De Mémoire d'Essénien : Anne et Daniel Meurois-Givaudan, Editions Amrita

Le cinquième Evangile d'après les Agraphas et quelques mystiques de Bernard- Marie.

Jésus de Nazareth : Benoit XVI

Wikipédia.

Les personnages évangéliques : *Personnages dont ont parle dans les évangiles, ou les actes des apôtres. Les situations de ce roman sont principalement inventées mais s'appuient sur les connaissances tirées des écritures, pour leur donner de la consistance et de la crédibilité.*

Jésus : prophète pour les uns (dont les musulmans), faux prophète pour d'autres (dont les personnes de confession juive), Dieu des Chrétiens : toutes dénominations.

Marie : Mère de Jésus, Épouse de Joseph.

Joseph : Père nourricier de Jésus.

Élisabeth : mère de Jean, qui deviendra Jean le Baptiste. Cousine de Marie.

Zacharie : père de Jean.

Jean, fils de Zacharie : Cousin de Jésus. Devient Jean-le Baptiste.

Simon, fils de Simon : frère adoptif de Jésus, sympathisant des zélotes. S'oppose à Jésus sur l'attitude à adopter vis-à-vis des romains. Ne le reconnaît pas initialement comme prophète (voir passage de l'évangile sur Jésus prêchant à Nazareth), le rejoint ensuite comme disciple, actif après la résurrection (actes des apôtres)

Jacques, fils de Simon : frère de Jésus. Aura une grande importance dans la construction de la première communauté chrétienne. Particulièrement cité dans les actes des apôtres et les lettres de Paul. Parfois appelé Jacques le Mineur, Jacques frère du Seigneur. Ne pas confondre avec Jacques, fils de Zébédé, apôtre : Jacques le Majeur.

Thomas, surnom de Jude, fils de Simon : Jumeau de Jacques. Par confusion certains auteurs ont émis l'hypothèse qu'il soit jumeau de Jésus. Rejoint Jésus comme apôtre après la ressuscitation de la fille de Jaïre. Quoique proche de Jésus, refuse initialement de croire en la résurrection, jusqu'à ce qu'il mette ses mains dans les plaies du Christ.

(José**)-Jean**, fils de Simon : le frère de Jésus le plus proche, sans doute celui qu'on appelait « le disciple que Jésus aimait ». Ne pas confondre avec l'apôtre Jean, frère de Jacques, fils de Zébédé. Jean suit Pierre après la résurrection de Jésus. Différents exégètes pensent qu'il pourrait être l'auteur de l'évangile de Jean et de l'apocalypse, plutôt que l'apôtre Jean.

Marc, fils de Simon, le plus jeune de la fratrie. Ne pas confondre avec l'apôtre et évangéliste Marc.

Myriam, fille de Simon, sœur de Jésus. Épousera **Matthias** qui prendra un rôle important dans les actes des apôtres, remplaçant Judas Iscariote au sein des douze apôtres.

Hillel : Grand Rabbin pharisien humaniste du premier siècle, connu pour sa sagesse, sa modération, sa générosité et sa bonté. Il est né en Babylonie, d'une famille noble qui remonte au roi David. Disciple de Rabbi Avtalyion, il ne profite pas de ses privilèges, mais préfère travailler pour payer ses études. Devenu Rabbin, puis Grand Rabbin, il continue à travailler de ses mains afin de ne pas prélever un iota de ce qu'il estime revenir à la synagogue et aux pauvres. Invité à rejoindre Jérusalem, il choisit de rester enseigner à Éretz, village de Galilée au bord de la Mer, et d'y mener une vie simple, austère, entièrement tournée vers Dieu et ses enseignements. Contrairement à Chammay, partisan de la résistance à tout prix contre les païens, Hillel est un pacifiste, mesuré dans ses opinions et attaché à la paix. Il meurt sous la torture romaine pour avoir soigné et abrité des zélotes, bien qu'il fût contre leur rébellion.

Chammay est un des rares membres pharisiens du Sanhédrin, dominé par les sadducéens vendus à Hérode. Lui seul osa s'opposer au roi et en gagna une grande influence parmi les siens. Rabbi Daniel n'est pas à l'aise avec ses thèses rigoristes et se sent plus proche de l'approche humaniste de Hillel. Aussi, face à ses deux grands courants qui s'affrontent, c'est là où est son cœur qu'il souhaite conduire Jésus.

Barrabas : chef rebelle zélote, sera libéré à la place de Jésus, le jour de la crucifixion. Ses partisans réclameront la libération d'un « patriote » plutôt que celle d'un pacifiste, présenté par certains comme « ami des romains ».

Philippe : disciple de Jean le Baptiste, sera un des premiers apôtres de Jésus.

Jaïre : Marchand pharisien, deviendra chef de la synagogue de Capharnaüm. Jésus ressuscite sa fille âgée de douze ans.

Nicodème : membre du Sanhédrin, disciple clandestin de Jésus, se déclarera le jour de la passion.

Marie de Magdala : parfois appelée Marie Madeleine. Marie est un nom très commun du temps de Jésus. On trouve beaucoup de Marie dans les évangiles, dont Marie, sœur de Marthe et de Lazare, Marie, libérée de sept démons, Marie Madeleine… C'est elle qui casse le flacon de parfum sur les pieds de Jésus quelques jours avant sa mort, elle encore qui est au pied de la croix avec Marie, mère de Dieu et Jean, elle qui est au jardin le matin de la résurrection et la première à qui apparait Jésus ressuscité. De nombreuses légendes brodent autour de sa relation privilégiée à Jésus.

Nathanaël : lorsque son ami André le présente à Jésus, celui-ci lui dit « je t'ai vu sous le figuier », Nathanaël s'exclame : « Tu es vraiment le Messie »…

Le Temple, au temps de Jésus : Le Temple domine la ville de Jérusalem et semble être le cœur de l'univers. Bâti par Salomon, restauré par les Macchabées, dont la dédicace a donné les fêtes de Pourim, Hérode a décidé de lui redonner toute sa splendeur et de l'agrandir. Près de 100 000 hommes y ont travaillé pendant sept ans et le résultat est spectaculaire : Une muraille d'une longueur de 260 mètres au sud, 290 mètres au nord, 430 mètres à l'est et 445 mètres à l'ouest l'entoure afin de le protéger des gentils. Il n'est point de voyageur qui ne fasse le détour pour admirer ses magnifiques colonnes de marbre et ses décorations d'or et de cuivre qui brillent au soleil. Il est dit : "*Celui qui n'a pas vu le Temple d'Hérode n'a jamais vu un beau bâtiment de sa vie.*"

On entre dans le Temple par le Parvis des gentils : appelé ainsi parce que même les non-juifs y ont accès ; c'est l'endroit où se tient le commerce, où les infirmes viennent quêter, deux activités interdites dans le temple lui-même. Passé cet espace, on accède au Parvis des Femmes : nommé ainsi car cette cour leur est accessible, de même qu'aux jeunes enfants. Les garçons pourront franchir les autres portes, après avoir effectué leur Bar Mitzva, rite de passage à l'âge adulte, à 12-13 ans. C'est aussi là que les familles juives se réunissent.

Quatre chambres entourent la cour des femmes : La Chambre de bois (au nord-est) : réservée au stockage du bois pour les cérémonies ; La Chambre des lépreux (au nord-ouest) : pour ceux atteints de maladie qui se croient guéris et attendent d'être reconnus comme tels ; La Chambre des huiles (au sud-ouest) : réservée au stockage du vin et des huiles nécessaires aux cérémonies ; La Chambre des nazirs (au sud-est) : salle pour les ascètes qui n'ont le droit ni de boire d'alcool, ni de se couper les cheveux, ni de toucher à un cadavre. Puis viennent à proprement parlé, les Lieux Saints. La cour des prêtres contient l'autel qui sert aux sacrifices des animaux. Jérusalem est le centre religieux d'Israël. Les sacrifices sont célébrés seulement dans le temple avec la participation des prêtres. L'autel du temple est en bronze, il fait 10 mètres de long et environ 5 mètres de haut. Les prêtres et les animaux y montent par un escalier monumental en marbre.

Enfin, le « Saint des saints » : un cube d'environ 10 mètres, fermé par un double voile, sans lumière, n'est accessible qu'une fois par an, par le Koen Gadol (Grand Prêtre) qui y pénètre seul pour y faire brûler de l'encens : c'est la demeure de Dieu.

Les fêtes juives

(bibliographie wikipédia)

Jésus est juif, élevé dans une famille juive pratiquante. Il était important pour l'auteur de rythmer l'histoire de ses années d'enfance et d'adolescence en utilisant les fêtes juives traditionnelles. Les rites exacts pratiqués au premier siècle étaient sans doute différents de ceux actuels, mais l'esprit et la base en étaient identiques.

Hanoucca (hébreu : *Hag HaHanoukka*, « Fête de l'Édification » ou plus communément : « **Fête des lumières** » est une fête juive commémorant l'inauguration de l'autel des offrandes dans le second Temple de Jérusalem. Elle marque une importante victoire militaire des Maccabées et symbolise la résistance spirituelle du judaïsme à l'assimilation grecque. Un récit en a été compilé dans le premier Livre des Maccabées par un auteur proche des évènements : « …Après trois ans de lutte, le vingt-cinquième jour du mois de *kislev* de la cent quarante-huitième année, ils firent la dédicace de l'autel pendant huit jours, et ils offrirent des holocaustes avec joie, et un sacrifice d'action de grâce et de louange. Alors Juda, avec ses frères et toute l'assemblée d'Israël, ordonna que le jour de la dédicace de l'autel soit célébré en son temps, d'année en année, pendant huit jours, à partir du vingt-cinquième jour du mois de *kislev*, avec joie et allégresse. »

Selon la tradition au cours de cette consécration se produit le miracle de la fiole d'huile, permettant aux prêtres du Temple de faire brûler pendant huit jours une quantité d'huile à peine suffisante pour une journée. Les pratiques et coutumes qui s'y rattachent y sont liées, en particulier l'allumage du chandelier de *Hanoucca* pendant les huit jours de la fête et la consommation de friandises à base d'huile d'olive (*latkes*, *soufganiyot*, etc.).

La fête est célébrée à partir du 25 *kislev* (qui correspond, selon les années, aux mois de novembre ou décembre dans le calendrier grégorien) et dure huit jours.

Pourim : (hébreu : *Yemei haPûrîm* « **Jours des sorts** ») est une fête juive d'origine biblique qui commémore les événements relatés dans le Livre d'Esther. Ceux-ci ont été vécus par les Juifs comme la délivrance miraculeuse d'un massacre de grande ampleur, planifié à leur encontre par Haman l'Agaggite dans tout l'Empire perse au temps de sa splendeur.

Aux pratiques traditionnelles, consignées dans le Livre d'Esther et ordonnancées par les Sages de la Mishna, se sont ajoutées diverses coutumes, notamment culinaires avec les *hamantaschen* et *fazuelos*, ainsi que des manifestations joyeuses et extravagantes comme l'encouragement à l'ébriété, l'usage de crécelles à l'évocation du nom de Haman ou les mascarades inspirées des carnavals italiens.

La fête est célébrée chaque année à la date du 14 *adar,* qui correspond selon les années, au milieu des mois de février ou mars dans le calendrier grégorien.

La Pâque : Pessa'h (hébreu **פֶּסַח**, *Pessa'h*, latin : *Pascha* « Pâque ») est l'une des trois fêtes de pèlerinage du judaïsme prescrites par la Bible, au cours de laquelle on célèbre l'Exode hors d'Égypte et le début de la saison de la moisson de l'orge qui inaugure le cycle agricole annuel.

Particulièrement riche en rites et coutumes, la fête se distinguait originellement par l'offrande pascale que les Juifs ne peuvent réaliser depuis la destruction du Temple, l'obligation de manger des *matzot* (aliments azymes) et de bannir le *hametz* (aliments à base de pâte levée et/ou fermentée) tout au long de la fête demeure en application.

Le soir de la fête, la lecture raconte comment chaque famille devait sacrifier un animal mâle sans tâche ; manger en famille et avec les voisins sa chair rôtie, et utiliser le sang pour marquer les manteaux des portes où habitaient les hébreux, comme signe pour l'ange de la mort de ne pas s'arrêter mais de passer cette maison, d'où le nom de « Pâque » ; et d'aller frapper uniquement les maisons non marquée du sang de l'agneau ; comment ils avaient mangé le pain avant qu'il ait le temps de lever, instaurant le rite du pain sans levain. Il raconte comment Yahvé a donné à Moïse et Aaron le commandement de commémorer cet événement et tous les détails de ce qui devait être mangé, bu, dit, fait durant ces sept jours.

Elle commence le 14 *nissan* qui correspond, selon les années, à la fin du mois de mars ou au mois d'avril dans le calendrier grégorien et dure huit jours. Elle inaugure en outre la période de l'*omer* au terme de laquelle est célébrée la fête de *Chavouot*.

Le Christ a été crucifié la veille de la Pâque, il est ressuscité le troisième jour. Des discussions subsistent entre exégètes, certains considérant que Jésus a célébré la Pâque à la date désignée par les esséniens, que donc le dernier repas est, pour lui et ses disciples, le repas de Pâque.

Rosh Hashana : (*rosh hashana lashanim lashmittim velayovelot velanetiya oulayerakot*, « commencement de l'année pour les années civiles, les années sabbatiques, les années jubilaires, la plantation et les légumes ») est une fête juive célébrant la **nouvelle année** civile tandis que l'humanité est jugée sur ses actes de l'année écoulée.

Fêtée les deux premiers jours du mois de *tishrei*, en terre d'Israël comme en diaspora, elle inaugure une période de dix jours de pénitence qui se conclut à *Yom Kippour*. Ces jours ont lieu, selon les années, en septembre ou en octobre dans le calendrier grégorien.

Le rite principal de cette fête solennelle est la sonnerie du schofar, corne de bélier dans laquelle on souffle sur différents rythmes pour inviter l'assemblée au repentir et à l'introspection. D'autres coutumes plus joyeuses s'y rattachent, comme la consommation de mets sucrés augurant d'une bonne et douce année.

Yom Kippour : (« le jour des propitiations »), également appelé le **Jour du Grand Pardon**, est une fête juive considérée comme la plus sainte de l'année juive.

Outre un chômage et un jeûne complets, Yom Kippour est marqué par d'autres rites de mortification. Cinq offices de prière, de nombreuses compositions liturgiques, confessions et autres coutumes dont le jeûne de la parole viennent renforcer l'atmosphère austère et solennelle du jour.

Observé le dixième jour du mois de tishrei, en terre d'Israël comme en diaspora, le jour représente la culmination d'une période pénitentielle de dix ou quarante jours selon qu'elle est inaugurée à Roch Hachana ou au mois d'eloul. Il a lieu, selon les années, en septembre ou en octobre dans le calendrier grégorien.

Souccot (Fête des Cabanes, » « des Tentes » ou « des Tabernacles »), est l'une des trois fêtes de pèlerinage prescrites par la Torah, au cours de laquelle on célèbre dans la joie l'assistance divine reçue par les enfants d'Israël lors de l'Exode et la récolte qui marque la fin du cycle agricole annuel.

Divers rites de commémoration de l'évènement historique ou de propitiation pour obtenir l'abondance des pluies et des récoltes s'y rattachent, parmi lesquels la prescription pour les Juifs de résider (au minimum prendre leurs repas) dans une *soukka* (une sorte de hutte, souvent décorée), et celle des quatre espèces végétales.

Elle est fêtée à partir du 15 *tishrei* qui correspond, selon les années, aux mois de septembre ou octobre dans le calendrier grégorien) et dure sept jours, outre le ou les deux jours de la fête suivante, *Chemini Atseret*.

Bar Mitzva : *Bar Mitzva* est une expression araméenne qui signifie littéralement « fils du commandement ». *Bar* signifie « fils » et *Mitzva*, traduit habituellement par « bonne action », signifie « commandement ». Cela correspond donc à l'acceptation des commandements du garçon envers Dieu.

Pour les garçons, la Bar Mitzva représente le moment où il compte comme une personne à part entière dans la constitution d'un *miniane* (dix hommes) permettant un office collectif, où il porte les accessoires de prière, *Talit* (châle de prière) et *Téfiline* (phylactères). La tradition veut que ces « premières » fassent l'objet d'offices particuliers où le jeune garçon remplacera le chantre (*Baal Tefilah*) ou le rabbin (*Rav*) qui mène habituellement l'office à la synagogue. Suivant ses capacités, il pourra conduire la totalité de l'office ou, au minimum, lire dans la Torah le passage affecté à la semaine de sa majorité.

La manière de célébrer la Bar Mitzva que l'on observe de nos jours ne s'est développée qu'au Moyen Âge, on est cependant certain qu'aux temps bibliques des célébrations du passage à l'âge adulte existaient sous d'autres formes. L'auteur a choisi d'introduire cette notion, bien que les rites bibliques soient méconnus.

Les héros juifs cités

Déborah : Elle fit appel à Barak, fils d'Abinoam, afin qu'il levât une armée juive et la fit marcher contre Sisséra. Les chars de fer de ce dernier ne lui sont pas d'un grand secours. Son armée est vaincue et il est obligé de fuir. Il cherche refuge dans la tente de Yaël, femme d'Hébère le Kénien, un descendant de Jéthro. Cette dernière le tue. Ainsi le fier général ennemi trouve, de la main d'une femme, une mort peu glorieuse. Déborah qui avait accompagné Barak au champ de bataille afin d'exalter le moral des combattants juifs, revint chez elle au Mont Ephraïm où elle composa le poème prophétique, le justement célèbre Cantique de Déborah. Elle s'y réfère à Josué, le premier grand chef issu d'Ephraïm, qui défit Amalek, le premier ennemi des Juifs, et elle prophétise les futurs grands guides d'Israël qui défendront en cas de nécessité leur peuple.

Samuel : Prophète : Son père Elkanah et sa mère Hannah, elle-même prophétesse, vivaient à Ramataïm et appartenaient à la tribu de Lévi. Encore tout jeune garçon, il fut emmené au Sanctuaire de Chiloh et confié à Éli le grand prêtre, selon le vœu fait par sa mère quand elle demanda à Dieu de lui donner un fils.

C'est à Ramah, dans les montagnes d'Ephraïm, que vécut Samuel. De là, il rayonnait vers les villes et villages d'Israël, enseignant, instruisant son peuple. Dans les faubourgs de Ramah, il rencontra pour la première fois Saül, fils de Kiche, de la tribu de Benjamin, qui venait lui demander de l'aider à retrouver quelques ânes que son père avait perdus. Samuel avait été averti par son don Divin de l'arrivée de Saül, et de sa future accession au trône d'Israël. Le lendemain matin le prophète accompagna celui-ci à la porte de la ville et le sacra roi. Le secret fut bien gardé par le modeste Saül. Plus tard, à Mitzpah, le peuple fut rassemblé afin qu'il élût un roi. On tira au sort d'abord parmi les tribus. La Tribu de Benjamin fut désignée. Ensuite, on tira au sort parmi les différents foyers qui la composaient, et ce fut celui de Kiche qui l'emporta. Enfin le sort désigna parmi les fils de ce dernier, Saül. Mais celui ci était absent. II se cachait dans les champs où on finit par le découvrir. II fut amené devant les tribus assemblées. Son port majestueux provoqua un cri unanime : " Vive le roi ! "

Livre d'Esther : A l'époque où les juifs vivaient sous la domination Perse, lors d'un festin donné à Suse par le roi de Perse Assuérus, sa femme Vashti est répudiée pour avoir désobéi au roi. Esther Bat Avigaïl, une jeune femme qui cache ses origines juives comme le lui a conseillé son cousin Mardochée, est choisie comme nouvelle reine par Assuérus.

Mardochée surprend un complot fomenté par des « gardiens du seuil » pour tuer le roi. Il prévient la reine, et le fait est consigné dans les annales du roi, mais Mardochée n'est pas récompensé. Haman l'Agagite fils de Hamedata, jouissant des faveurs du roi et l'un des hommes les plus puissants de son temps, prend ombrage de ce que Mardochée le Judéen ne se prosterne pas devant lui. Il persuade le roi de faire publier un décret d'extermination du peuple judéen dont il fixe la date par au 13 Adar.

Lorsque Mardochée en prend connaissance, il prend un deuil si spectaculaire que l'affaire parvient aux oreilles d'Esther. Celle-ci se montre d'abord réticente à parler au roi, car il pourrait lui en coûter la vie. Convaincue par Mardochée, elle demande à tout le peuple Juif et à ses servantes de jeûner pendant 3 jours et de prier pour elle, après quoi elle ira voir le roi.

Voyant le roi, Esther le convie à un festin avec Haman, mais garde le silence sur ses motifs et les convie à un autre festin. Troublé, Assuérus, ne pouvant trouver le sommeil, se fait lire les annales, et prend connaissance des actes de Mardochée. Il convoque Haman pour savoir comment récompenser un tel homme, et c'est ainsi que, par suite d'un quiproquo, Haman escorte Mardochée en habits royaux devant la foule. Haman rumine sa vengeance, et projette de faire pendre Mardochée.

Lors du second festin, Esther dévoile son identité juive et le complot qui vise sa communauté. Elle démasque le tyran. Le roi autorise les Juifs à se défendre contre les attaques décrétées par le ministre. Haman est pendu à la potence qu'il avait préparée pour Mardochée. Mardochée est nommé premier ministre. Le sort (*Pour*) s'est retourné contre les auteurs du funeste dessein d'extermination des Juifs. De grandes réjouissances sont célébrées dans tout l'empire perse.

Carte de la Palestine au premier siècle

(Atlas)

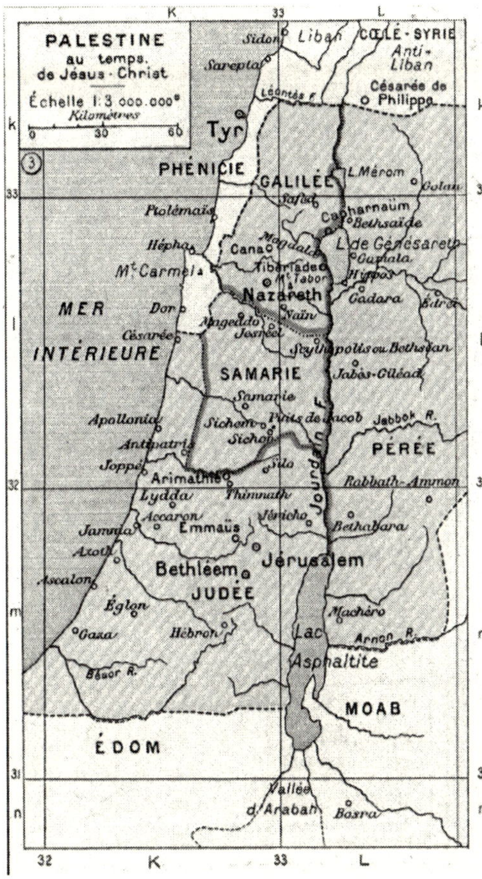

A propos de l'auteur

Née en France, Pascale d'Harmat a passé une grande partie de sa vie à travailler à l'étranger. Treize ans aux USA, deux au Canada, quatre ans dans de nombreux pays européens, ainsi qu'un an en Égypte. De sa confrontation aux différentes cultures, elle a gagné un esprit ouvert, tolérant, curieux et une large gamme d'expériences qu'elle aime partager.

La spiritualité à fleur de peau, une conception optimiste de la vie malgré les épreuves, marque son œuvre. Son désir de transmettre l'espérance au plus grand nombre est la raison qui l'a poussée à s'adresser au grand public, après avoir largement diffusé ses œuvres dans des cercles privés.

Pascale d'Harmat a suivi trois années d'études théologique dans le cadre de la formation à la catéchèse en Californie, ainsi que de nombreux séminaires dans le cadre de ses fonctions de catéchiste, de ministère eucharistique et de la proclamation de la parole, activités exercées aux États Unis et en France depuis 1984. L'idée de ce roman lui est venue lors d'un pèlerinage en Terre Sainte. Elle a alors entrepris des recherches : bibliothécaires, séminaires, visites en Terre Sainte pour étayer son roman des derniers concepts et connaissances sur le sujet.

Contrairement à certains auteurs modernes qui présentent un Jésus ignorant sa mission et ne se déclarant de lui-même ni Messie ni Fils de Dieu, elle s'appuie sur sa propre foi basée sur une lecture intimiste des évangiles, pour donner vie à un Jésus pleinement conscient. Cette conviction est également celle exprimée par notre Saint Père le pape Benoit XVI dans son livre Jésus de Nazareth.

Table des matières

NAZARETH

Pascale d'Harmat

Nazareth

Achevé d'imprimer lulu.com

Novembre 2012

Éditions Claire Fontaine

www.editions-claire-fontaine.com

contact@editions-claire-fontraine.com

Ce volume a été compose et mis en page par

Sylvie Lafont,

A Montesson

Contrôle qualité :

Marie-Astrid Lemercier

Anne-Marie Visse

Didier Ribeiro

Pascale de Sloover

ISBN 978-2-917734-56-8

Editions Claire Fontaine

6, rue des Petits Champs – 78360 Montesson

Siret 503 978 702 000 10

www.editions-claire-fontaine.com

contact@editions-claire-fontaine.com

Photos couvertures : Nazareth Village